Entre Olhares

Vale dos Sonhos

Jaqueline Beloto

Entre Olhares

Vale dos Sonhos

© 2016, Madras Editora Ltda.

Editor:
Wagner Veneziani Costa

Produção e Capa:
Equipe Técnica Madras

Revisão:
Maria Cristina Scomparini
Ana Paula Lucisano
Jerônimo Feitosa

Dados Internacionais de Catalogação na Publicação (CIP)
(Câmara Brasileira do Livro, SP, Brasil)

Beloto, Jaqueline
   Entre olhares : vale dos sonhos / Jaqueline Beloto. -- São Paulo : Madras, 2016.
   ISBN 978-85-370-1013-6

   1. Ficção erótica 2. Romance brasileiro I. Título.

16-05272   CDD-869.303538

Índices para catálogo sistemático:
1. Ficção erótica : Literatura brasileira
   869.303538

É proibida a reprodução total ou parcial desta obra, de qualquer forma ou por qualquer meio eletrônico, mecânico, inclusive por meio de processos xerográficos, incluindo ainda o uso da internet, sem a permissão expressa da Madras Editora, na pessoa de seu editor (Lei nº 9.610, de 19/2/1998).
Madras Hot é um selo da Madras Editora.

Todos os direitos desta edição reservados pela

MADRAS EDITORA LTDA.
Rua Paulo Gonçalves, 88 – Santana
CEP: 02403-020 – São Paulo/SP
Caixa Postal: 12183 – CEP: 02013-970
Tel.: (11) 2281-5555 – Fax: (11) 2959-3090
www.madras.com.br

Índice

Capítulo 1 7
Capítulo 2 21
Capítulo 3 41
Capítulo 4 55
Capítulo 5 63
Capítulo 6 75
Capítulo 7 89
Capítulo 8 107
Capítulo 9 115
Capítulo 10 135
Capítulo 11 141
Capítulo 12 151
Capítulo 13 163
Capítulo 14 173
Capítulo 15 189
Capítulo 16 195
Capítulo 17 197
Capítulo 18 201
Capítulo 19 205
Capítulo 20 211
Capítulo 21 219
Capítulo 22 223
Capítulo 23 227

Capítulo 24 233

Capítulo 25 237

Capítulo 26 241

Capítulo 27 245

Capítulo Final 249

Capítulo 1

Mais uma olhadinha no espelho retrovisor. Acho que estou bem, cabelo preso em coque, batom discreto, pouca maquiagem, bem adequada para uma entrevista de emprego. Dou mais uma espiada em meu decote.

Hum, talvez esteja um pouquinho demais, será? Ah, mas também não preciso me preocupar com isso, já que tenho seios pequenos, ou será melhor fechar o último botão da camisa? Ah, que se dane também, não vou trabalhar num convento. E me pergunto, como será esse tal de doutor Dream? Falam muito dele, mas ele não é de aparecer na mídia. Por que não me lembrei de olhar no Google se tinha uma foto dele por lá? Só pesquisei sobre sua clínica. Ele deve ter cara de cientista maluco. Quem mais teria uma clínica em Campos do Jordão que se chama Vale dos Sonhos? E teria descoberto um medicamento chamado Dreamer, hoje conhecido e vendido no mundo todo, uma substância que faz as pessoas terem sonhos bons e acordarem relaxadas, dispostas... Que insano! E mais louca sou eu que me inscrevi para trabalhar nessa clínica. Se bem que sempre achei que nunca seria chamada, pois dizem que todo recém-formado em psiquiatria manda currículo para lá. Também o tal dr. Dream hoje é médico referência mundial em psiquiatria.

Devo passar por umas mil entrevistas antes de conhecê-lo. Que droga! Devem ser todas assistentes mulheres e vão reprovar o meu pequeno decote. Ah, Tatiana, por que você não escuta os conselhos de seu pai que vive implicando com seus decotes e coloca uma gola rulê?

Estava indo bem com meu GPS até vir parar no meio do nada! Como vou saber agora se pego a montanha verde da esquerda ou aquele morro careca à minha frente? GPS burro! Não sabe nada de montanhas e morros. Melhor encontrar alguém para perguntar. Custava essa clínica ter placas de indicação? Ai, meu Deus, mais de três quilômetros e nada de placa e ninguém aparece, estou definitivamente perdida. Epa! Acho que tem alguém ali, minha salvação.

– Ei, moço! Boa tarde!

Pelo jeitão do cara deve ser daqui, andando de bicicleta, bermudão e camiseta com o clima gelado.

– Tarde! – ele me fala de um jeito simpático.

– Sabe onde fica o Vale dos Sonhos? A clínica do dr. Dream? – pergunto.

Ele sorri. Não sei o que tem por trás daquele sorrisinho sacana, se está sendo irônico, se pretende dizer algo, tipo "Ah, você também vai pra lá?". Enfim, ele responde:

– Tá fácil! Volta aqui e entra a segunda à esquerda. Vai pegar uma descidona – ele faz um sinal de mergulho com a mão. – E logo vê o tal do Vale.

Ele coça a cabeça e pergunta:

– Vai se internar lá, moça?

– Não. Vou tentar trabalhar lá – respondo não muito convicta.

– Então, boa sorte.

Fico intrigada com o "boa sorte". O que será que ele quis dizer? Mas não deu tempo de perguntar, ele se virou e saiu pedalando descontraidamente.

Desço do carro e me olho mais uma vez no espelho lateral. Ajeito a camisa de seda prata e a saia lápis preta pouco acima dos joelhos com uma pequena fenda, a viradinha básica para olhar meu bumbum no espelho. Acho que não está nada mal. Decido pisar confiante com meus escarpins negros e sigo com passos firmes, tentando andar nas pedras que me levam à recepção. Por que será que o dr. Dream resolveu montar essa clínica aqui tão afastada do grande centro? Tudo bem que Campos do Jordão seja uma cidade linda, mas bem distante de qualquer metrópole. Olhando a clínica aqui de cima, ela é mesmo linda e imponente, em uma grande construção em estilo suíço. Dizem que era um antigo hotel. O doutor Dream comprou e o reformou todo. Já tinha lido sobre o ar misterioso que envolvia o lugar; sempre achei isso puro marketing, sensacionalismo, ou qualquer besteira que a imprensa adora publicar, mas agora, ali parada, percebi que não tinha nada de mentira nisso. Parecia um lugar acolhedor, e ao mesmo tempo certa magia o envolvia. Eu não saberia dizer se é porque ficava num vale, ou porque o clima frio de Campos e a névoa envolviam toda a construção, parecendo haver uma bruma branca por toda sua volta. Isso me provocou um quentinho no coração. À visão de um lugar tão aconchegante, fiquei imaginando

Capítulo 1

como seriam os pacientes. Continuei com passos firmes até a recepção, ou passos nem tão firmes porque virava o salto toda hora nos escuros pedregulhos. Droga! Por que colocam essas pedras? Esquecem que as mulheres ainda usam salto?

A recepção tem paredes azul-piscina, a mesa é em mármore claro. Fico admirando a decoração agradável, poltronas revestidas de tecidos florais claros, *chaises* e almofadas. Parece que acabei de entrar em um *spa* e que estou prestes a receber uma massagem. Quem me dera! A voz da minha consciência sussurra em meu ouvido: acorda, Tatiana, você está numa entrevista de emprego!

Entrego meu RG e a moça simpática pede para eu olhar para a microcâmara. Instantaneamente sorrio e depois me dou conta de que sou uma idiota: pra que sorrir para tirar uma foto de identificação?

A atendente então me estende um crachá e pede para eu aguardar um instante; aproveito para me jogar numa daquelas *chaises*. Dou uma olhadinha ao meu redor e ninguém está por perto, então posso estender as pernas e relaxar uns segundinhos. Há um fone de ouvido pendurado no braço da *chaise*, coloco e sintonizo uma música de som de água. Vou sentindo-me mais relaxada. De repente vejo um rapaz se aproximando, sento-me corretamente, talvez seja a pessoa que veio me buscar. Mas logo descubro que não. É um homem, talvez da minha idade, uns 26 anos. Eu fico curiosa e tiro os fones de ouvido para escutar a conversa entre ele e a recepcionista. A garota faz o mesmo procedimento que fez comigo, mas ele a enche de perguntas, todas em vão. Ela se limita a dar-lhe um simpático sorriso de volta e diz educadamente que em breve ele poderá fazer todas as perguntas para dra. Pamela.

A essa altura já sabia que ele se chamava Eric e que estava ali pelo mesmo motivo que eu. Era um rapaz grandão, loiro, olhos verdes, poderia até ser bonito se não fosse tão desajeitado. Quando a recepcionista pediu que aguardasse, ele então se virou e me viu. Abriu um largo e generoso sorriso e veio em minha direção.

– Olá! Sou Eric. Prazer. Você também veio para a entrevista?

– Sim. Olá! Prazer, meu nome é Tatiana – percebo que ele queria mesmo puxar papo.

– Você é de onde?

– Sou do Rio, mas estava estudando em São Paulo, fiz faculdade e residência por lá, na USP – aí eu é que fiquei curiosa. Eric tinha sotaque do sul, mas não precisei nem perguntar, ele já destrambelhou a falar.

– Eu sou de Floripa, catarinense.

– Ahh! – só disse isso quando na verdade queria dizer que assim explicava seu sotaque, mas também não precisei tocar nesse assunto. Ele disparou:

– Já sei! Estava querendo saber de onde era meu sotaque, né?

Dou um sorriso. Ele era mesmo muito simpático.

– Sim. Mas apostei que era do sul – eu respondo.

Então uma garota jovem se aproximou. Ela estava com uma roupa bem colorida, parecia uma dançarina do Havaí. Achei que em segundos ela fosse me colocar um colar de flores.

– Olá, meu nome é Kelly, vou levá-los até a dra. Pamela. Acompanhem-me, por favor.

E lá fomos eu e Eric, caminhando novamente por entre aqueles horríveis pedregulhos. Eu tento ser natural, mas Eric percebe que pareço uma bêbada, sorri e me estende a mão. É um cavalheiro e tanto! Enfim, consegui chegar mais ou menos equilibrada a um grande chalé pintado de cor rosa-flamingo.

Kelly nos leva até uma das antessalas. Para minha desagradável surpresa, havia mais umas dez pessoas sentadas ali, todas deviam estar concorrendo às vagas de emprego.

Eric e eu nos sentamos juntos. Percorro o olhar por todos os concorrentes e percebo que são jovens e com a mesma cara de interrogação. Com certeza tínhamos perguntas parecidas: O que era de verdade o Vale dos Sonhos? Quem era o dr. Dream? Quem buscava aquela clínica? Que tipo de medicamento era esse que conseguia mudar e trazer tanta qualidade de vida para as pessoas sem nem uma contraindicação ou efeito colateral? Eric me tirou dos pensamentos perguntando:

– Vamos tomar um café? Temos mais 20 minutos para aguardar, ouviu a moça dizer?

– Desculpe, Eric, estava viajando. Vamos, sim, tomar um café, estou precisando perder o sono. Esse negócio de sonho tá me deixando maluca.

Ele sorri. Caminhamos para uma lanchonete ao final do corredor. O espaço fica num lugar aberto, sem paredes, sob um enorme pé de manga. Há mesas distribuídas com confortáveis cadeiras de fibra natural clara.

Havia umas três meninas no balcão e três rapazes servindo as mesas. A roupa florida das meninas tinha a mesma estampa da camisa dos garotos. Parecia-me tudo tão certinho por ali, tudo limpo, bem decorado, tudo em pares. Que mania de perfeição seria aquela? Seria coisa de arquitetos e decoradores ou ideia do dr. Dream? Claro que não! Imagina se ele iria perder tempo com esses detalhes! Flores, almofadas, uniformes.

Capítulo 1

Escolhi um cappuccino e um croissant, o ar puro tinha me aberto o apetite.

Eric pelo jeito estava faminto, pediu um beirute de rosbife, um suco de manga e uma salada de frutas. Eu brinquei:

– Só temos 20 minutos! Como vai conseguir devorar isso tudo?

– Devoro em cinco. Estou faminto feito um lobo!

Um dos jovens nos serviu em menos de cinco minutos; os lanches estavam semiprontos, era só aquecê-los, e Eric abocanhou em míseros minutos. Ele encheu o beirute de ketchup e sujou toda a boca. Era difícil acreditar que Eric já fosse um médico formado, parecia um garoto do ensino médio, com olhos vivos, jeito bonachão, meio desengonçado de tão alto, e ainda assim tinha certo charme, talvez fosse aquele ar inocente e fofo de bochechas rosadas.

Ele me pergunta entre uma mordida e outra:

– Tem namorado?

Fico um tanto desconcertada, talvez Eric não fosse tão inocente assim.

– Não.

– Como assim? Não tem nada? Um rolo? Um amigo querido? Uma paixão?

Eric era mesmo especial, querendo me passar uma cantada todo lambuzado de katchup.

– Não tive muito tempo pra namorados, você sabe bem como é isso! Seis anos de universidade e mais três de residência. Acho que virei um ser assexuado, sabe?

Ele soltou uma gargalhada.

– Você, Tatiana, um ser assexuado? Não me faça rir.

– Não entendi a piada?

– Então você não tem tido tempo também pra se olhar no espelho?

Enfim o papo estava divertido, mas já haviam passado os 20 minutos.

Pedimos a conta, porém o jovem e simpático atendente de camisa florida nos disse que era cortesia, que os candidatos eram convidados.

Eu fiquei surpresa, quanta generosidade!

Enfim fomos levados, os 12, para uma sala onde havia uma grande mesa oval de vidro ao centro, e exatamente 14 cadeiras impecavelmente brancas ao redor. Sentamo-nos e em instantes chegam Kelly e a dra. Pamela, as duas se sentam. Pamela era uma mulher muito elegante num conjunto de saia azul-marinho e camisa branca com o colarinho grande meticulosamente arrumado sobre a gola do blazer. O cabelo loiro preso num rabo de cavalo sem deixar um fio de fora, óculos impecáveis e um grande anel em seu dedo médio da mão direita. Tinha um sorriso largo, embora me parecesse falso assim como sua pele esticada sem rugas e seus dez quilos de maquiagem. Quem a visse de longe imaginaria que ela tinha lá seus 30 anos. Mas, assim de perto, dava para distinguir uma mulher na faixa dos 50. E algo me dizia que sua idade seria um segredo ainda maior que a fórmula do dr. Dream.

Com a voz mais ensaiada do mundo ela nos recepciona e, entre algumas explicações, comunica-nos que nossa sala está sendo filmada e pergunta se alguém teria alguma objeção. Como ninguém responde, ela entende que estávamos todos de acordo. Em seguida, entrega-nos um papel em branco e pede que façamos a definição do que era sonho para cada um de nós. Tínhamos exatos dez minutos para responder.

Que merda! Como posso definir o que acho do sonho em dez minutos? O que devo responder? Algo em que acredito ou algo que tenha a ver com este lugar? Mas o que tem a ver com este lugar? Não sei exatamente nada ao certo sobre o Vale dos Sonhos. Só temos informações entrecortadas, fantasiosas, mistificadas, mas, de fato, ninguém sabe o que é o Vale dos Sonhos. Então lembrando que só tenho dez minutos, me vem à mente a teoria que mais me agrada, a do psiquiatra Paul Valerie, e sua definição para sonhos. Resolvo falar sobre essa teoria que me soa até poética e escrevo:

Nos sonhos nossa alma se desprende do corpo e vamos para lugares onde nosso espírito está em sintonia. Às vezes para lugares lindos e calmos se estamos em paz, outras vezes para lugares tenebrosos quando estamos em desarmonia, são os nossos pesadelos, e também visitamos centros de estudos quando queremos aprender.

Temos também o sonho físico, aquele que traz resultados do nosso dia a dia, flashes felizes ou angustiantes, nossos temores, medos e desejos, e traumas da infância. É o nosso subconsciente submergindo das sombras, revelando-nos aquilo que queremos esconder ou não conseguimos compreender.

Acredito que os seres humanos vivenciam esses dois tipos de sonhos, nem só Paul Valerie tem razão, nem somente Freud.

Tatiana Nandi

Estava pensando que Pamela fosse pedir para entregar-lhe o papel, mas ela solicita que nós mesmos leiamos. Isso me deixa de pernas bambas, e ela pede também que defendamos nossa teoria e ponto de vista. Fico um tanto apavorada.

Capítulo 1

As pessoas iam falando sobre suas ideias e eu nem conseguia escutar, só pensava em como defender a minha. De repente, Pamela me olhou e sem dizer nada fez um sinal com a cabeça. Eu sabia que era minha vez. Li o que havia escrito e, ao final, com o coração aos pulos, as mãos tremendo, tento explicar fazendo um esforço para não gaguejar:

– Acredito nos sonhos espirituais porque deles nascem nossa intuição; são deles que nos surgem ideias que temos pela manhã, soluções, respostas. São inspirações, e não sonhos físicos; acredito que exista um universo paralelo.

Engolindo em seco, tentando olhar para todos enquanto falava, continuo:

– E os sonhos físicos são aqueles que resultam de nossas ações, do que vimos, do que ouvimos; são consequências de nossas atitudes e reações.

E termino dizendo:

– "Os sonhos espirituais são reflexos de nossa alma e os sonhos físicos, de nossa consciência".

Concluo e então crio coragem para olhar para a dra. Pamela. Ela está impassível, solta um suspiro e, batendo a caneta em suas anotações, faz cara de quem compreende que eu tinha terminado.

Mais seis pessoas falam depois de mim, mas eu ainda continuo absorta em meus pensamentos. Será que ela achou uma bobagem tudo que eu disse? Não consigo decifrar sua reação, ela não sorri, não demonstra nenhum tipo de reação que poderia dar uma dica se aprova ou desaprova nossas dissertações.

Quando todos terminam, Pamela nos agradece e pede que aguardemos mais uma meia hora.

Eric logo cola em mim e dispara perguntas:

– Acredita mesmo naquele papo que falou de sonho espiritual?

– Claro que acredito! Li muito Paul Valerie, tudo em seus livros para mim faz sentido, adoro a teoria Valeriana de que não somos somente consciência, que temos contato com a inspiração enquanto dormimos.

Eric coça a cabeça, parece não ter opinião formada sobre isso. Ele defendera a teoria de Freud, falando que sonhos eram resultados de nosso subconsciente.

Dessa vez vamos para a lanchonete onde há uma mesa cheia de minissanduíches, salgados e bebidas à nossa disposição. Eric nem pestaneja e ataca de tudo um pouco. Eu queria estar tão tranquila como ele, mas me sinto agitada demais, talvez tivesse desperdiçado minha chance citando a teoria de Paul Valerie. Eu sabia que entre o mundo psiquiátrico ainda havia muita resistência para suas teorias, mas pelo menos tinha sido sincera. E, se não desse certo, que se dane! Tenho muitas outras clínicas para trabalhar, e com certeza muito menos misteriosas e complicadas que o Vale dos Sonhos.

Kelly surge novamente e pede para retornarmos à sala de reunião. Pamela nos aguarda sentada tamborilando as longas unhas pintadas de pink sobre a mesa transparente. Parece impaciente; agradece a presença de todos e diz que, assim que nossas performances fossem analisadas por uma equipe, seríamos contatados com resposta afirmativa ou não. Ela mal termina de falar e seu celular toca. Percebo certa contrariedade com o que escuta, ela revira os olhos e solta um suspiro de descontentamento. Seja o que for, parece obrigada a aceitar e, mesmo relutante, responde:

– Sim, claro, pode deixar.

– Então, sinalizando com um sinal de pare com a mão, ela diz em tom autoritário:

– Você, dra. Tatiana, e você, dr. Eric, por favor, aguardem.

Ela se despede de todos os outros friamente e pede a um Eric sem noção, todo animado, e a mim, apavorada, que aguardássemos mais um pouco que ela retornaria em breve. Sai da sala com certa fúria no olhar a passos firmes. Com quem será que ela vai falar? Quem será que lhe ordenou a mudança de planos?

Assim quem ela sai, Eric dá um pulo da cadeira.

– Iuupi! Acho que fomos escolhidos! E, num gesto desengonçado e caricato, chacoalha os longos braços à frente dos joelhos dobrados, o que lhe dá um ar de macaco feliz.

Eu continuo feito estátua, estou mortificada. E sem entender nada o questiono:

– Como podem escolher nós dois? Tá louco? Temos pontos de vista totalmente diferentes.

– Sei lá, Tati – já se sentia íntimo para me chamar de Tati. Ele continua:

– Para que pediriam pra ficarmos?

Noto mais uma vez como Eric é infantil, esquecendo-se até de que a sala estava sendo filmada. No mínimo a dra. Pamela estaria nos bisbilhotando em outra sala para estudar as nossas reações. Solto um suspiro de desânimo, não posso nem dar um toque para ele. Só reviro os olhos e faço um leve sinal com a cabeça para que se lembrasse da câmera. Ele não parece estar nem um pouco preocupado com o detalhe de estar sendo observado e me pergunta:

Capítulo 1

– Que cara é essa? Ânimo! Você está prestes a trabalhar no Instituto do Sono mais conhecido do mundo!

Com certeza Eric não era deste planeta. Ainda existiriam seres tão ingênuos?

Kelly retorna, enfim, depois de uns dez minutos que pareceram uma eternidade. Ela pede para eu acompanhá-la e que Eric aguardasse mais uns instantes. Ela sugere que, se Eric quisesse, poderia aguardar na lanchonete.

Acompanho Kelly até o final do corredor. Ela abre uma enorme porta azul de madeira maciça, toda trabalhada com fechaduras douradas, e dou de cara com uma das salas mais lindas que já vi na vida, não só pela decoração aconchegante, mas também pela harmonia das cores e pela paisagem que se descortina através de três amplas portas de madeira branca com vidros. Passamos por uma antessala com paredes pintadas em verde e decoradas com duas poltronas brancas Charles Eames. Uma das paredes é revestida com plantas, por entre as quais cai uma cascata de água que deságua sobre um minilago que vai se dissipando em pequenas vertentes sob um piso de vidro, que se espalha por todo o escritório. O barulhinho da água caindo misturado com cheiro de grama molhada dá uma sensação relaxante. Sento-me numa confortável poltrona branca em frente a uma impecável mesa de vidro.

Atrás da mesa há uma estante até o teto repleta de livros, e uma escada bem ao centro. Pergunto-me se seria a sala da dra. Pamela. Procuro por algum porta-retratos, algo que me desse uma dica, mas não há nada de pessoal. Em um dos cantos da sala há um charmoso balcão com vários potes de biscoitos e uma máquina de expresso tipo italiana, com dois bancos altos.

Kelly pede para eu aguardar só mais um pouco, que em breve seria entrevistada. De novo aqueles minutos parecendo séculos. Começam a me passar coisas absurdas na cabeça. E se eu fosse sequestrada? Se aquela fosse uma clínica de lunáticos e esse dr. Dream nem existisse? Me dá um arrepio e me lembro da cara boa de Eric. Ainda bem que ele estava por ali, ou deveria estar, embora provavelmente comendo.

Ouço a porta se abrir atrás de mim, viro-me na cadeira giratória e dou de cara com um homem jovem, moreno, alto. Levanto-me. Ele estende a mão e diz:

– Olá, dra. Tatiana, prazer. Sou dr. Lucas Pecchi – sua mão tinha o toque firme e macio. Então ele se encaminha para sua cadeira e ficamos frente a frente.

Finalmente, digo:

– Prazer, dr. Lucas.

Ele tem um sorriso desconcertante de derreter o Himalaia que me deixa hipnotizada. Sinto minha face enrubescer e acho que ele se diverte com isso.

Observo suas mãos sobre a mesa segurando minhas anotações, mãos lindas, mãos de médico, parecem macias e tão perfeitas. Ombros largos, fico só imaginando tudo aquilo que está escondido embaixo da camisa e do avental. Entro em devaneios. Sobrenome Pecchi. Seria Pecchi de pecado?

Olho mais uma vez nos olhos negros. Agora ele já estava se reclinando para trás na cadeira e me pergunta:

– Quer uma água, um café?

– Aceito um café com adoçante.

Ele aperta um botão e surge Kelly.

– Sim, dr. Lucas. O que deseja?

– Café com adoçante para a doutora.

– Kelly se dirige ao balcão atrás de mim e tento me concentrar. Aproveito enquanto ele olha meu currículo para observá-lo mais um pouco. O avental branco neve sobre uma camisa azul-clara e uma gravata cinza. Os cabelos negros curtos, bem cortados, daqueles fios fininhos que parecem de neném, a pele bronzeada, e eu estava calculando sua idade, talvez 34? Aproveito também para reparar que não há nenhuma aliança em seu anelar esquerdo.

– Então, dra. Tatiana, gosta de Paul Valerie?

– Gosto muito, sou apaixonada por suas teorias.

– Acredita mesmo em sonhos espirituais?

– Sim, acredito!

– E por que acredita?

– Porque já tive alguns.

– E como sabe que eram espirituais e não físicos?

– Porque uma noite antes de dormir pedi uma inspiração e, quando acordei, tive a exata resposta, recebendo um telefonema especial.

– Poderia me contar o que foi?

– Sinto muito, mas não – respondi.

– Entendo, é pessoal?

– Sim, é pessoal.

Kelly se aproxima com uma bandeja de café com biscoitos amanteigados. Enquanto ela me serve, noto que ele olha discretamente meu decote. Acho divertido e finjo que não percebo. Claro que só dou uma inclinadinha para frente para tomar o café. Ele fica parado com a xícara na mão diante da boca.

Depois se recompõe e me pergunta:

– Dra. Tatiana, estaria disponível para começar o trabalho aqui quando?

Eu ainda estava tentando engolir o café quente que passou então de uma vez para dentro da garganta; senti o líquido me queimando e meu rosto esquentando com um calor que foi subindo. Acabei engasgando, e feio.

Ele se levanta, passa por trás de mim e bate em minhas costas. Enfim me recomponho e ele empresta seu lenço branco para eu limpar as lágrimas que insistem em sair. Que vergonha!

Eu então pergunto:

– Começar aqui? Eu pensei que...

Ele, já sentado novamente em sua cadeira: se reclina sobre a mesa para perguntar,

– Pensou o quê?

– Que eu teria mais entrevistas.

– Sim. E pra quê?

Antes que eu possa responder, Pamela entra com Eric e fala num tom carinhoso.

– Dream, esse é o dr. Eric. – Nem sinal daquela loira gelada e impaciente de minutos atrás.

Eu olho para Lucas novamente, então ele era dr. Dream. Ah! Agora tudo fazia sentido.

– Olá Eric – Lucas o cumprimenta. – Sente-se aqui ao lado de Tatiana. Acabei de contratá-la e quero contratá-lo também.

Eric se senta ao meu lado e, batendo o cotovelo em mim, fala:

– Eu disse, não disse?

Lucas sorri, talvez percebendo a ingenuidade de Eric.

Eu não consigo me conter e pergunto:

– Por que nós dois? Temos ideias tão diferentes!

Ele abre mais um daqueles sorrisos mostrando todos aqueles dentes que mais parecem um teclado e diz:

– Fui com a cara de vocês dois. Eu gosto de pessoas que têm opiniões diferentes, minha equipe toda é assim – e olhou para Pamela fazendo a pergunta:

– Não é mesmo, Pamela?

Pamela lhe devolve um olhar de fuzilamento. Eu não entendi direito a piada, mas com certeza eu e Eric fazíamos parte dela.

Lucas continua:

– Vocês podem começar na semana que vem?

– Sim, eu posso – Eric se apressa.

Eu ainda estava ressabiada.

Lucas me olha erguendo só uma sobrancelha e aguardando minha resposta. Dessa vez, fala em tom sério:

– Antes de vir, vocês terão um manual para ler e um questionário para responder. Não virão no escuro. Pode ficar tranquila, dra. Tatiana. Adianto que vocês terão de viajar muito, dentro e fora do Brasil, principalmente para onde fica a sede do medicamento Dreamer em Nova York. Espero que não tenham objeções e que estejam com o Visto Americano em dia. Já sei que são fluentes em inglês.

– Um manual? – pergunto.

– Sim, um manual, no qual tem tudo sobre os tratamentos nos Vales.

Isso ajudaria bastante.

– Posso dar a resposta depois de lê-lo e entender mais sobre meu trabalho?

– Claro! Mas quero sua resposta ainda esta semana.

– Está bem – concordo.

Sem ter mais o que falar, levanto-me e ele nos acompanha até a porta. Espero Eric e Pamela saírem e, não me aguentando de curiosidade, pergunto:

– Doutor... como devo chamá-lo?

– Lucas. Dream é só uma brincadeira das meninas, mas você me chama do que quiser.

– Dr. Lucas, por que me escolheu? Gostou da minha tese? Você leu? Viu meu currículo?

– Não, eu vi você ao vivo e a cores. Geralmente assisto depois aos candidatos selecionados por Pam.

Ah! Claro! Pam era a Pamela, íntimos com certeza.

– Mas no momento que você falava eu consegui assistir ao vivo. Gostei muito.

– Gostou do que exatamente?

Ele me olhou firmemente nos olhos e respondeu:

– Gostei de tudo!

– E quanto a Eric?

– Percebi que vocês se deram bem, isso é bom para a equipe, gostei do jeito dele também.

Faço cara de quem entende, mas ainda não consigo equacionar o cérebro. Agradeci e já ia me virando para sair quando ele me diz:

– Adorei também o sotaque de garota de Ipanema.

Capítulo 1

– Como sabe que sou de Ipanema?

– Não sabia, chutei. Só me lembrei do poeta Vinicius quando vi você na tela.

Já embaraçada, estendo a mão para um adeus. Claro que ele se referia à música "Garota de Ipanema". Se aquilo era uma cantada eu não sei, mas me deixou com as bochechas rosadas com certeza! Com a leve sensação de ser observada enquanto me afasto, policio-me para não rebolar. Não rebola, Tatiana, não rebola. A fama do tal gingado da carioca me persegue, e afinal ele era homem; pior: homem brasileiro que está sempre olhando para nossas bundas.

Chego tensa ao meu pequeno carro, um minicooper prata, um presente de meu pai quando acabei a residência.

Solto o coque que já estava me dando dor de cabeça. Ainda bem que meu cabelo nem precisa de escova. Sorrio me olhando no espelho retrovisor. Tenho de agradecer a genética pelos cabelos lisos escuros e sedosos, mando um beijinho pra mim mesma. Estou me achando! Acabo de conhecer o dr. Dream. Eu tinha de contar isso pra Cris, ela nem iria acreditar. Só aí que me lembro de ligar o celular, nossa! Havia várias mensagens, umas 20 da Cris. Ela estava organizando meu aniversário para a próxima semana, meus 27 anos. Tirando nove anos estudando com a cara nos livros e dentro de hospitais psiquiátricos, suspiro aliviada, acho que enfim mereço uma Clínica dos Sonhos em minha vida.

Ligo o meu CD player e coloco a música "Bring Me to Life", de Evanescence, com o som alto; para mim é um bom jeito de fugir de tantos pensamentos, cantando a plenos pulmões.

Capítulo 2

Ainda estou morando em São Paulo, num flat no Itaim Bibi. Só teria mais 15 dias nesse lugar, pois o aluguel já iria vencer; por isso já estou empacotando minhas coisas para voltar ao Rio. Meu pai está insistindo para que eu volte a morar com ele. Ele é um pai maravilhoso! Eu e meu irmão Fábio temos uma sorte enorme de ter um pai tão amigo, sincero. Ele fez o papel de pai e mãe desde quando perdemos nossa mãe ainda pequenos. Ela teve um aneurisma e se foi rapidamente, me deixando com apenas 5 anos e Fábio com 8. Lembro-me pouco dela, acho que Fábio sofreu mais porque se lembra de mais detalhes. Era uma mulher linda, elegante, um pouco distante, mas era uma mãe carinhosa, apesar de ser um pouco ausente. Era meu pai quem acordava para ver por que chorávamos à noite, ele que se deitava ao meu lado quando eu tinha medo, ele que me contava histórias para dormir. Meu pai e Fábio são tudo que mais amo nesta vida, mas não gostaria de voltar a morar na casa de meu pai. Fábio está morando em São Francisco, é arquiteto. Meu pai, desde que perdeu a mulher de sua vida, diz que nunca irá amar ninguém como amou minha mãe, Mariana. E desde então tem colecionado namoradas, virou um mulherengo, um conquistador. Eu já perdi a conta de quantas "tias" boazinhas apareceram em casa. Já apareceu de tudo: periguetes, santinhas, madames...

Prefiro deixar meu pai com sua privacidade, e esse emprego no Vale dos Sonhos seria ideal. Eu poderia sobreviver com o salário e morar em Campos do Jordão, indo aos finais de semana para o Rio. Mas ainda quero ler o manual, quero ver o tamanho da encrenca em que posso estar me metendo.

Estou organizando os livros de estudo; já tinha separado algumas pilhas para doação, quando o interfone toca. Claro que é Cris, ela não pode esperar o almoço para saber as novidades. Abro a porta para uma Cris desesperada por fofoca. Ela entra e se joga ao sofá.

– Pelo amor de Deus! Não acredito que você conheceu o dr. Dream! Dizem que o cara só viaja! Não para no Brasil. Que sorte que você tem amiga. Caraca!

Cris é a mais carioca das cariocas. É quase um clichê de carioca. Sempre bronzeada, cabelos com reflexos, cintura fina, peitão e a bunda que todo homem sonha. Não é exatamente bonita, mas é definitivamente gostosa. Os médicos da residência suavam frio perto dela, pois fazia questão de usar jalecos curtos, botões abertos no decote e salto altíssimo. Claro que nunca houve nenhuma reclamação, nem de médicos nem dos pacientes masculinos.

Olho para ela tentando fazer cara de paisagem e digo:

– O que quer saber do dr. Dream?

– Tudo!

Eu digo então:

– Ele é velho, gordo e careca.

– Mentira! – ela grita. – Ouvi dizer que ele é bonitão e jovem.

– Eu não sei nada ainda dele, só o vi de relance.

Cris é muito chata quando quer e insiste:

– Fale a verdade! Você está mentindo que eu sei.

Então, para deixá-la ainda mais curiosa, digo:

– Imagina um cara lindo, mas muuuuito lindo. Imaginou?

Ela fez sinal positivo com a cabeça toda animada.

– Agora multiplica por 100. Esse é dr. Dream.

Cris faz um "O" infinito com a boca e implora com as mãos como se estivesse em prece.

– Tati, me conta detalhes, por favor. Não tem foto dessa criatura na internet.

– Cris, ele é tudo de bom! Se eu aceitar trabalhar na clínica depois de ler o manual do Vale dos Sonhos, te levo um dia lá, ok?

– Como assim, se aceitar? Como assim, ler manual? Você ainda não leu isso?

– Não, não li. Vou ler à noite.

Cris solta um suspiro de impaciência, claro que ela já teria assinado sem ler.

Acabo contando-lhe também sobre Eric. Ela se entusiasma toda em conhecê-lo e já decide incluí-lo na lista do meu aniversário; diz que precisa urgente avisar todo mundo sobre a mudança de dia da minha festa, já que na semana que vem, ela profetiza, eu já estarei trabalhando no Vale dos Sonhos. Ela pega o celular, entra no WhatsApp, reprograma para sábado o encontro num bar e avisa todo mundo. Fico observando-a, a velha Cris de sempre querendo atacar de irmã mais velha; é insuportavelmente intrometida e a melhor amiga que alguém poderia ter.

Almoçamos juntas em um café perto do flat, e ela não para de me fazer perguntas; tenho de contar tudo em detalhes, os olhos dela brilham, claro que queria saber mais.

Cris já tinha conseguido um estágio em um renomado hospital em São Paulo para pacientes em tratamento oncológico; com certeza a simpatia, a alegria e o brilho de Cris seriam contagiantes para seus pacientes.

Chego em casa morrendo de curiosidade para ler o manual do Vale dos Sonhos, que começa assim:

Vale dos Sonhos

Os sonhos andaram muito tempo negligenciados pelos seres humanos. Alguns grandes nomes da psiquiatria já levantaram diversas teorias. Porém, até hoje, não lhes foi atribuída a sua real importância.

Somos seres físicos, mas nossas almas pertencem ao Universo, e é durante o sonho que nos libertamos e entramos em sintonia com nosso verdadeiro eu.

O Vale dos Sonhos recebe pessoas ansiosas, depressivas, angustiadas, viciadas; pessoas que sofrem de insônia, medo, terror noturno; que têm pesadelos; que acordam cansadas; que têm sono agitado, pensamentos suicidas; que têm fobia de escuro, síndrome de pânico; sonâmbulas; que sentem fome durante a madrugada. Enfim, recebemos pacientes que não conseguem libertar sua alma e não aprenderam a sonhar.

Conforme leio, vou me encantando com a complexidade que envolve aquele lugar. E é por isso que dr. Dream é reconhecido no mundo todo; ele desenvolveu um método com o qual as pessoas possam aprender a dormir bem, a sonhar bem e com resultados inovadores. Tudo isso com a descoberta da droga Dreamer, comercializada pelo laboratório americano Clearly.

Parece coisa de maluco, mas a ciência e a medicina tinham reconhecido o medicamento Dreamer como revolucionário. Dr. Lucas Pecchi, ou dr. Dream, como é mundialmente conhecido, é considerado um gênio da atualidade. E esse homem, em carne e osso, tinha acabado de me convidar para trabalhar em sua clínica. Eu é que deveria estar sonhando, isso não podia ser verdade.

Assim, continuo a leitura.

O Vale dos Sonhos se divide em oito Vales:
Vale da Insônia
Vale das Sombras
Vale da Soneca
Vale da Preguiça
Vale do Vício
Vale dos Bons Sonhos
Vale da Meditação
Vale da Lucidez

Cada Vale tem um símbolo; por exemplo, o Vale da Insônia tem o desenho de uma pessoa na janela olhando as estrelas. Cada médico que trabalhe nesse Vale terá avental com o mesmo desenho, assim como os pacientes usarão uma pulseira.

O Vale das Sombras tem o desenho de uma noite de Lua Cheia; o da Soneca, uma pessoa deitada na rede; o da Preguiça, uma pessoa no sofá assistindo à TV; o dos Bons Sonhos, um anjo sobre uma nuvem; o do Vício, uma fumaça densa; o da Meditação, um monge; e o da Lucidez, o Sol.

Os médicos iniciantes têm de passar por quase todos os Vales e, se contratados, são escolhidos para o Vale a que mais se adéquam.

Eu paro de ler um pouco para pensar com qual será que me identificaria mais. Talvez o dos Bons Sonhos?

Fecho os olhos e me lembro do rosto do dr. Dream, aquilo sim era um bom sonho. Mas eu não estaria ali para sonhar, teria de trabalhar, e sério. E com certeza dr. Lucas não ficava muito tempo na clínica, pois deveria viver viajando. E seria bem melhor assim. Quem conseguiria trabalhar direito com um homem daqueles por perto?

Continuo a leitura e me detenho com atenção na parte sobre o **Vale da Meditação** que diz:

As pessoas correm de um lado para o outro sem reservar apenas alguns minutos para relaxar. Mais do que se distrair, a mente precisa de uma pausa, de um sossego. Com tantos pensamentos fluindo, a mente fica agitada como uma tempestade no deserto.

A meditação é como se baixássemos a areia da nossa mente; nela os pensamentos se encaixam, voltam ao normal e então surgem as grandes ideias, as grandes inspirações, os grandes pensamentos.

Lembro-me então do sonho que tive na semana passada, o sonho que não tive coragem de revelar ao dr. Dream. Naquela noite antes de me deitar, pedi que recebesse uma inspiração de alguma oportunidade

Capítulo 2

em minha carreira dali para frente. Já havia enviado vários currículos e ainda não tinha sido chamada para nenhuma entrevista. Na manhã seguinte, enquanto ainda escovava meus dentes, escutei o som de uma nova mensagem em meu celular: "Favor ligar para o Vale dos Sonhos ainda hoje, você foi escolhida para uma primeira entrevista".

Aquela sem dúvida me pareceu uma resposta, e, embora eu não consiga me lembrar do que sonhei exatamente naquela noite, recordo-me como acordei com uma deliciosa sensação de bem-estar.

Agora passo a leitura para o Vale das Sombras, que me parece algo sombrio a princípio, onde os pacientes têm que enfrentar seus medos para superá-los. Não acho que me identificaria com esse Vale.

O Vale da Preguiça também é bastante interessante; são pacientes que deixam tudo pela metade, vivem sem ânimo, cansados sem motivos aparentes. Pessoas que desistem de tudo na primeira dificuldade. Concluo que esse vale é também bem intrigante. Fico imaginando quantas pessoas já conheci assim, pessoas que não chegam a lugar algum, sempre inventando desculpas para não fazer isso ou aquilo, quando na realidade a verdadeira razão é a preguiça que as domina.

Vale da Soneca. Pacientes que precisam aprender a tirar bom proveito de uma boa soneca e que, ao acordar, possam se sentir mais dispostos e não mais sonolentos. Acho esse Vale legalzinho.

O Vale do Vício me parece bem complexo, serve para pacientes que têm todos os tipos de vícios ou compulsão. Não só para viciados em drogas lícitas e ilícitas, mas também para os que exageram em algumas questões como sexo, comida, jogos, internet, tudo aquilo que traz desequilíbrio para sua vida.

O Vale da Insônia é bem instigante. Faz-se uma avaliação minuciosa para descobrir por que o paciente não consegue dormir; são feitos exames psicológicos e clínicos para descartar outros problemas de saúde.

No Vale dos Bons Sonhos, administra-se o medicamento Dreamer; porém, o paciente tem de ter passado por algum dos outros Vales antes de chegar a esse estágio.

Enfim, o Vale da Lucidez, onde o paciente já sabe qual é seu problema, já foi tratado com o medicamento Dreamer e está se preparando para deixar o Vale dos Sonhos.

Todos os pacientes passam por um desses dois últimos estágios antes de receber alta.

Olho no relógio e me dou conta de que fiquei lendo o manual por mais de três horas; é tão rico e interessante que não dá vontade de parar. Quem poderia ter tido a ideia de um lugar desses? Só mesmo um gênio! Esse dr. Dream não é fraco, não. Não é à toa que o cara é reconhecido. Dizem que já há muitos lugares parecidos tentando copiar, mas ele foi o pioneiro, o criador de todo esse sonho maluco!

Não consigo mais parar de ler, tudo é muito novo e interessante. Dou só uma paradinha para comer um misto frio. Continuo a leitura com atenção, mas logo meus olhos começam a pesar e caio no sono.

Acordo com o dia clareando e me dou conta de que adormeci no sofá. Falta pouco para terminar, mas já tomei minha decisão. É claro que vou trabalhar no Vale dos Sonhos. Quando e onde vou ter outra oportunidade dessas na vida?

Termino a leitura depois de um bom banho e um belo café da manhã. Assim já estou pronta para assinar os termos do contrato.

À noite, depois de ter assinado o contrato, estou me arrumando para ir ao meu aniversário quando meu celular toca. É meu pai querendo saber como faz para chegar ao tal bar. Ele acaba de chegar a São Paulo. Veio só para meu aniversário e, como ele explica, está acompanhado de Luiza. Eu não me lembro de ter ouvido falar dela, com certeza é sua última conquista.

Estou vestindo um pretinho de alças e rendas. Dou uma puxada no cabelo para trás e capricho na maquiagem do olho. Até que enfim aprendi a fazer olhos de gatinha; foi Cris quem me ensinou, ela disse que aprendeu na internet. E até que fica muito bom!

Chego ao bar e Cris já está lá. Não consigo acreditar que ela está vestida daquele jeito, um pretinho também, mas megacurto e transparente dos lados. E como não aparece sua calcinha, imagino que ela esteja sem. Arrasto-a para o banheiro e pergunto:

– Que roupa de periguete é essa? Tá louca?

– Que roupa de periguete nada, tá na última moda!

Eu chacoalho a cabeça, só pode ser pirada.

– E você tá sem calcinha?

– Claro que não, Tati. Você é tontinha, é calcinha invisível dos lados, última moda no Rio.

Cris dá mais uma olhada no espelho e não dá a mínima para minha reprovação.

– Não está o máximo? – me pega pelo braço puxando e dizendo:

– Agora deixa de papo chato e vamos voltar para a mesa, daqui a pouco chegam nossos amigos.

Assim que voltamos para a mesa encontramos nossa amiga Angelina, a nerd. Ela está insuportavelmente brega. Tento enxergar algo que esteja combinando, mas é impossível. Ela ama comprar roupas em brechó.

E então chega meu pai. Que coroa bonito! Todas as minhas amigas o acham um charme: alto, moreno, uns cabelinhos brancos, olhos verdes, um gato; dizem que ele parece aquele francês, o Olivier Anquier.

Está acompanhado de uma garota que deve ter minha idade; não, minto, deve ser mais nova. Ele nem me diz nada e já me dá um abraço de urso, aquele que amo e que me acolhe desde pequena. São nesses abraços que tive forças para superar tantos desafios na vida. A perda de minha mãe, a batalha dura para passar no vestibular, é de meu pai que vêm tanta força e coragem. Eu amo esse cara! Ele se afasta um pouco para me observar e diz:

– Minha filha, como você tá linda! A médica mais linda e charmosa do mundo.

Então ele se lembra de Luiza, a sua acompanhante.

– Querida, esta é Luiza, minha namorada.

– Olá, Luiza, tudo bem? – tento disfarçar, mas acho que não dou meu melhor sorriso, eu sempre morro de ciúmes das namoradas dele. Gostaria de saber quando isso vai passar, se é que vai passar um dia.

Ela me parece até bem simpática. Baixinha, com cabelo liso castanho e cheia de curvas.

– Oi, Tati, ouvi falar muito de você. Pense num cara coruja!, esse é seu pai. Olha só, eu dei palpite no presente, espero que goste.

Ela me entrega uma sacola de uma joalheria muito famosa. Há dentro uma caixinha linda. Abro e me espanto com o lindo anel de ouro branco e pedra azul. Coloco logo no dedo. Fica simplesmente maravilhoso em minha mão.

– Pai, que coisa mais linda! Amei!

– A Luiza me ajudou a escolher.

Ela me olha com um sorriso aberto e até começo achá-la simpática.

– Que bom que gostou, Tati! Seu pai me disse como era seu tipo, então eu achei esse anel a sua cara.

Meu pai então explica:

– Luiza é *designer* de joias, este anel é uma de suas criações.

Então concluo que esta namorada pelo menos é diferente, tem uma profissão além da manjada "caça marido rico". Ela já ganha um pontinho comigo.

Os convidados começam a chegar, e fico surpresa com a vinda de Eric. Incrível que, mesmo não conhecendo nenhum dos meus amigos, ele se enturma rapidinho, principalmente com Cris.

Eu estou tão ansiosa com tudo que não consigo comer, só vou bebendo Prosecco, e aquilo vai me dando uma leveza e um pilequinho bom, enfim preciso me desligar um pouco da tomada.

Marco Antônio não para de dar em cima de mim, me tira para dançar, fala bobagens no meu ouvido, eu só dou risada. Ele é sim um cara bonito e interessante, mas minha química não bateu com a dele.

Não sinto aquela eletricidade; já trocamos beijinhos e amassos, mas nunca passamos disso.

Estamos dançando quando, para minha surpresa, Eric está no meio da banda com o microfone. Não acredito que ele vai cantar, e canta uma música do Skank: "Sutilmente". E então chama Cris para subir ao palco e cantar com ele. Claro que ela sobe, e os dois cantando juntos:

"E quando eu estiver fogo, suavemente se encaixe...."

Estava na cara que aqueles dois não iriam parar por ali, tinham ainda, com certeza, muita lenha para queimar.

Marco aproveita a empolgação e tenta me beijar; eu estou bem tonta, tento fixar os olhos no seu rosto e vejo tudo embaçado. De repente, vejo o rosto do dr. Lucas e seu sorriso lindo. Pisco várias vezes e para minha decepção é Marco quem está à minha frente. Então digo:

– Marco, vamos sentar, não estou me sentindo bem, está tudo rodando.

Ele se oferece para me levar para casa:

– Você não pode dirigir, te levo pra casa.

Estão todos se divertindo e dançando. Fico sentada até que Cris se aproxima da mesa de mãos dadas com Eric, percebo que ela está com certa pressa, e algo me diz que não é necessariamente para cortar o bolo. Então ela grita:

– Hora do bolo!

O garçom coloca o bolo floresta negra sobre a mesa e lá vem a hora dos parabéns.

Fico aliviada quando tudo termina, só consigo morder um pedacinho do bolo, mas meu estômago começa a embrulhar e então peço que Marco me leve.

Ele pega as chaves do meu carro, arruma alguém para levar o carro dele. Marco sempre é muito gentil, embora seja muito insistente.

Chegamos ao meu apartamento e ele se oferece para me preparar um café, faz também umas torradas e coloca sobre a mesinha da sala:

– Agora tome este café e coma, por favor. Você só bebeu!

Aceito o café e tento comer pelo menos uma torrada. Meu estômago está queimando e minha cabeça tilintando.

Ele sorri e diz:

– Você é muito fraca pra beber. – Ele tira minhas sandálias com delicadeza e me ajeita no sofá. Depois se senta em uma almofada no chão bem pertinho de mim e me beija.

Fecho os olhos e imagino Lucas me beijando, suas mãos passeando pelo meu corpo. O desejo começa a tomar conta de mim. Marco me senta no sofá e levanta meu vestido. Sinto suas mãos subindo por minhas coxas, imagino as mãos lindas de Lucas.

Então abro os olhos e, num momento de sensatez, dou um pulo e digo:

– Para, Marco. Você está se aproveitando da minha situação. Assim não quero.

Ele me olha com a cara transtornada de desejo e fala bravo:

– Você estava queimando em brasa de desejo, Tati, e não é por causa da bebida.

Eu me levanto, ajeito meu vestido e digo:

– Pode dormir aqui na sala para não ter de ir embora agora no meio da noite. Eu vou para o quarto e vou passar a chave. Boa noite!

Deixo um Marco totalmente perplexo ali plantado no meio da sala.

Trancada no quarto só consigo tomar um banho rápido e me jogar na cama, depois parece que entrei em coma. Acordo no domingo às 12h30. Vou até a sala e, como era de se esperar, Marco não está mais lá. Penso que fui rude com ele, mas por que ele não entende que gosto dele somente como amigo?

Quando olho para a mesa, vejo uma cesta linda de guloseimas, chocolates, flores, pães, geleias. Reconheço a marca de uma rotisseria alemã que faz um maravilhoso strudel de maçã e deliciosas quiches. Ao lado, um pacote embrulhado em papel luxuoso. Será que Marco, depois do jeito rude com que eu o tratei, ainda quis me agradar?

Abro o pacote, há um avental branco com um bordado do lado esquerdo: Vale da Insônia.

Enfim, leio o cartão: "Dra. Tatiana, espero que tenha lido e assinado nosso contrato. O Vale da Insônia será o seu primeiro vale. Esperamos você aqui na próxima quarta-feira. Assinado: Vale dos Sonhos".

Quem teria escrito o cartão? Parecia letra de homem, e não poderia ser de modo algum um presente de Pamela. Seria do dr. Lucas? Por que então ele não tinha assinado Lucas Pecchi? Para não parecer algo pessoal? Mil perguntas azucrinavam minha cabeça, mas a primeira a desvendar era saber como aquela cesta tinha vindo parar na mesa da minha sala. Ligo para a portaria, o porteiro explica que entregaram logo cedo e o meu amigo Marco que recebeu. Teria Marco lido o cartão? E daí se tivesse lido? Não havia nada demais. A não ser pelo fato de que eu nem era ainda funcionária, e já estaria recebendo um presente.

Segunda-feira pela manhã acordo decidida a ligar para o Vale dos Sonhos; pulo da cama, respiro fundo, pego o telefone e ligo. Meu coração está aos pulos, uma voz feminina e suave me atende. Explico que quero falar com o setor de Recursos Humanos. Ela pede para eu aguardar um instante. Fico ainda mais ansiosa. Quem será que vai me atender? Pamela? Kelly? A mesma voz retorna e diz que iria passar a ligação.

– Olá, dra. Tatiana, bom dia! Meu nome é Arlete, leu nosso contrato?

– Sim, li sim! E decidi aceitar o emprego.

– Parabéns. Deve se considerar privilegiada em trabalhar conosco; muitos são chamados, mas poucos são escolhidos.

Fico intrigada com a frase, acho que já ouvi em algum lugar. Enfim, ela diz:

– Você pode começar então nesta quarta-feira?

– Sim, posso. A que horas devo chegar?

– Às 9 horas está bem para você?

– Sim, está ótimo. Vou pra Campos na terça-feira, e já reservarei um hotel. Vocês têm alguns como sugestão?

– Sim, temos. Vou passar o nome dos hotéis e outras orientações para seu e-mail ainda hoje. Parabéns mais uma vez pela escolha, e seja bem-vinda ao Vale dos Sonhos.

Digo obrigada e desligo. Tento fazer um retrospecto em minha mente. Vou trabalhar numa clínica hiperfamosa; vou morar em Campos do Jordão, uma cidade linda, limpa, longe de trânsito e violência; vou ter um bom salário e, mesmo não querendo pensar nesta possibilidade, não querendo admitir, é a que mais me atrai: vou trabalhar perto de Lucas, um sonho de homem, ou seria o homem dos sonhos?

Tantas coisas para providenciar e eu aqui em devaneios. Tenho de reservar um hotel e depois, já instalada na cidade, preciso procurar uma casa. Uma casinha ou chalé, sei lá. E minhas coisas amanhã já irão todas para um depósito. Só levarei comigo umas duas malas. Meu carro não permite nem que eu leve livros, vou ter de esperar por eles; só vou levar uns dois ou três, escolho os de Valerie.

Pego mais uma vez o avental bordado que me foi enviado com o logo do Vale da Insônia, uma pessoa na janela olhando as estrelas. Por que eu começaria por lá? Quem teria escolhido esse Vale para mim? Tantas perguntas... isso me deixa ainda mais curiosa e ansiosa, mas sei que em breve terei todas essas repostas.

Chego terça à tarde em Campos e me instalo em um dos hotéis sugeridos por Arlete. Ainda é mês de junho e por isso não tive tanta dificuldade de encontrar acomodações disponíveis. Os hotéis em Campos

Capítulo 2

começam a ficar lotados a partir de julho, quando o frio chega; os turistas lotam esta pequena e encantadora cidade conhecida como a Suíça brasileira com seus charmosos cafés e restaurantes, que servem deliciosos fondues, maravilhosos cappuccinos e cafés elaborados por baristas com avelãs, licores, essências...

Aproveito a tarde para passear e fazer compras; adoro as malhas daqui, são macias e elegantes. Arrisco-me até a comprar umas luvas brancas que combinam com o cachecol. Vou até o teleférico, aonde, quando era criança, sempre fazia meu pai me levar. É muita linda a vista de cima, e, conforme subo e me aproximo da montanha, vou sentindo o friozinho aumentar.

Olho para a cidade lá de cima e fico pensando: "o que será que me aguarda nessa nova fase da minha vida?"

É meu último dia antes de começar no Vale, que deveria se chamar dos Mistérios. Algo me diz que minha vida vai mudar muito por lá.

Volto para o hotel e ligo o aquecedor, pois em junho as noites já são bastante frias; tento me distrair entrando no WhatsApp para falar com as amigas que me bombardeiam de perguntas e eu respondo evasivamente:

– Queridas, ainda sei tanto quanto vocês sobre aquele lugar. Prometo que vou deixando vocês atualizadas, ok?

Elas ficam desapontadas, mas a verdade é que ainda não sei nada mesmo e estou tão curiosa quanto elas. Nem consigo dormir direito à noite, me viro de um lado para o outro. Ligo a TV, nada de bom passando. Desligo o aquecedor e tenho frio; ligo e fico com calor; pego um livro e leio a mesma página uma dúzia de vezes.

Meu Deus, eu preciso de uma drágea de Dreamer!

Acordo supercedo, tomo um bom banho e vou animada para o café da manhã do hotel. Quanta delícia! Croissants salgados, doces recheados. Socorro! Mas é meu primeiro dia de trabalho, então me dou ao luxo de devorar um pouco de cada.

Dou mais uma olhada no espelho antes de sair. Calças cinza de alfaiataria, camisa branca e sapatos pretos de saltos bem grossos, assim ficam elegantes e não canso muito. Pego a sacola com o avental e respiro fundo. Lá vou eu, rumo ao desconhecido.

Estaciono o carro na vaga para funcionários como indicam as placas, já estou me sentindo importante só de poder parar ali.

Na recepção uma das recepcionistas vestida de "argh" tipo havaiana me reconhece. *Esse uniforme não tem nada a ver com o local.*

– Olá, dra. Tatiana. Tudo bem?

– Olá, bom dia! Sim, muito bem.

E é assim que me sinto, muito bem mesmo, embora esteja bastante ansiosa.

Ela parece ler meus pensamentos e diz:

– Fique tranquila, e seja muito bem-vinda! Vou avisar que a doutora chegou. Quer um café?

Ela aponta para uma máquina italiana de café expresso, daquelas que é só apertar um botão.

– Ah, quero sim. Posso me servir?

– Sim, claro!

Enquanto ela avisa a alguém que cheguei, eu me distraio tomando o café e olhando a paisagem. Tudo tão calmo, sereno. É possível ouvir vários cantos de pássaros; eu não saberia distinguir quais são, exceto pelo inconfundível som do bem-te-vi.

Então aparece uma senhora rechonchuda, cabelos bem claros, quase brancos, e sotaque de alemã. Ela se apresenta como Brigitte e pede para acompanhá-la até o RH.

Lá encontro Arlete, a gerente do Departamento Pessoal. Uma senhora também de seus 60 anos, magra e alta. Ela sorri ao me ver e me cumprimenta com um beijo no rosto.

– Seja bem-vinda, querida! Trouxe sua carteira de trabalho?

– Trouxe sim. E o contrato assinado com firma reconhecida também.

– Ah, que ótimo! Peço que leia este também. É um contrato de sigilo, tudo que ver e ouvir por aqui não poderá ser revelado de maneira alguma, nem para amigos, parentes e muito menos imprensa. Leia com atenção e, se estiver de acordo, assine, por favor. Sem ele, você não poderá começar a trabalhar aqui conosco.

Começo a ler o contrato de sigilo absoluto, tudo que souber sobre a vida dos pacientes, os tratamentos, procedimentos, nada em hipótese alguma pode ser revelado. Isso aguça ainda mais a minha curiosidade, o que me faz assinar logo, e não posso deixar de pensar como vou explicar isso para a Cris, só por Deus para ela entender que não poderei contar nada.

Assino e entrego a Arlete, que verifica e faz sinal positivo com a cabeça.

– Agora sim, mocinha, você faz parte de nossa equipe. Brigitte vai levá-la até o Vale da Insônia. Boa sorte e espero que goste do dr. Jorge, o médico responsável pelo Vale.

– Obrigada, Arlete, não vejo a hora de começar – digo isso com sinceridade, mas sem confessar que estou assustada por não saber ao certo o que vou encontrar.

Capítulo 2

Chego ao Vale da Insônia já vestindo meu avental, sou recebida por uma garota com traços orientais, ela se apresenta como Sueli e me leva até a sala do dr. Jorge, que está sentado numa confortável poltrona assistindo a um filme em uma grande tela. Na verdade, é gravação de uma paciente dormindo num lugar bem agradável, é uma senhora por volta dos 70 anos.

Dr. Jorge se levanta assim que me vê e solta um sorriso agradável que nunca mais me esquecerei.

– Bem-vinda, dra. Tatiana, estava esperando por você. Lucas me disse que tinha achado a pessoa de que eu estava precisando, e ele nunca erra.

Então dr. Jorge não chama Lucas de dr. Dream. Será que só as mulheres o chamam assim? Estendi a mão e disse:

– Muito prazer, dr. Jorge, espero não decepcioná-lo.

Ele se vira para Sueli e faz um aceno com a cabeça; ela, como boa oriental, não diz nada e se retira em silêncio.

Dr. Jorge tem sotaque gaúcho, é um homem grande, gordo, careca, de seus 60 anos. Algo nele me deixa à vontade, não sei se seu timbre de voz, sua maneira afável de sorrir ou olhar manso; ele me parece alguém de coração aberto.

Ele então começa a falar:

– Dra. Tatiana, não sei por que Lucas a escolheu nem por que a indicou para este Vale, mas também tenho um *feeling* que aqui é seu lugar.

Eu só consigo sorrir, não sei ao certo o que dizer ainda. E ele continua:

– Vou lhe mostrar em vídeo as suas duas primeiras pacientes, uma é aquela senhora da tela que você viu deitada fingindo dormir.

Eu não entendi o fingindo e pergunto:

– Como sabe que ela estava fingindo?

A sra. Teodora é muito controladora, ela é capaz de tudo para manipular as pessoas, inclusive fingir num tratamento para insônia que está conseguindo dormir.

Eu fiquei boquiaberta. Como ele sabia disso? Olhando a sra. Teodora no vídeo, parecia até uma velhinha indefesa, ali, dormindo profundamente.

Ele continua:

– A outra paciente é a sra. Bete, as duas são completamente diferentes uma da outra. Teodora é autossuficiente, dominadora, controladora, o oposto de Bete, que é doce, autoestima baixa, aparentemente frágil, e não conhece a força que tem. Porém, ambas têm o mesmo problema: não conseguem dormir, sofrem de insônia. Agora o problema delas é nosso também, meu e seu, dra. Tatiana.

Eu faço um sinal positivo com a cabeça, tentando me convencer disso. Respondo:

– Claro que sim! E qual das duas vou conhecer primeiro?

– Vamos para o jardim. Teodora deve estar por lá, ela adora conversar e começa a falar com o primeiro que vê na frente, prepare seus ouvidos.

O jardim do Vale da Insônia é muito florido com bancos em madeira branca e um riacho que deságua numa linda fonte. Vejo umas pessoas praticando ioga com tapetes sobre a grama. A professora é uma mulher de cabelos castanho-claros e vivos olhos verdes. Ela acena com a cabeça quando nos vê. Outro grupo está chegando de uma caminhada com um professor à frente, e, como me explica dr. Jorge, é o professor de educação física Juliano. Ele é um contraste naquela atmosfera de paz e tranquilidade, parece mais um general, todo fortão e tatuado. Voz firme e alta, mas todos parecem bem confortáveis com seu comando.

Paro para admirar aquele lugar único, que não parece nem de longe uma clínica psiquiátrica; está muito mais para um *spa*, mas ninguém estava ali para perder peso ou só relaxar, e isso, além de me instigar muito, faz toda a diferença.

Reconheço a sra. Teodora, a senhora da tela, o cabelo grisalho na altura das orelhas, uma senhora magra, olhos com enormes bolsas que lhe dão o ar de muito cansada, mas o olhar é forte e cortante, parece cheio de energia. Dr. Jorge se aproxima dela e me apresenta:

– Teodora querida, esta é dra. Tatiana, ela é quem vai cuidar de você.

Teodora me lança um olhar de raios e depois espreme bem os olhos para me encarar. Eu sustento seu olhar com um sorriso. Ela então, sem ao menos me cumprimentar, diz:

– Venha, dra. Tatiana, ver esse pé de azaleia que eu mesma plantei, está logo ali.

Eu olho para dr. Jorge, que pisca para mim e fala baixinho:

– Vá em frente, sinal de que ela gostou de você.

Saio apressada para acompanhar aquela senhora que caminha apoiada numa bengala, mas que tem a postura mais altiva que já vi!

Ela aponta com a própria bengala para o pé de azaleias; algumas flores estão começando a desabrochar e são de um rosa vivo que dá um lindo contraste com o verde.

Ela, sem me olhar, mirando as flores, pergunta:

– Viu? Não são lindas?

Respondo com sinceridade:

– Sim, muito lindas – só então ela me encara mais uma vez e faz uma pergunta que não tem nada a ver com flores.

– Você tem família?

– Sim, tenho... um pai maravilhoso, irmão e bem... perdi minha mãe quando era pequena.

Ela continua caminhando e falando:

– Eu tenho duas filhas, as duas casadas com crápulas! Só querem saber do meu dinheiro.

Percebo quanta raiva ela coloca naquelas palavras. Ela continua:

– Elas não percebem que eles só se casaram com elas por causa da herança – então ela me encara mais uma vez e diz:

– Elas nunca foram bonitas assim como você, nenhum atributo que pudesse atrair de verdade um homem, a não ser a minha fortuna. Sempre foram desengonçadas e fracas! Não puxaram nada a mim, saíram ao abestalhado do pai.

Eu suspiro enquanto penso, quanta amargura carrega aquela mulher! Parece que ela não conseguia ver nada de bom em ninguém, que triste!

Então pergunto:

– Quando conheceu seu marido, ele era rico?

Sem me encarar, olhando para as flores, ela responde:

– Não! Nós dois, juntos, trabalhamos muito e construímos nosso patrimônio.

– E a senhora o amava?

– Sim, muito. Amava muito aquele homem.

– Então a senhora amava seu marido apesar de ele ser um "abestalhado"?

Neste momento pareço ter tocado em algo que a incomoda. Ela me encara com ar inquieto e fala com um pouco menos de firmeza.

– Sim.

Aproveito a deixa para levantar então uma hipótese:

– Então veja que até as pessoas fracas podem ser amadas, como suas filhas.

Ela parece muito incomodada com meu questionamento. Sinto que toquei em algo que ela nunca tinha pensado, ou nunca queria ter pensado.

Ela me encara novamente com aquele olhar penetrante, medindo-me de cima a baixo. E desconversa:

– Estou cansada, preciso ir tomar o café da manhã – e sai em direção ao restaurante.

Vou atrás dela, mas com a certeza de que toquei no seu ponto fraco; sim, aprendi que todos têm um ponto fraco, até aquela mulher que queria parecer uma fortaleza.

Sentamo-nos a uma mesa sob as árvores, o garçom com aquela roupinha de havaiano vem nos servir.

Escolho algo leve só para acompanhá-la e ela também parece não estar com muito apetite.

Ela levanta a questão das filhas novamente:

– Minhas filhas são fracas e moles, um prato cheio para cafajestes.

Nesse momento acho melhor não contestar e só ouço.

– Aqueles crápulas querem dançar sobre meu caixão, mas eu vou durar muito... eles é que vão primeiro.

Tanta raiva, revolta, aspereza em uma única pessoa.

– Que triste! – concluo. – A senhora tem netos?

Pela primeira vez a vejo esboçar um sorriso.

– Sim, tenho cinco. Minha filha mais velha, Marlene, tem dois: Igor e Catarina são jovens e lindos. Graças a Deus não puxaram os pais. E a filha mais nova, Noêmia, tem dois meninos e uma menina; a menina, Karen puxou a mãe, tonta que só ela, mas é linda! Os meninos são muito carinhosos comigo, João e Jaime.

– Então a senhora tem uma família e tanto, hein? Sabe, dona Teodora, acho que no fundo toda família é assim, uma mistura de gente. Gente boa, gente chata, gente inteligente, gente feia, gente boba... A nossa família é uma amostra da humanidade, não acha?

Ela continua mexendo o café e, sem levantar a cabeça, responde:

– Então a humanidade tá podre!

Não sei se fico assustada ou se no fundo começo até achar dona Teodora um pouco cômica, tão profunda e dramática. Já percebo que aquela mulher é "osso".

Dr. Jorge se aproxima, pede licença e se junta a nós duas; pede um cappuccino e solta um galanteio:

– Teodora querida, você está linda hoje de lilás!

Ela revira os olhos e diz:

– Lá vem o doutor galanteador! Cuidado viu, Tatiana? Esse aí, vestiu saia, ele cai em cima.

Capítulo 2

Eu acabo soltando uma boa risada, enfim a "dona cara de mau" também tem senso de humor!

Dr. Jorge então explica que vai ter de me roubar um pouco. Teodora olha para mim e dá de ombros, como se para ela a minha companhia não fizesse a menor diferença; mas no fundo eu começo a achar que, de alguma forma, meu afastamento faz sim diferença, pois sinto certa melancolia em seu olhar. Será que consegui fazer aquela senhora de pedra simpatizar um tiquinho comigo?

Levanto-me e lhe dou um beijo na testa. Ela fica sem jeito, parece não estar acostumada com esse tipo de afeto. E percebo um leve sorriso em seus lábios.

Dr. Jorge me leva até a outra paciente, a Bete; ela tinha feito aula de ioga porque estava com o tapetinho ao seu lado, e estava sentada numa confortável *chaise* no jardim, lendo um livro. É uma mulher de aparência agradável, cabelos castanhos cacheados presos num rabo de cavalo displicente, olhos verdes sob um par de óculos de leitura, aparentando uns 50 anos. Tem o rosto redondo, e quando sorri, forma-se uma papada entre seu queixo e pescoço. Não é uma mulher gorda, eu diria que é "cheinha". Olho a capa do livro que lê, é de autoajuda, algo sobre "encontrar a felicidade".

Dr. Jorge me apresenta:

– Olá, Bete. Bom dia! Desculpe-nos por atrapalhar sua leitura, mas quero que conheça a dra. Tatiana.

Ela coloca o livro de lado, tira os óculos e se levanta sorridente.

– Olá, dra. Tatiana, é nova por aqui?

– Sim, meu primeiro dia. E o dr. Jorge achou que você é a pessoa certa para eu me enturmar, não é dr. Jorge? – brinco.

– Por favor, Bete, cuide dessa carioca perdida para mim.

Ela então segura na minha mão e pede para eu me sentar ao seu lado.

– Dra. Tatiana, deve estar imaginando como vim parar aqui.

– Bingo! – respondo. Já deu para perceber que Bete é uma mulher inteligente e rápida.

– Vou tentar fazer um breve resumo da minha vida, ok?

– Por favor, se isso lhe faz bem...

– Sim, me faz muito bem... parece que cada vez que conto, fico mais aliviada!

– Então, por favor, vá em frente – incentivo.

– Eu me casei com 21 anos, tive meu primeiro filho com 22, um menino, e logo aos 24 tive minha menina. Hoje já estão na faculdade, ele faz Administração e ela, Veterinária.

Tinha um casamento como qualquer outro, aparentemente uma família normal. Eu até desconfiava de que ele desse uma pulada de cerca, mas que marido não dá, não é mesmo?

Claro que não concordo com esse pensamento, mas não é hora ainda de levantar esta questão, queria ouvi-la primeiro. Ela continua:

– Até que há cerca de um ano ele chegou e me disse que estava apaixonado por outra, que não me amava mais, que nosso casamento terminava ali.

Percebo como aquilo a machuca, e como está magoada. As lágrimas insistem em sair mesmo ela tentando disfarçar. Ela então desmorona e esconde o rosto entre as mãos. Parece envergonhada. Eu gentilmente tiro as mãos do seu rosto, pego meu pequeno pacote de lenço de papel com que ando no bolso, ofereço e ela pega agradecida.

Aquela mulher é um poço de mágoas, não é rancorosa como Teodora, só que se sente mal-amada. Eu então digo:

– Bete, precisamos nos livrar dessas mágoas, não acha?

Ela sacode a cabeça afirmativamente e diz:

– É tudo que quero!

E eu respondo:

– E é para isso que estamos aqui! – então, estendo minha mão e a convido para uma caminhada.

Eu pergunto:

– Em qual momento da sua vida você começou a achar que seu casamento, que seu marido era o centro do Universo, que tudo girava em torno dele? Desse relacionamento?

Ela responde:

– Acho que quando larguei tudo, minha vida profissional, deixei tudo pra trás para cuidar dos filhos, da família, do marido.

Questiono:

– E você acha pouco? Cuidar de filhos, de uma casa, de marido?

– Acho.

Falo firmemente:

– Pois eu não acho. Você largou sua profissão para cuidar de gente. Tem coisa mais importante no mundo que cuidar de gente? E seus filhos agora estão na faculdade. Quanto mérito da senhora Bete tem nisso? Eu posso afirmar que muito! Cuidar de uma família não é para qualquer um; é para poucos, e se dedicar devidamente a essa família com mente e coração, como você fez, é para uma pequena minoria, por isso vemos tantas famílias desajustadas por aí.

Ela me olha parecendo um pouco mais aliviada, pelo menos parece ter parado para refletir um pouco.

Engraçado como as pessoas constroem suas verdades e fazem delas algo absoluto. Com certeza Bete, uma mulher de 40 e poucos anos, bonita, tinha feito muitas coisas com que se orgulhar, mas aparentemente ali estava uma mulher que não se orgulhava de nada, sentindo-se fraca e submissa.

– O que fazia antes de ter filhos? – pergunto.

Ela abre um sorriso de orelha a orelha e diz:

– Eu tinha um salão de beleza.

– E você não acha que poderia ter um novamente?

Ela me olha confusa. Chacoalha a cabeça e diz:

– Ah, não sei se ainda tenho disposição para começar tudo de novo.

Paramos no caminho no topo de uma montanha, ela coloca as mãos na cintura e respira fundo.

– Será que ainda não é tempo de recomeçar? – pergunto. – Conhece a frase de Chico Xavier: "Não podemos fazer um novo começo, mas sempre podemos fazer um novo fim"?

Ela me olha com um ar um pouco mais inquietante, sinto que mexi em algo ali dentro. Adoro fazer isso com meus pacientes, com as pessoas em geral, mexer naquele cantinho que o indivíduo quer mais esconder.

Capítulo 3

Depois de conhecer minhas duas primeiras pacientes, dr. Jorge vem me buscar para almoçar. Vamos caminhando até o Vale da Lucidez, que é um Vale encantador. O restaurante é coberto por sapé e mesas rústicas. Há um enorme estacionamento ao lado, e até heliporto.

Para minha surpresa, diria agradável, inesperada e excitante, vejo dr. Lucas se aproximando de nossa mesa. Parece ainda mais alto, mais lindo, mais tudo de bom! Vem com aquele sorriso de propaganda de creme dental. Tento parecer natural, mas não sei nem onde coloco as mãos.

– E então, dra. Tatiana, como foi sua primeira manhã por aqui?

– Oi. Olá, dr. Lucas. Estou gostando muito. Tudo muito novo pra mim, o ambiente, a situação em que encontramos os pacientes, mas estou adorando.

O seu celular toca insistentemente, ele tira do avental e desliga sem nem olhar para tela. Vejo em outra mesa dra. Pamela e Kelly tentando disfarçar, mas as duas não param de olhar para nossa mesa e cochichar.

Almoçamos os três conversando animadamente sobre o Vale e sobre outros assuntos. Ele me pergunta sobre minha família, conto sobre meu pai, meu irmão e sobre a minha mãe que se foi. Ele me olha consternado e diz:

– Sinto muito.

Já estou acostumada com a reação de pena que as pessoas demonstram quando falo que perdi minha mãe tão cedo, porém sinto em Lucas algo mais. Algo que fica parado no ar, que parece ter feito ele se lembrar de alguma coisa nada agradável. Seu sorriso se desmancha e o vejo mirar o prato como se fosse o infinito.

Dr. Jorge, então, percebendo o clima pesado, desconversa e fala sobre futebol; percebo que Lucas entra na conversa, mas ainda algo o incomoda. Às vezes acho que é muito ruim ser psiquiatra, estamos sempre notando algo, ou querendo enxergar o que ninguém mais vê.

Acabamos enfim o papo com um assunto mais alegre. Ele diz:

– Dra. Tatiana, gostaria que passasse em minha sala antes de sair, quero saber tudo o que sentiu por aqui no seu primeiro dia, ok?

Eu faço sinal positivo com a cabeça e digo:

– Sim, claro.

Ele se afasta e dr. Jorge me diz:

– A doutora percebeu algo?

Não sei se ele se refere à mudança súbita de humor de dr. Lucas, mas mesmo assim respondo:

– Sim, percebi. Ele ficou triste quando falei sobre ter perdido a minha mãe ainda pequena, por quê?

Dr. Jorge pede um café para nós dois e se joga para trás na cadeira, parece estar se sentindo aliviado em dividir algo sobre Lucas comigo.

– Já ouviu falar que "em casa de ferreiro espeto é de pau"? Lucas, o poderoso dr. Dream, consegue curar todo mundo, menos a si mesmo.

Eu me inclino para a frente, agora estou morta de curiosidade, e dr. Jorge me diz:

– Ele estava noivo, casamento marcado com a dra. Vivian; já tinham tudo preparado, festa, lua de mel em Madri, vestido de noiva, alianças. A doutora foi para um congresso na Alemanha uma semana antes do casamento.

Dr. Jorge fica emocionado, lágrimas começam a brotar em seus olhos. Ele engole seco e fala com a voz emocionada. Sofreu um acidente fatal numa daquelas rodovias de alta velocidade. Não teve tempo nem de ser socorrida, morreu no local.

Eu fico sem palavras por uns instantes e, enfim, pergunto:

– Há quanto tempo foi isso?

– É recente, faz apenas três anos. Dizem que ele guarda tudo: o vestido, as alianças. É muito triste e doloroso. Eu tive oportunidade de conhecer Vivian, um doce de menina, embora muitas vezes me parecesse um tanto quanto instável.

Solto um longo suspiro. Ele dá um leve tapinha na minha mão e diz:

– Achei que você precisava saber disso. Nem todo mundo sabe, mas você... a maneira que Lucas falou de você... bem achei que era importante.

– Obrigada pela confiança, dr. Jorge. Foi sim muito importante eu saber disso.

Capítulo 3

Ele me leva para onde está Bete e explica:

– A esta hora Teodora costuma tirar um cochilo, assim ela diz. Mas o fato é que ela vai para o quarto e não sai antes das 16 horas. Então você tem tempo para ficar com Bete.

Dr. Jorge caminha rápido, apesar de ser um homem grandalhão e pesado. Percebo que ele tem um pequeno problema na perna esquerda, talvez seja seu joelho que não dobra direito. Acho que é por isso que ele anda rápido, para disfarçar a leve mancada. Chegamos a Bete, que está terminando o almoço, e peço licença para me sentar ao seu lado.

A conversa flui bem, ficamos trocando figurinhas sobre beleza e ela me dá dicas de maquiagem, para valorizar meus lábios e os olhos. Oferece-se para me maquiar no dia seguinte, diz que tem um estojo de maquiagem e tanto que comprou no exterior. Fico agradecida e revelo que as últimas aulas de maquiagem que tive foram com minha amiga Cris, e que ela aprendeu a se maquiar olhando blogs na internet.

Ela sorri e diz:

– Isso explica tudo – com certeza ela se diverte por causa da minha cara lavada.

Nessas horas é que vejo como faz falta uma mãe; na minha casa, não cresci em meio a batons e todas aquelas coisas que as mães costumam usar.

Depois de deixar Bete na aula de hidroginástica, vou encontrar Teodora. Não sei por que, mas começo a achar aquela mulher divertida, sempre colocando drama em tudo, acredito que na verdade ela se sairia uma excelente atriz.

Já são 18h30 e está na hora de ir para a sala do dr. Lucas. Quando chego à antessala vejo Kelly e Pamela conversando. As duas param e me olham com cara de poucos amigos.

Pamela me cumprimenta:

– Olá, dra. Tatiana, em que posso ajudá-la? Precisa de algo?

Respondo com firmeza:

– Olá, dra. Pamela. Não, obrigada, não preciso de nada. Só vim falar com Dr. Lucas.

– E qual seria o assunto? – pergunta com um sorrisinho.

– Não sei na verdade, foi ele quem me convidou.

Pamela ergue uma sobrancelha, desfaz o sorriso e engolindo seco pede para eu aguardar um momento. Ela se dirige ao consultório de Lucas, entra e até demora um pouco antes de vir me chamar. Retorna com o rosto em brasa, parecendo bem nervosa. Estaria contrariada com minha presença? – me pergunto.

E então, tentando ser gentil, diz:

– Pode entrar, dra. Tatiana, ele a aguarda na varanda.

Entro em sua sala e vejo as grandes portas da varanda abertas como da outra vez. Ele está sentado lá fora falando ao celular. À sua frente há uma poltrona redonda com almofadas, ele pede para eu me sentar.

Fico um pouco sem jeito, sento na pontinha. Ele parece perceber que estou sem graça e sorri, em seguida desliga o telefone.

– E então, dra. Tatiana, agora já sabe que no meu Vale não tem gnomos, nem duendes, nem fadinhas?

– Na verdade, eu esperava mais um mago por aqui, um bruxo ou até um alquimista.

Kelly entra com uma bandeja de chá, torradas, geleias, biscoitos e coloca sobre a mesa ao nosso lado.

Ele me oferece o chá, pergunta qual sabor prefiro; escolho maçã.

– Onde você se arranjou na cidade? – ele pergunta.

– Estou por enquanto num hotel, até achar uma casinha, ou chalé, ou qualquer coisa pequena só pra mim.

– Você é uma garota de sorte! Meu amigo está alugando um chalé aqui perto, acho que você vai gostar. Posso te pegar no hotel amanhã cedo e te levar lá antes de virmos para cá, o que acha? Acho bom correr, o lugar é muito bom e não para vazio.

– Não quero dar trabalho, se quiser posso ir sozinha.

– Nada disso, vou te levar, assim meu amigo aluga por um preço camarada, ele adora esfolar as pessoas.

– Então está bem. Que horas te espero?

– Às 8 horas?

– Está ótimo, obrigada pela ajuda, eu não conheço bem a cidade ainda.

Vasculho em minha bolsa e lhe entrego um cartão com o endereço do hotel em que estou hospedada.

Termino o chá e me levanto para sair. Ele se levanta também e me dá um beijinho no rosto. Pego a bolsa e saio com a certeza de que estou entrando num campo minado.

Passo a noite agitada; outra noite assim, não, por favor! Daqui a pouco, eu que vou parar no Vale da Insônia.

Acordo, tomo um bom banho, coloco uma calça preta e uma camisa rosa clarinha. Percebo que não vou ter tempo nem de secar os cabelos e corro para o *lounge* do hotel.

Quando chego, ele vem entrando; está sem o avental, com camisa branca e calça cinza. Aquele cabelo fininho que insiste em voar de um lado para o outro. Ele se aproxima e me dá um beijinho no rosto. Quanta tortura logo de manhã ver esse homem assim lindo e todo cheiroso.

Vamos para seu carro, uma BMW preta. Ele liga o som do automóvel e toca a música "Feel", de Robbie Williams, que eu curto muito.

Chegamos rápido ao chalé, mais rápido do que eu gostaria. Avisto um chalé que de fora mais parece uma casinha de bonecas, paredes num azul bem clarinho, porta e janelas brancas. Ele destranca a porta e entramos. Um lugar pequeno, mas aconchegante e gracioso! Já está decorado com sofá, TV, lareira, uma minúscula cozinha. Depois de checar tudo no andar de baixo, corro para a pequena escada de madeira, subo devagar porque ela range a cada passo; estou curiosa. Entro no quarto, há uma cama enorme daquelas King que praticamente pega o quarto todo. Sento no colchão e pulo para ver se é fofo, nem me dou conta de que Lucas está encostado no batente da porta, com certeza se divertindo da minha infantilidade.

Levanto-me sem jeito e falo:

– Adorei! Muito charmoso. Mas será que não é muito caro?

– Não, na verdade, esse chalé é uma cortesia do Vale dos Sonhos.

Eu questiono:

– Mas no contrato não diz que vocês cobrem moradia.

– O Vale dos Sonhos não cobre mesmo moradia, só cobre esse chalé para a dra. Tatiana.

Fico enrubescida e quando vou questionar mais uma vez ele coloca a mão em minha boca e diz:

– Shhhhh! O importante é saber se gostou?

– Gostei muito, mas...

– Então se mude pra cá quando quiser, ele agora é seu.

Ele me entrega as chaves, pego um tanto receosa. Ele diz:

– Fico feliz que tenha aceitado, muito feliz.

Dr. Lucas continua na porta, tento passar ao seu lado para alcançar a escada e ele me segura pelo braço com firmeza. Dou meia-volta para encará-lo; ele segura firme no meu braço, olha para mim e me puxa para um longo e quente beijo. Sinto muita urgência naquele beijo...

Mas espere, tá tudo errado, aquele homem é meu chefe, eu não posso. E, antes que eu me afaste, ele segura nos meus ombros e diz:

– Vamos parar por aqui por enquanto, esse lugar e você são tentadores, mas temos tempo...

Ele então acaricia meus cabelos e enfia o nariz em seus fios...

– Queria fazer isso desde aquele dia em que te vi no vídeo... e hoje, Tatiana, ah!, dra. Tatiana! Por que foi me aparecer de cabelos molhados? Eu não resisto a cabelos assim perfumados...

Eu é que sentia agora de perto o cheiro bom da sua colônia de barba, do seu hálito quente e o encaro ainda sem sentir o chão. Ele pega em minhas mãos, beija os meus dedos e pede para eu descer as escadas devagar, com cuidado, porque são estreitas e perigosas.

Eu tento segurar o riso. O que pode ser mais perigoso do que um homem daqueles desejar você?

Ele me dá uma carona até a clínica; eu insisto que quero pegar meu carro no hotel, mas ele diz que de jeito nenhum, que quer me dar uma carona de volta para o hotel à noite.

Quando subimos no seu carro, ele me dá mais um beijo, quase sobe em cima de mim para me agarrar. Enfim, visivelmente contrariado, volta para seu banco e diz:

– Vou viajar domingo, volto só depois de uma semana e quero ficar pertinho de você, muito, me entende?

Ele olha para minha camisa que com os amassos tinha aberto os dois botões de cima e fala:

– Por favor, feche isso ou não consigo voltar para a clínica nem me concentrar no trabalho no restante do dia, só imaginando o que vem depois desses dois botões.

Ele liga o carro e sai acelerado. E minha cabeça a mil. O que eu teria com aquele homem? Nada era proibido, éramos solteiros, livres e desimpedidos. Só o fato de ele ser meu chefe, mas, até aí, a clínica era dele, e ele não devia satisfação para ninguém. Só que, no fundo, meu maior medo, meu maior terror, era eu me apaixonar por um homem tão complicado. Ele tinha um trauma enorme, talvez nunca mais ousasse pensar em um compromisso sério, e eu tinha acabado de arrumar o melhor emprego da minha vida, uma chance que talvez nunca mais tivesse. Mas iria deixar de viver tudo aquilo? Olhei para aquele homem ao meu lado, ele colocou uma mão em minha coxa e apertou forte. Ai, meu Deus, por que minha vida é sempre essa montanha-russa?

Chegamos ao Vale juntos, entramos juntos e ele não fez questão de disfarçar para ninguém; entramos de mãos dadas e ele me acompanhou até o jardim do Vale da Insônia.

– Agora, querida, ao trabalho. Te espero pro almoço, ok?

Ele me dá um beijo despretensioso na bochecha e sai. Claro que muita gente havia visto nós dois juntos de mãos dadas, e claro que quem não tinha visto iria saber em breve, essas notícias correm. Tive a certeza disso quando entrei na recepção do Vale da Insônia. Sueli, mesmo sendo oriental e muito discreta, estava ao telefone e fica bastante agitada quando me vê. Aposto que ela já estava recebendo notícia sobre Lucas e eu. Ela desliga rapidamente e me cumprimenta:

– Bom dia, dra. Tatiana. Vou avisar dr. Jorge que está aqui.

Mas não foi preciso, Jorge abre a porta e pede para eu entrar. Ele me dá um beijo afetuoso na testa e pergunta:

– O que foi, doutora? Está parecendo assustada.

– E estou – respondo.

– Quer me contar?

– Ai, Dr. Jorge, eu preciso falar ou vou ficar louca. As coisas estão acontecendo muito rápido pra mim, estou meio perdida.

Ele sorri e pergunta em tom carinhoso:

– Você quer dizer que as coisas estão indo rápido demais entre você e Lucas?

Fico surpresa. Aquele homem tinha bola de cristal? Eu só concordo com a cabeça e fito os pés, sinto-me constrangida. Ele diz:

– Olhe pra mim, Tatiana, e escute o que vou falar porque é muito sério.

Eu o encaro, ele continua:

– Eu nunca mais tinha visto Lucas tão feliz e descontraído desde o que aconteceu com Vivian. Na semana passada, ele entrou aqui em minha sala dizendo que tinha encontrado a pessoa certa para vir trabalhar aqui comigo, que desta vez ele tinha certeza de que iria dar certo. Mas, dra. Tatiana, sou um homem bem vivido e experiente, sei que Lucas não poderia estar excitado assim por você, digamos, somente por sua competência profissional. Ele estava encantado com você, ele falava de você com se já a conhecesse faz tempo e já tomava como certo que você aceitaria vir para cá.

Eu confesso que, enquanto ouvia aquilo, me sentia muito feliz, afinal desde que tinha visto Lucas não o tinha tirado da minha cabeça. E dr. Jorge continua falando:

– Lucas é um homem de coração aberto, sincero e, quando gosta de alguém, ele se joga de cabeça. Mas não se esqueça, doutora, de que esse homem ainda está muito ferido. E olha, dra. Tatiana, tenho certeza de que você é a mulher que vai fazer Lucas reviver, é só olhar para você. No momento em que a vi tive a certeza e pensei: "dra. Tatiana é o número certo de Lucas!".

Eu fico até encabulada, mas dr. Jorge é tão brincalhão e despachado que me sinto confortável em dizer:

– Acho que estou com uma queda e tanto por ele, mas tenho medo...

– Todos nós temos medo, doutora; nosso desafio como seres humanos é vencê-lo sempre. E nada melhor que o amor para ajudar, não acha? – ele me dá uma piscada e enfim respiro aliviada.

Saio para o jardim e encontro dona Teodora. Vou até ela, que disfarça um sorrisinho quando me vê.

– Bom dia, dona Teodora! Está um lindo dia, não acha?

Ela me olha bem nos olhos e pergunta:

– O que aconteceu com a doutora de ontem para hoje? De onde saiu esse brilho no olhar?

Eu fico sem jeito. Minha nossa, até ela estava percebendo! Decido não mentir, só poupar alguns detalhes e respondo:

– Acho que estou me apaixonando.

Ela solta uma gargalhada gostosa e diz:

– Apaixonando? Imagine, doutora! Pela sua cara você já está perdidamente apaixonada!

Eu fico chocada com a franqueza de Teodora.

– Sim, acho que estou apaixonada feito uma adolescente.

– Espero que esse homem esteja à sua altura.

Fico contente em saber que ela me tem em alta consideração e pergunto:

– O que seria um homem à minha altura?

– Tem de ser muito inteligente. A doutora tem uma mente sagaz, e os ignorantes não toleram isso em uma mulher, procurando se autoafirmar com a truculência, a arrogância e a macheza desmedida.

Fico pasma, que mulher rápida e esperta, essa é de dar nó em pingo, d'água. E ela, para não perder o costume, detona os pobres genros.

– Como aqueles idiotas casados com minhas filhas.

Eu seguro o riso. Se ela percebe que acho isso engraçado, com certeza vai fazer farinha de mim. Então comento:

– Eles fazem o que da vida?

– Um é advogado, um imprestável advogadinho de porta de cadeia.

– E o outro?

– É corretor de imóveis, um vendedor grudento e falastrão.

Fico imaginando como esses dois devem sofrer na mão dessa mulher e pergunto:

– Eles que sustentam a família ou vivem com sua ajuda?

Ela para e coloca as duas mãos sobre a bengala para ficar firme e me fitar.

Capítulo 3

– Acha que eu daria um centavo para aqueles dois bufões? Por isso que eles não veem a hora que eu morra!

– A senhora não os ajuda em nada?

– Ajudo minhas filhas; dou uma mesada para as duas preguiçosas, que nunca trabalharam duro como eu, e também para meus netos, um agrado, um pequeno agrado, que deposito na conta bancária deles todo mês.

Então reflito, ela não é tão mesquinha assim quanto quer aparentar. Dr. Jorge deve mesmo ter razão; ela quer vender uma imagem que não é a real, basta agora eu descobrir o porquê disso tudo.

Continuamos nosso bate-papo até a hora do almoço; a cada sentença, em duas ela desce a lenha nos genros. Fico pensando: será que são tão picaretas assim? Isso é algo que tenho de investigar. Ela me informa que a cada final de semana vem uma filha para visitá-la. No Vale da Insônia as visitas só são permitidas nos finais de semana, mas não é uma exigência, somente um acordo com os familiares para que o tratamento siga da maneira, correta. Decididamente preciso conhecer suas filhas e, se possível, os genros.

Estou a caminho do restaurante para encontrar Lucas, como ele me pediu, mas no caminho encontro dr. Jorge com um grupo de quatro médicos. Ele se adianta andando daquele jeito engraçado sem dobrar o joelho e dando saltinhos.

– Dra. Tatiana, quero que conheça os outros médicos que trabalham comigo no Vale da Insônia! – ele primeiro me apresenta uma loira de cabelos lisos compridos que parece ser bem simpática.

– Esta é dra. Vanessa.

Vanessa estende a mão e diz:

– Muito prazer Tatiana, bem-vinda ao grupo. Soube que está com a difícil missão de acompanhar dona Teodora.

Eu sorrio e digo:

– Prazer, Vanessa. Dona Teodora é muito interessante, acabo me divertindo com ela.

Vanessa e os outros me olham curiosos, parece que falei algo novo por ali.

Dr. Jorge me apresenta aos três outros médicos e me convida a acompanhá-los no almoço. Eu fico sem saber o que dizer, lembrando que Lucas já tinha me convidado. Enfim, para me salvar ele aparece e se junta ao nosso grupo. Cumprimenta a todos e segura na minha mão. Fico ainda mais sem jeito, esqueço que ele é o chefe de todos por ali e tenho a sensação de que estou fazendo algo errado; acho que por ter sempre ouvido que não devemos misturar trabalho com relacionamentos pessoais. Mas ele parece não estar nem aí, segura firme na minha mão, me puxa e se despede de todos.

Eu peço licença para sair e tenho a sensação de que todos estão pensando: rápida essa aí, nem bem chegou e já está com o chefão.

Sentamo-nos a uma mesa bem no canto, mas parece que estamos no centro; sinto que todos disfarçadamente olham para nós dois e cochicham. Ele não parece se importar nem um pouco com isso.

Ele observa:

– Ainda bem que os botões da sua camisa estão comportados agora.

Eu sorrio.

Ele continua:

– Não tem de ter vergonha de nada, Tatiana. Você não tem de dar satisfação para ninguém, não há nenhum problema em estar comigo.

Ele me olha nos olhos com sinceridade e fala:

– Hoje vou te dar carona de volta para o hotel, mas antes quero te levar a um lugar que tenho certeza de que vai gostar.

Olho para ele e penso como esse homem é rápido, acho que não consigo acompanhá-lo. Falo:

– Estou adorando você como meu guia, não poderia ter um melhor, assim tão atencioso.

Terminamos o almoço com a certeza de que o veria em breve. Caminho até o Vale da Insônia e não encontro Bete. Ela deve estar almoçando ainda, e me sento num banco embaixo de uma árvore; o clima já está esfriando, mesmo no começo da tarde dá para sentir a brisa gelada. Então me lembro de ligar meu celular que estava desligado desde a noite passada.

Assim que ligo, como imaginava, havia várias ligações de Cris, do meu pai e até uma mensagem de Marco, que estava se desculpando por ter forçado a barra no dia da festa do meu aniversário. Eu tinha comemorado meu aniversário no sábado, mas na verdade vou fazer 27 anos só amanhã, longe de todos.

Marco dizia na mensagem que tinha tentado forçar a barra e pedia para eu desculpá-lo, mas que ele não iria desistir de mim. Decido só enviar uma mensagem para Cris e outra para meu pai dizendo que estava tudo bem. Não estava a fim de contar nada, e Cris iria me bombardear de perguntas. Primeiro, porque tinha assinado o contrato de sigilo sobre o Vale e, depois, não estava ainda nem um pouco segura para falar sobre mim e Lucas.

Estou perdida em pensamentos quando escuto Bete me chamar:

– Ei, dra. Tatiana! Estava te esperando em meu quarto, lembra-se da nossa sessão de maquiagem? Já estou com tudo arrumado.

Capítulo 3

– Olá, Bete, pensei que iria encontrá-la aqui no jardim.

Ela coloca as mãos na cintura e diz:

– Você não quer que eu te dê uma aula de maquiagem aqui, né doutora?

Fico um pouco indecisa se devo ir até o quarto dela, pois não sei se seria uma conduta correta. Então lhe digo para esperar só um pouco que vou falar com dr. Jorge.

Ele me recebe de imediato, e conto que Bete quer que eu vá até seu quarto, porque ela diz que vai me ensinar a me maquiar, mas não sei se devo.

Ele diz:

– Não há problema nenhum em ir até o quarto do paciente se você se sente segura e confortável. Se ela te chamou lá, com certeza está gostando de você, essa empatia entre o paciente e médico é fundamental aqui no Vale dos Sonhos.

Pensei em Teodora e na dra. Vanessa falando sobre ela. Jorge parece ler meus pensamentos e diz:

– Teodora já teve cinco médicos em quatro semanas, você é a sexta.

– Uau! – eu solto um gritinho espontâneo e emendo:

– Então dependo dela para continuar aqui?

– Não necessariamente, um médico pode não se dar bem com um paciente, mas perfeitamente com outro, e há outros Vales; dificilmente um médico que entra aqui não se adapta a nenhum dos Vales.

Agradeço pelos esclarecimentos dele e vou ao encontro de Bete. Chegamos ao seu quarto e, de fato, ela já deixou tudo arrumado na varanda.

– Arrumei aqui fora porque é bem mais claro, o quarto não tem luz suficiente, e a *chaise* não cabe no banheiro.

– Nossa, Bete! Que mordomia, ser maquiada numa *chaise* na varanda!

Eu me acomodo e ela começa com explicações sobre limpar bem a pele, tonificar, hidratar, tudo aquilo que sempre escuto e nunca faço. Eu então explico:

– Na verdade, tenho um kit muito básico, com filtro solar que já tem uma corzinha de base e um batom. Quando quero incrementar, faço um risco com delineador.

– Agora a doutora vai aprender a ficar uma mulher linda e sedutora.

Eu até tremo por dentro imaginando o que ela vai aprontar, mas relaxo na cadeira e deixo rolar. Bete tem a mão leve, nem sinto a aflição costumeira quando alguém estranho me maquia e passa lápis no contorno dos meus olhos. Enfim, depois de quase meia hora, escuto-a dizer que estou pronta. Ela pega um espelho redondo e me entrega.

Para minha surpresa vejo uma nova Tatiana ali, os olhos estão incrivelmente bem maquiados em tons escuros: negro, grafite e cinza. A boca com um batom maravilhoso que combina perfeitamente com meu tom de pele, discreto, mas deixa os lábios bem definidos.

Olho para Bete espantada, confesso que nem de longe imaginava que ela tinha esse talento todo.

– Bete! Você não deveria nunca esconder esse talento das mulheres. Imagine quanta autoestima você já teria levantado com essas mãos milagrosas? Olhe pra mim? Eu, uma médica lambida, parecendo capa da revista *Vogue*!

– Ah, Tati, você é uma mulher linda, charmosa. Olhe essa sua pele, esse cabelo brilhoso e liso. Fácil, fácil te maquiar.

– Bete, pare de desfazer do seu trabalho. Isso que você fez em mim é uma obra de arte, nunca nenhum maquiador fez um olho assim tão perfeito.

Bete fica toda sem jeito, mas percebo que ela fica agradecida por eu elogiar. E ela me sai com um pergunta inesperada:

– Será que dr. Dream vai gostar?

Eu fico sem entender a pergunta. Será que ela também já sabe? Devolvo a pergunta:

– E quem disse que ele tem de gostar?

Ela me dá um sorrisinho tímido e fala:

– Ah, dra. Tatiana, hoje no almoço só se falava nisso.

Eu insisto, querendo dar uma de desentendida:

– Nisso o quê?

– Em você e o dr. Tudo de Bom juntos!

– E o que você achou disso Bete?

– Achei o máximo minha médica estar com o dr. Dream!

Ela bate palmas e dá um gritinho. Eu acabo dando risada. Bete é tão espontânea que sei que ela está dizendo a verdade.

Antes de sair vou falar mais uma vez com Teodora, ela me pergunta se estarei ali no sábado de manhã para conhecer uma de suas filhas. Digo que sim, que farei questão de encontrá-las. Ela parece satisfeita com minha resposta e lhe dou um beijinho no rosto novamente, dessa vez ela não aparenta surpresa, acho até que já aguardava.

Saio ansiosa para encontrar Lucas, que está me aguardando no carro conforme combinamos. Assim que me sento, ele me dá um leve beijo nos lábios, o suficiente para engrenar meus hormônios.

– Uau, que gata! Eu não sabia que aqui tinha salão de beleza!

Capítulo 3   53

– Foi uma das minhas pacientes, a Bete, ela cismou que queria me maquiar e me ensinar a virar uma mulher fatal.

Antes de dar a partida no carro, ele diz:

– Ela não sabe que mulher fatal como você não se cria com batom, mas tenho de admitir que ela mandou bem, você ficou ainda mais linda!

Pegamos um caminho de terra com ruas estreitas e sinuosas para subir uma montanha. Assim que chegamos ao topo, ele me convida para descer. Estamos só nós dois, o clima já está esfriando bem, deve estar uns dez graus ou até menos. Sinto frio e ele me abraça:

– Com frio, dra. Tatiana?

Eu me aninho em seu peito, em seus braços que me envolvem.

Ele me dá um beijo quente que já faz a minha temperatura começar a subir. Caminhamos até o mirante da montanha e ele pergunta:

– Esta cidade não é linda?

Estou envolvida demais com aquele homem sozinho ao meu lado para reparar na cidade. Parece que ele lê isso em meus olhos e percebe meu desejo. Ele levanta meu queixo e me dá mais um beijo, dessa vez as mãos percorrendo minhas costas e descendo até a minha cintura. Ele gruda seu quadril ao meu e provoca:

– Olha como você me deixa, dra. Tatiana. – Depois me puxa até seu carro e me coloca sentada na beiradinha do capô, para então se encaixar entre minhas pernas. Ele me pega no colo e fico com as pernas encaixadas nos seus quadris. Ele diz beijando meu pescoço:

– Você está muito sexy com essa maquiagem, adoro mulher assim produzida.

Quando estamos em pleno amasso, escutamos vozes; são pessoas que se aproximam. Ele me solta e fica visivelmente puto da vida. Nunca imaginei que um homem educado como ele fosse capaz de dizer tantos palavrões.

Tivemos de nos afastar um do outro, entramos no carro e saímos dali, mas a brasa entre nós estava presente, e eu nem sei como e quando poderíamos apagar.

Entramos no carro e ele xinga em voz baixa aquele grupo de turistas com mais meia dúzia de palavrões impublicáveis.

Chegamos ao hotel e ele diz:

– Tire amanhã cedo para mudar para o chalé, não tem mais sentido você ficar aqui neste hotel.

Não sei se aquilo é um desejo ou uma ordem, e ele completa:

– Na verdade, gostaria que você já estivesse lá amanhã à noite.

Despedimo-nos com mais um beijo quente e demorado dentro do carro.

Chego ao quarto ainda trêmula, nunca poderia imaginar que um homem fosse capaz de mexer tanto assim comigo. Estou ainda com o coração aos pulos. Olho para o celular, mas agora nem pensar em ligá-lo. Do que eu preciso mesmo é de um longo e quente banho de banheira para relaxar.

Mergulho, afundando a cabeça e desejando que meus neurônios se afoguem para eu parar de desejar aquele homem com tanta intensidade.

Capítulo 4

Fico ali naquela banheira com água quente até quase dormir, acho que aquelas noites maldormidas e tanta excitação estão consumindo todas minhas energias.

Depois de me enfiar num roupão e secar bem os cabelos, volto para o quarto; o telefone do hotel está arrebentando de tocar, então me dou conta de que o secador não tinha me deixado escutar. Atendo e para minha alegria é Lucas.

– Oi, querida, só liguei para te dar boa noite, espero que esse "boa noite" seja em breve ao vivo.

Eu gostaria de avisar que amanhã será o dia do meu aniversário, mas fico sem jeito de dizer. Ele continua:

– Não se esqueça de se mudar para o chalé amanhã cedo. Eu aviso ao dr. Jorge que você só irá ao Vale depois do almoço.

– Já estou de malas prontas. Amanhã cedo estarei lá – respondo.

Assim que desligo me dá um apertinho no coração, fico pensando se alguém pode se apaixonar assim tão rápido como uma adolescente.

Percebo que ele está ansioso para eu me mudar para o chalé, já imagino até o motivo, mas me pergunto por que ele não me leva à sua casa. O que será que tem lá ou quem o impede, afinal, ele é um homem solteiro. Isso é algo para se checar mais tarde.

Acordo bem cedo e me apresso para fechar a conta, passo antes numa loja para comprar roupas de cama e toalhas antes de ir para meu novo lar.

Chego ao chalé, que está com cheiro de limpeza; alguém deve ter passado por ali depois que saímos, porque agora tudo está muito limpo e brilhando. Lembro-me de que terei de arrumar alguém para a limpeza, não terei tempo nem disposição para isso nos finais de semana.

Passo a manhã só lavando os lençóis, toalhas e secando tudo na secadora, que, felizmente, funciona muito bem. Gosto das minhas roupas de cama e banho limpas com cheirinho de amaciante. Lembro-me de que é meu aniversário e não seria correto deixar meu telefone desligado neste dia. Quando enfim ligo, vejo mais uma dezena de ligações perdidas de meu pai e de Cris, além de alguns outros amigos. Decido ligar para meu pai; ele fica bravo comigo e me chama de irresponsável. Como eu pude ficar todo aquele tempo sem me comunicar? Sei que ele tem razão e prefiro não discutir. Ele avisa que fez um depósito na minha conta; eu agradeço e digo que em breve vou ter um bom salário e ele não precisará mais se incomodar, mas ele fica contrariado e diz que sempre cuidará de mim, até quando eu estiver casada e com filhos. Meu pai não tem jeito, é um corujão!

Ligo em seguida para Cris, que já atende assim:

– Puta que pariu! Por que você sumiu, sua louca?

Depois de eu contar tudo muito superficialmente, ela enfim me deseja feliz aniversário, mas reafirma que está muito brava e não vai me perdoar tão cedo por não ter retornado suas ligações. Fala em tom de comando:

– Hoje à noite você entra no WhatsApp, quero saber de tudo, e ai de você se sumir de novo!

Eu não posso falar nada, mas com certeza vou sumir de novo. Lucas tem ideias bem mais interessantes para nós dois. Então, invento a desculpa de que vou sair para comer pizza com os amigos da clínica, e que a telefonia celular não pega bem em meio às montanhas.

– Pelo amor de Deus, Tati! Em que merda de fim de mundo você foi se enfiar? Que é isso? Daqui a pouco vai ter que usar sinais de fumaça?

Desligo rindo dos exageros de Cris. Então, escuto barulho de carro e corro para espiar pela janela quem é.

Lá está Lucas descendo com uma garrafa de vinho e uma caixa de presente. Abro a porta e, assim que me vê, ele me abraça ainda segurando as duas coisas, uma em cada mão, e fala olhando em meus olhos:

– Feliz aniversário, querida!

Então ele sabia. Pergunto:

– Como sabia?

– Lembra que você preencheu uma ficha? Li tudo com muita atenção.

Entramos no chalé e ele nem chega até a cozinha, joga o vinho e o presente em cima do sofá para me agarrar.

Depois me solta com a mesma intensidade e diz:

– Tanto o vinho como o presente são para ser usados hoje à noite. Agora vou te levar para almoçar num lugar bem gostoso. Gosta de fondue?

Eu, na verdade, não estava nem um pouco com fome, queria que ele me pegasse no colo e me levasse para cima naquela hora, mas ele parecia ter mais juízo e bom senso do que eu; ou ele estava só querendo me deixar louca?

– Sim, adoro, tentando esquecer minha decepção.

Ele me olha nos olhos e me provoca:

– Os melhores pratos devem ser saboreados com calma.

E me puxa para seu carro. Almoçamos num charmoso bistrô e chegamos à clínica com cara de gatos que acabaram de roubar o peixe. Fico imaginando como vou conseguir trabalhar nesta tarde, mas, assim que vejo Bete, esqueço um pouco de mim e mergulho em sua vida e seus conflitos. Fico realizada ao lado de meus pacientes, tenho a convicção de que escolhi a profissão certa, amo o que faço.

Depois encontro Teodora, que me passa um quase sermão por não ter ido encontrá-la na parte da manhã. Então, eu conto que fui cuidar da minha mudança e que tinha ido almoçar com um amigo porque era meu aniversário. Ela fica sem palavras e me dá um abraço. Pede que eu espere um momento, pois ela já voltará. Eu me lembro do presente que Lucas me deu e que não tive nem chance de abrir; estou morrendo de curiosidade para saber o que há naquela caixa.

Vejo dona Teodora retornando com um vaso lindo de azaleias cor de salmão. Ela me entrega e diz:

– Feliz aniversário, dra. Tatiana.

Percebo que ela fez aquilo de coração, mas não posso deixar de notar que ela só me deu os parabéns quando me entregou o presente; aquilo tinha algum significado, eu precisava investigar.

Saio quase correndo para o estacionamento com o vaso na mão, estou louca para encontrar Lucas, e fico decepcionada quando não o vejo ali. Antes de me virar para olhar em direção ao Vale, sinto suas mãos em minha cintura, ele me puxa por trás para bem perto e beija meus cabelos. E, com o rosto enfiado nos fios, murmura:

– Por que você tem esses cabelos tão cheirosos, dra. Tatiana?

Subimos no carro e ele coloca uma música, dizendo:

– Essa música é para você.

– É a música "Você é linda", e então escuto a voz gostosa de Caetano.

Ele coloca a mão na minha coxa e para o carro no meio do nada para me beijar e me olhar com os olhos escuros de desejo. Nem precisamos dizer uma palavra, a atração entre nós dois está mais do que evidente no ar.

Chegamos ao chalé e eu pego, enfim, meu presente para abrir. Ele segura na minha mão e diz com autoridade:

– Não agora. Mais tarde.

– Ah! – ele exclama –, esqueci algo no carro, já volto.

Quando Lucas sai, eu pego a caixa de presente. Chacoalho, mas não escuto nada; presumo que deva ser roupa.

Ele entra e fecha a porta rapidamente; lá fora está frio, ventando e garoando. Traz uma cesta com chocolates, daqueles suíços maravilhosos, e há também biscoitos e outras guloseimas.

Ele coloca a cesta em cima da mesa e diz:

– É para acompanhar o nosso vinho.

Eu já tinha ligado o aquecedor central, a temperatura está bem aconchegante. Ele se dirige até a cozinha estilo americana, aberta para a sala, e vasculha os armários sob o balcão, que serve para dividir os ambientes. Enfim, encontra as taças e despeja o vinho tinto. Então, brindamos ao meu aniversário e ao nosso encontro.

Ele pega minha taça gentilmente e a coloca sobre o balcão. Puxa-me pela cintura, ficamos colados, sinto sua respiração quente e ofegante. Ele segura em meus quadris e me suspende para me colocar sentada sobre a bancada, sem desviar um só momento seu olhar do meu. Faz isso com muita habilidade e começa beijando meu pescoço; suas mãos percorrendo minhas coxas.

– Ah, dra. Tatiana, que pernas gostosas... – e me puxa mais para si.

Passo as mãos nos seus cabelos e dou uma lambidinha de leve em sua orelha. Ele se estremece todo e me pega no colo de novo. Dessa vez me deixa em pé e abre o botão da minha calça empurrando-a para baixo; fico só de calcinha e camisa. Ele abre gentilmente cada botão da camisa e, a cada um que vê aberto, dá um sorrisinho de vitória. Fico só de calcinha com a camisa aberta, ele admira meus seios e diz:

– Tinha certeza de que eram assim perfeitos, pequenos e lindos, e de que você não precisava de sutiã.

Ele coloca uma mão sobre cada um dos mamilos e acaricia suavemente com o polegar. Fico assim só de calcinha e ele me pega no colo com as pernas abraçadas em sua cintura. Ele está tão excitado quanto eu, e só me larga para dizer com a voz rouca:

– Vamos subir agora pro quarto.

Depois que ele me coloca na cama, arranca sua roupa com rapidez e fica totalmente nu. Tem o corpo como imaginava: bronzeado, parecendo magro de roupa, mas com braços fortes e abdômen malhado.

Enfim, ele se deita sobre mim, fitando-me novamente com os olhos negros sombreados por longos cílios curvados e espessos. Sinto um arrepio quando ele fecha os olhos em sinal de prazer, e eu posso finalmente admirar aquele homem tão misterioso e que agora, pelo menos naquele instante, era só meu.

Eu mesma fecho os olhos de prazer e me curvo quando ele encaixa seu quadril nos meus, e sou embalada nos seus movimentos até sentir que não há mais nada além de nós dois, naquele chalé perdido no meio das montanhas. Somente existe o ranger da nossa cama, a nossa respiração ofegante, nossos corpos unidos em um só, e não há mais um mundo lá fora.

Quando terminamos, caímos cansados e suados, ainda assim ele se enlaça em mim, sem querer soltar. Ficamos por um bom tempo nos olhando, olhos nos olhos, respiração quente e próxima. Nunca imaginei que poderia sentir tanto prazer assim na vida.

Eu então digo:

– Aqui está uma delícia, mas posso sair um pouquinho? Quero tomar uma ducha.

Ele responde:

– Eu vou com você.

Ele se levanta e me estende a mão para me guiar até o chuveiro.

Ele liga a ducha em uma temperatura bem agradável e, em seguida, me puxa para debaixo da água. Com rapidez despeja o sabonete líquido sobre a esponja e vai passando em todo meu corpo, fazendo espuma em cada cantinho; aquilo começa a me esquentar de novo. Depois alcança um óleo de banho e começa a deslizar as suas mãos por todo meu corpo, diz que é para eu ficar quietinha e que vai me fazer uma massagem.

– Morei na China por um tempo, aprendi certas técnicas orientais. – ele explica.

E continua passando aquele óleo com movimentos ora suaves ora mais vigorosos. Desliga a ducha e passa o óleo em minhas costas. Desce com as mãos por entre as minhas pernas e eu solto um gemido de prazer. Ele me pega assim molhada e toda lambuzada de óleo e me puxa até a cama. Antes tem o cuidado de colocar toalhas sobre a colcha. Pede para eu me virar de bruços e continua passando óleo em minhas costas; eu começo a gemer de prazer quando enfim ele me vira, olha bem nos meus olhos e vem por cima de mim. Enfim, entre óleos, tenho o orgasmo mais louco da minha vida.

Depois do banho a dois, ele enfim me libera para tomar um banho sozinha, e eu consigo secar os cabelos e colocar um roupão. Ele também toma uma ducha e veste só as calças displicentemente, sem os cintos. Descemos para tomar nosso vinho e comer as guloseimas.

– Assim vou ficar uma baleia! Fondue no almoço e agora essas delícias calóricas.

Ele nem me dá ouvidos e coloca a colher no pote de creme de avelã para depois enfiar em minha boca, para em seguida me dar um beijo melecado.

– Você é linda demais assim, Tati, sem nada. Tira o roupão e deixa eu te ver nua só com os cabelos soltos.

Já vi que ele tem fetiche pelos meus cabelos, e decido esquentar o jogo. Levanto-me, fico nua e solto os cabelos sobre os seios. Ele se levanta e passa uma mão em cada seio sob os meus cabelos e pergunta:

– Está gostando do seu aniversário ou preferiu a festa que teve no sábado?

Como ele sabia que eu tinha tido uma festa no sábado?

– Prefiro muito mais estar aqui com você a qualquer festa – respondo.

Ele se afasta e sorri para olhar para minha boca e diz:

– Repete festa com esse sotaque lindo de carioca, vai.

Eu carrego no sotaque para provocá-lo e repito:

– "Fexta".

– Agora fala no meu ouvido.

Eu digo bem pertinho e ele me agarra.

Eu o empurro e digo:

– Agora quero abrir meu presente, tenho direito!

Ele pega a caixa e pede para eu abrir no andar de cima.

– Vou te esperar aqui embaixo, quero que você use esse presente com uma camisa. Quero a camisa fechadinha até em cima. Depois desce aqui pra mim.

Eu pego a caixa e subo morrendo de curiosidade, abro rasgando tudo sem cerimônias, e encontro uma calcinha negra de renda fio dental e um par de meias finas, negras com rendas. Confesso que acho esse jogo excitante. Ainda bem que tenho uma camisa preta para combinar; visto tudo correndo e a calcinha é mínima. Depois coloco com cuidado as meias finas, decido calçar uns sapatos de salto agulha, bem alto.

Eu aviso lá de cima que vou descer as escadas e ele me espera no último degrau. Para provocar eu desço bem devagarzinho, parando em cada passo. Percebo como ele está ficando louco de desejo, mordendo os lábios. Quando chego enfim ao final, ele começa a abrir novamente os botões da minha camisa. Dessa vez estou mais desinibida e abro o zíper de suas calças.

Transamos ali ao pé da escada mesmo, dessa vez não deu tempo de chegar até o quarto.

Capítulo 5

Acordo com a sua perna sobre a minha. O dia deve estar amanhecendo, pois vejo uma pequena claridade que atravessa os furinhos da janela. Respiro satisfeita, tenho os deliciosos cinco minutinhos a mais para ficar ali sentindo o calor e a respiração de Lucas na minha nuca, e para me lembrar da nossa noite. Uau! Que noite! Nunca poderia imaginar que sentiria tanto prazer assim; eu já tinha tido alguns namorados ousados, mas ufa! Lucas era muito mais que ousado, era experiente, carinhoso, imprevisível... Tento voltar à realidade lembrando-me de que é sábado e que tenho de trabalhar. Hoje é o dia que irei conhecer uma das filhas de Teodora, não posso de jeito nenhum decepcioná-la, tenho de estar lá como combinado. Decido acordar Lucas, pois era impossível sair de baixo da sua perna pesada.

– Ei, seu preguiçoso! Acorda! Temos de trabalhar hoje, lembra?

Ele está com o rosto socado no travesseiro, abre e fecha os olhos várias vezes parecendo que quer se situar. Mesmo de cara amassada e cabelo bagunçado o cara é lindo! Ele levanta a cabeça e apoia em um dos braços, passa o dedo indicador nos meus lábios e diz:

– Nada disso, hoje você não vai! Acabei de te dispensar.

– Claro que vou!

– Pra quê? – ele enfim tira sua perna e me libera. A minha vontade é ficar ali, pra sempre. – Mas eu sou firme.

– Prometi para Teodora que iria hoje conhecer uma de suas filhas. Ela conta com isso, não quero quebrar minha promessa.

Ele pisca os olhos se jogando de volta ao travesseiro e solta um longo suspiro.

– Tudo bem, nunca devemos decepcionar nossos pacientes. Mas faça uma mala com biquíni, de lá vamos pra Angra.

– Angra? Mas você não embarca para Alemanha amanhã à noite?

– Sim, não se preocupe com isso, já organizei tudo – responde com cara de garoto travesso.

Como não quero ficar ali discutindo, tomo um banho rápido e faço uma mala às pressas. Por sorte, tinha levado um mísero biquíni, e nem sei o porquê. Quando eu usaria um biquíni em Campos do Jordão?

No caminho do Vale meu celular toca, é meu pai. Ouço sua voz e me dou conta de como já estou com saudades.

– Filha, bom dia! Tudo bem com você?

Meu pai sempre tão carinhoso e descolado. Ele poderia ter me acusado de não ter ligado mais para ele, mas não, simplesmente só queria me dizer que estava com saudades, que queria que eu fosse para o Rio, que meu irmão estaria vindo no final do mês e que queria reunir a família.

– Claro, pai, vou fazer de tudo para ir. E como está Fábio? – pergunto.

– Ele está bem, disse que vem para contar novidades e quer muito te ver.

– Eu também estou com muitas saudades. Vou ligar pra ele ainda hoje depois que sair do trabalho.

Enquanto falo com meu pai, olho de canto de olho para Lucas; ele está com um sorrisinho de satisfeito no rosto. Acho que está curtindo meu papo família.

– Pai, qual será a novidade de Fábio? – eu pressiono para saber algo mais.

– Acho que vamos aumentar a família, sabe daquela namorada nova dele? A tal de Sofia? Eles vêm juntos pra cá.

– Que bom! Então vamos conhecê-la.

– Te amo, filha.

– Também te amo, pai.

Desligo o telefone e Lucas coloca a mão em minha perna.

– Tati, você é uma graça, por isso estou enfeitiçado por você.

✧ ✧ ✧

Chegamos ao Vale e vou direto encontrar Teodora. Ela já está sentada num banco no jardim acompanhada de uma senhora que imagino ser sua filha. Aproximo-me para cumprimentá-las.

– Olá, dona Teodora, bom dia!

Ela abre um sorriso de satisfação ao me ver, mas para não perder a pose retruca:

– Pensei que iria se esquecer do nosso compromisso.

– De jeito nenhum – eu afirmo.

Ela então me apresenta à filha que deveria ter pouco mais de 50 anos.

– Esta é minha filha Noêmia, a mais nova.

Capítulo 5

Noêmia se levanta para me cumprimentar, parece bem simpática e de sorriso fácil, totalmente diferente da mãe. E não é feia como Teodora insistia em dizer das filhas, na verdade é uma mulher bem arrumada e, embora não chegue a ser bonita, seu rosto é harmonioso e seu sorriso a deixa com a aparência leve e agradável.

Eu estendo a mão e digo:

– Muito prazer, Noêmia, tenho ouvido falar muito de você.

– O prazer é todo meu, estava curiosa para conhecer a doutora que deixou minha mãe tão encantada.

Eu olho com carinho para Teodora, ela revira os olhos e chacoalha a mão, visivelmente encabulada por sua filha ter confessado que ela tem falado de mim.

– Na verdade, toda vez que liguei para cá, ela só falava de você – Noêmia sorri.

– Fico muito feliz que sua mãe tenha gostado de mim, eu também gostei dela de verdade. – Digo e olho nos olhos de Teodora para que ela perceba que estou sendo sincera.

– Mamãe está aqui há algum tempo, e eu já até estava desistindo, ela só reclamava... aí surgiu você... e as coisas mudaram – ela explica.

Eu então reflito para dizer:

– Sabe, Noêmia, sei que sua mãe está aqui porque não consegue dormir, e claro que isso vem de algo que precisamos investigar. Mas antes de julgar quero que saiba que muitas pessoas são assim não porque querem, mas porque não sabem agir de outra maneira.

Noêmia olha para mãe e para mim antes de dizer:

– Tudo que quero é ver minha mãe feliz, ela lutou tanto nesta vida, merece encontrar a paz.

Vejo sinceridade nos olhos de Noêmia. Ela então se senta ao lado da mãe que ouvia toda nossa conversa fazendo de conta que não era com ela. A filha pega nas mãos da mãe e diz:

– Acho que agora vou ficar sossegada, mamãe, vejo um brilho diferente em seu olhar.

Teodora tenta conter a emoção e fala em tom sarcástico:

– Olhe lá quem vem vindo, o pamonha do seu marido.

Noêmia olha para mim desconsolada; decerto, não gosta da observação da mãe, mas não diz nada.

O marido de Noêmia se aproxima, é um senhor calvo, usa óculos e tem cara de bonachão.

Noêmia nos apresenta.

– Oscar, esta é a dra. Tatiana.

Ele me olha um pouco desconfiado, mas me estende a mão e age muito educadamente.

– Olá, muito prazer, sr. Oscar. Surpreso com algo?

Ele coça a cabeça, onde ainda tem cabelo, e responde de modo firme:

– Desculpe, dra. Tatiana, só pensei que a senhora fosse mais velha...

– O senhor quer dizer mais experiente?

– Desculpe, mas é isso – ele responde com sinceridade.

– Obrigada por ser sincero – eu agradeço.

– É que Noêmia me falou que minha sogra gostou muito da doutora, pensei em alguém com muitos anos de trabalho. Mas isso também é bobagem minha.

Então Teodora pela primeira vez se pronuncia:

– Imagino se vou querer de companhia uma médica velha ou um velho! Já tenho idade de sobra – e completa em tom sarcástico:

– E por que você não aproveita e fica de boca fechada, Oscar? Isso aqui não é um asilo!

Acabamos sorrindo. Nós três sabemos que é a velha Teodora de sempre, com sua acidez tão bem-humorada.

Vamos os quatro tomar um café na lanchonete e conversamos animadamente, embora Teodora vez por outra dê uma cortada em Oscar; absolutamente nada que ele fala, ela concorda.

Estou distraída tomando meu cappuccino e ouvindo Oscar, que é corretor de imóveis, falar sobre as lindas casas que tem visto para alugar em Campos de Jordão, e que ele e Noêmia estão pensando em ficar uns dias por aqui, umas duas ou três semanas, quando Teodora interrompe o genro sem a menor cerimônia. Não sei se tinha gostado da ideia de ter a filha por perto, não tinha deixado transparecer nada, mas faz todos se silenciarem ao dizer:

– Lá vem dr. Dream, o colírio para os olhos.

Noêmia a repreende dizendo:

– Mãe, olhe os modos!

Lucas se aproxima de nossa mesa e cumprimenta a todos, puxa uma cadeira e pergunta a Teodora:

– Como vai a senhora hoje? Tudo bem?

– Melhor agora em vê-lo.

Percebo que Noêmia fica encabulada, mas Teodora não está nem aí.

– Dr. Dream, o que faz para ficar cada dia mais encantador?

Ele abre aquele sorriso mágico e responde com cara de quem acha a pergunta divertida.

– São os seus olhos, dona Teodora. A paciente mais inteligente e charmosa de todo Vale.

Noêmia pede desculpas pela mãe.

– Não liga para essas brincadeiras, dr. Dream, minha mãe está atacada hoje.

Teodora olha para filha e depois para Lucas.

– Uma senhora na minha idade tem certa permissão para dizer o que pensa, essa é a grande vantagem de ser uma idosa.

Lucas corrige.

– A velhice está para aqueles cujos sonhos acabaram, e pelo que sei da senhora, tem mais sonhos e desejos que muitos jovens por aqui.

E então para encurtar a conversa ele diz:

– Agora, dona Teodora, vai me desculpar, mas tenho de roubar sua médica, eu preciso mais dela agora do que a senhora.

Ela percorre os olhos de mim para Lucas e faz sinal com a mão nos dispensando, como se precisássemos mesmo de sua autorização.

Despedimo-nos, Lucas passa a mão pelos meus ombros. Fico pensando em como ele tem o dom de encantar as pessoas. Teodora ficou lisonjeada e se sentindo importante porque "dr. Dream" tinha pedido seu consentimento para me tirar dali. Eu ainda tinha muito que aprender com aquele homem.

– Chega de trabalho por hoje. Vamos cair fora – ele fala enfático.

– Mas eu acho que deveria ver Bete... e...

Ele me corta:

– Nada disso, e Bete nem está aqui, ela saiu, foi passear na cidade.

– Como sabe? – insisto.

– Fui checar porque sei que você iria querer fazer média com ela também, e chega de blablablá.

– Você é meu chefe e deveria estar feliz porque me preocupo com os pacientes.

– Ah, fico superfeliz. Mas eles vão ter você a semana que vem todinha, e eu vou estar sozinho na Alemanha. É bom que saiba que sou possessivo e egoísta – fala em tom zombeteiro.

Chegamos ao restaurante central do Vale da Lucidez, que está repleto de carros; há também três helicópteros, pois hoje é sábado e dia de visitas para todo o Vale. Claro que não é segredo para ninguém que as pessoas que estão internadas ali são de famílias ricas. O Vale dos Sonhos é uma clínica particular. Eu também fiquei sabendo que Lucas ajudava várias ONGs, principalmente a dos Doutores da Alegria. Mas o Vale dos Sonhos era comparável a uma clínica cinco estrelas, um hotel de luxo, um *spa* de milionários, um lugar de Sonhos.

Quando percebo, ele já está me arrastando para um dos helicópteros. O piloto, um negro forte de cabelo rastafári todo sorridente, me olha e faz um sinal de positivo para Lucas, parecia estar dizendo algo como se estivesse me aprovando. Que atrevimento! Quantas mulheres Lucas já teria levado naquele helicóptero?

Mas logo meus ciúmes dão lugar à ansiedade e à emoção. Estou indo com ele para Angra, um fim de semana todinho só para nós dois.

Subo no helicóptero e ele me acomoda; eu nunca viajei num treco desses antes, me dá um baita frio na barriga.

Quando já estou presa com o cinto e com os protetores de ouvido, ele faz sinal de ok para o piloto. Aí meu coração dispara, não imaginava que aquilo fizesse tanto barulho.

Ele pega na minha mão, acho que percebe que estou morrendo de medo. Eu perco o senso de tempo, mas não deve ter demorado mais que uns 30 minutos para eu começar a ver o mar. Percebo que vamos nos aproximando de uma ilha, e já consigo ver o deque. *Ai, meu Deus*! Estou tremendo, é ali que vamos pousar com certeza. O piloto faz um pouso bem tranquilo; o deque de longe parecia minúsculo, mas à medida que nos aproximamos vejo que é bem grande.

Assim que me sinto em segurança, consigo soltar um suspiro de alívio. Lucas então solta meu cinto e tudo mais. Quando enfim consigo sair, respiro fundo, estou me sentindo um pouco enjoada. Um senhor de cabelos brancos se aproxima e Lucas entrega minha pequena bagagem de mão a ele.

Ele olha para mim um pouco surpreso e depois para Lucas, confesso que não entendi a surpresa. Será que ele esperava outra acompanhante por ali? Fico intrigada e dou um sorrisinho nervoso.

Lucas me apresenta para o senhor.

– Olá, Roberto, tudo bem por aqui? Esta é a Tatiana, vamos passar o fim de semana aqui.

Ele faz um sinal com a cabeça em cumprimento.

– Oi, Roberto, muito prazer – eu digo.

– Olá, dona Tatiana, seja bem-vinda.

Então surge o piloto, Lucas apresenta-o como comandante Bob. Não precisa nem falar que deve ser apelido, ele é a cara do Bob Marley.

Seguimos para a casa que fica no meio da ilha; uma casa de dois andares em tom verde-água, com varandas graciosas decoradas com gradis brancos em todos os quartos e salas, e uma grande piscina em frente à casa em formato de pera, cercada por cadeiras confortáveis, espreguiçadeiras e algumas mesas protegidas por ombrelones brancos.

Subimos um caminho formado por quadrados de madeira em meio a pedriscos e um jardim florido.

A grande porta de entrada da casa estava toda aberta e Lucas me puxa para dentro. A sala enorme é decorada com móveis de fibra, tudo em tons de azul, branco e cinza.

Ele para no meio da sala para me dar um beijo quando escutamos alguém pigarrear. Ao me virar vejo uma senhora morena, bem cheinha, braços fortes, cabelos presos e usando avental. Ela também parece me olhar com surpresa, o que já está me incomodando. Percebo que ela me olha como se estivesse me analisando e até ergue uma das sobrancelhas.

– Olá, Mercedes, esta é Tatiana. Dra. Tatiana – ele diz.

Ela finalmente desarma e solta um sorriso.

– Olá, dra. Tatiana.

Percebo o forte sotaque espanhol; não saberia dizer de que país, mas com certeza não era espanhol da Espanha.

– Olá, Mercedes. Tudo bem? – tento soar natural.

– Mercedes e Roberto trabalham aqui nesta casa há anos, antes mesmo de a casa ser minha. São mais donos daqui do que eu – Lucas explica.

Mercedes dá de ombros e pede licença para levar minha bagagem, que Roberto tinha acabado de entregar-lhe, para o andar de cima.

– Pode deixar, Mercedes, eu levo – proponho.

Ela se vira para mim parecendo ofendida.

– A doutora não quer que eu pegue sua bagagem?

– Não, não é isso, é que não quero dar trabalho – justifico.

– Fico aqui tempo demais sem ter o que fazer, não é trabalho algum – e sai em direção à escada sem nem querer ouvir mais argumentos.

Eu fico sem jeito e Lucas percebe.

– Não ligue pra Mercedes, ela tem esse jeitão, mas é uma peruana de muito bom coração.

Eu aproveito e pergunto:

– Por que parece que todos estão espantados comigo aqui? Parece que esperavam outra pessoa – eu desabafo.

– Não é nada disso, sua bobinha! – ele então explica pegando em minhas mãos.

– É que... que eu não trouxe mais ninguém aqui depois de Vivian. Eles estão surpresos, só isso.

Se for verdade, isso explica a cara de alegria do piloto Bob, como se estivesse feliz de ver Lucas novamente acompanhado, e a cara de espanto de Roberto e sua mulher. Assim me sinto mais confortável e me deixo envolver por seu abraço.

Ele segura em minha cintura e diz:

– Depois do delicioso almoço de Mercedes vamos passear de barco. Você gosta?

– Com você gosto de tudo! – falo em tom provocativo. Só preciso subir pra tomar uma ducha e me trocar. Essa viagem até aqui me deixou com a adrenalina alta.

– Claro – ele concorda. – Vamos lá pra cima, vou te mostrar nosso quarto!

Percebo que ele frisa bem o *nosso*. Mas, como um perfeito cavalheiro, me deixa sozinha na imensa suíte e diz que estará me esperando lá embaixo.

Quando me vejo sozinha, vou até a varanda. A vista é deslumbrante: a piscina, o mar verde, as árvores, aquilo parece um paraíso.

Decido então ligar meu celular e, num impulso, ligo para Cris. Ela atende no segundo toque.

– Caramba! Onde você está trabalhando? No FBI? Não deixa esse celular ligado nem retorna minhas ligações.

– Nada disso, Cris... é que aconteceu tanta coisa...

– Me conta, pelo amor de Deus! Vou morrer de catapora colorida de tanta curiosidade!

– Cris... quanto ao trabalho, não posso dizer nada sobre o Vale dos Sonhos... assinei um contrato de confidencialidade.

Ela fica muda por alguns segundos e pergunta:

– E quanto ao resto? Não minta pra mim, Tati! Vai, desenrola... o que é que tá pegando?

– Não tem nada pegando... só que eu e dr. Dream, quer dizer, o dr. Lucas...

– Hã? Vocês o quê?

– Estamos ficando... saindo... ah, sei lá... o mais certo é dizer que estamos transando!

– Tati do céu! Como isso aconteceu assim tão rápido?

– Não sei...

– E o cara tem de ter defeito, né? Tem bafo? Chulé! É brocha?

– Não, Cris... – vou até a grande cama, me jogo no colchão fofo e olho para o teto antes de responder.

– O cara é cheiroso, gostoso e manda bem pra caramba!

– Tati, diz que você não está apaixonada por ele, né?

– Amiga, eu acho que estou perdidamente apaixonada por ele.

– Não! – ela grita.

– Por que não? – eu insisto.

Capítulo 5

71

– Porque homem perfeito não existe, é uma ilusão de ótica, eles sempre têm algo horrível pra esconder. Ele tem?

– Acho que não, não que eu saiba... quer dizer...

– Quer dizer? – ela insiste.

– Ele esteve noivo há três anos... e a noiva morreu uma semana antes do casamento...

Escuto só a respiração de Cris... acho que agora não era a Cris "porra-louca" que estava pensando e sim a psiquiatra, analisando os fatos.

– Está disposta a encarar essa, amiga? – ela pergunta em tom sério.

– Acho que estou... mas nem sei direito se vou ter essa chance.

– Onde você está agora? – ela questiona.

– Na casa dele em Angra, numa ilha – respondo.

– Ai, amiga, pressinto que você tá ferrada! Não adianta te dizer mais nada.... já era... só me resta te desejar boa sorte!

Desligo o telefone e tento esquecer os comentários dela pelo menos por enquanto, esse é nosso primeiro final de semana juntos e quero aproveitar cada minuto. E daí se ele ficar comigo só por um tempo? Eu terei aproveitado cada momento. Sei que estou pulando numa piscina de olhos fechados, sem saber se tem água lá dentro, mas não vou deixar de viver tudo isso por medo.

Desço as escadas vestindo um biquíni e uma camisa branca por cima. O banheiro tinha um ofurô, só que eu havia decidido tomar uma ducha mesmo, deixando o ofurô para quem sabe à noite.

Lucas não está na sala; decido ver na cozinha, de onde está vindo um cheiro maravilhoso de peixe assado. Mercedes está à beira de um enorme fogão de ferro mexendo em uma grande panela.

Quando a vejo sozinha, acho melhor voltar para sala, tive a nítida impressão de que ela não tinha simpatizado muito comigo. Quando estou saindo, ela diz em voz firme:

– Dra. Tatiana!

Eu não tenho outro jeito senão ficar e responder:

– Sim, olá, Mercedes, precisa de ajuda?

Ela pega uma colher de pau e joga um pouco de molho na palma da mão, experimenta e pergunta:

– A senhora gosta de pimenta?

– Gosto, quer dizer... um pouco, eu gosto, não muito.

Ela lava as mãos, coloca um pouco de licor num pequeno cálice e me oferece.

– Experimente, é licor de amora, eu que faço.

Experimento e o gosto é realmente bom.

– Muito gostoso, Mercedes.

Percebo que o papo de pimenta e licor é só para ela entrar em outra conversa. Ela me parece sem jeito, mas vai logo ao assunto.

– Eu conheci a dra. Vivian; sabe, a ex-noiva do dr. Lucas? – ela pergunta me fitando.

Faço que sim com a cabeça. Ela continua:

– Desde então ele nunca mais trouxe alguém aqui, estou feliz que tenha trazido a senhora.

Tenho vontade de dizer que não é o que parece, mas ela mesma explica:

– Só que estou com medo...

Desta vez fico para lá de curiosa e pergunto:

– Por que, Mercedes?

– Porque não a conheço, porque eu vi tudo que esse homem sofreu, porque isso aqui virou um cemitério depois que ela se foi, porque dr. Lucas se tornou uma pessoa muito triste.

Vejo lágrimas em seus olhos e ela prossegue:

– Isso aqui vivia cheio de gente, de amigos, de família... de pessoas conhecidas, de alegria. E tudo acabou! E agora ele chega aqui feliz com a senhora, uma total desconhecida. E só peço que, seja lá o que estão vivendo juntos, que nunca mais eu veja dr. Lucas mortalmente ferido como vi.

Ela enxuga as lágrimas com o próprio avental. Agora entendo Mercedes, que parecia uma mulher tão dura, na verdade era só preocupação.

– Fique tranquila, Mercedes, eu não faria nada neste mundo para magoar Lucas – e completo:

– E depois o que aconteceu não foi culpa de ninguém.

Ela se vira de costas e diz baixinho:

– É, não foi.

Não sinto muita convicção nas suas palavras, mas acho que já estou viajando de novo, eu e minha mania de querer analisar tudo.

Nisso Lucas entra.

– Olá, fujona! Fui ao quarto e você não estava mais lá.

– Estava aqui batendo papo com a Mercedes – olho para ela que já está de costas, claro que ela não quer que ele perceba que andou chorando.

Então eu quebro o clima e digo:

– Vamos para a piscina! Mercedes não quer saber de mim por aqui, então vamos cair fora. Quero ir dar um mergulho.

A água da piscina está morna, uma delícia; o sol de outono não chega a esquentar a água, mas, ao molhar a ponta dos pés, noto que ela está aquecida. Dou um mergulho e nado até a beira da piscina para provocar Lucas.

Capítulo 5

Ele fica do lado de fora, sentado na cadeira me olhando.

– Vem comigo, vem! A água tá muito gostosa – eu provoco.

Ele chacoalha a cabeça negativamente.

– Estou com uma visão de outra coisa gostosa.

– Vem, a água tá morninha. Vem!

–Tati, pare de me olhar assim com essa cara! Aqui tem plateia, acho melhor eu não entrar aí....

Eu saio da água e jogo as gotículas dos meus cabelos em suas pernas.

– Isso, provoca!

Eu me sento na cadeira ao seu lado. Ele se inclina e me dá um beijo leve. Sinto a pele arrepiar até o bico dos seios. Ele percebe e me joga a toalha.

– Tá com frio, doutora? – fala zombando.

Eu faço cara de brava e ele diz:

– Meus planos são para depois, você não perde por esperar.

O almoço de Mercedes estava pra lá de bom e acompanhado de algumas caipirinhas. Sinto-me de pilequinho e me jogo no sofá. Ele então me convida para subir... Eu respondo:

– Agora não... Vou ficar um pouco aqui – já estou falando em voz pastosa. Ele acha graça.

Ele percebe que estou um pouco tonta, levanta minha cabeça e se senta no sofá apoiando minha cabeça sobre seu colo.

Ele me olha bem de pertinho e diz:

– Acho que você não podia ter tomado caipirinha, agora já era... vou me aproveitar de você.

Ele me beija na ponta do nariz e diz:

– Vamos para o passeio de barco?

Saímos de mãos dadas até o deque; caminho totalmente zonza e percebo que eu realmente estou de pilequinho.

E aquilo definitivamente não podia nunca ser chamado de barco! Na verdade, é um iate em que está escrito algo como 115. Isso me dá ideia que tem 115 pés.

Como estou toda soltinha ainda com o efeito do pilequinho, entro correndo para ver como é por dentro. Sempre tive curiosidade de ver o interior de um iate.

Caramba! Tem sala com TV e tudo mais. Quarto com cama de casal e cozinha!

Volto para o quarto ainda zonza e me jogo na cama. Estou realmente grogue. Ele balança a cabeça sorrindo e diz:

– Vou estar na cabine pilotando – ele me dá um selinho –, descanse aí por enquanto. Depois eu volto.

Eu realmente pego no sono. A caipirinha me venceu. Acordo depois com a cabeça pesada e tudo balançando. Aí que me dou conta de que estou dentro de um barco. Vou até o pequeno banheiro onde encontro escovas de dente novas, pastas, fio dental, enxaguante bucal, tudo de que eu precisava.

Depois, já com o hálito renovado, vou até a cabine de comando. Ele está lá e parece se divertir, pilotando.

Chego perto e ele bate com a mão na poltrona ao seu lado, indicando para eu me sentar.

Ficamos assim um tempo admirando o mar e o céu azul em silêncio, só ouvindo o barulho das ondas batendo no barco.

Ele para em alto-mar, não vejo nada a não ser água. Ele então me convida:

– Vamos dar um mergulho?

– Ah, não, aqui não, prefiro a piscina! – eu digo.

Ele me puxa para a proa e me solta para dar um mergulho. Fico um tanto apavorada ali no barco sozinha, mas logo o vejo acenando para mim.

Fico olhando aquele homem que entrou na minha vida há alguns dias. Como alguém em tão pouco tempo pode significar tanto para uma pessoa? Aquilo com certeza era paixão, e das bravas!

Ele sobe e pega uma toalha para se enxugar.

– Dessa vez eu desculpo que você não foi comigo. Está de ressaca. – ele diz brincando.

Depois vem até mim e me abraça, sinto seu cheiro bom misturado com o cheiro da água do mar e fico arrepiada.

Ele tira minha camisa, em seguida meu biquíni e me deixa nuazinha. Afasta-se um pouco para me admirar, depois fica completamente nu, sem a menor inibição, para dizer ao meu ouvido:

– Essa é a vantagem de estar em alto-mar, fazer amor ao ar livre...

E realmente a sensação de liberdade é enorme, o ventinho gostoso, o sol se pondo, a aventura de que alguém pode estar nos observando... tudo leva a mais uma transa louca e deliciosa!

A noite chega e ele me leva de volta para Campos de helicóptero, depois segue para o aeroporto de Guarulhos e, em seguida, para a Alemanha, deixando um vazio enorme. Entro no pequeno chalé e sinto a presença dele em cada canto. Já estou morrendo de saudades.

Capítulo 6

Acordo na segunda já louca para ouvir a voz de Lucas, mas ainda não teria dado tempo de ele ter chegado à Alemanha, talvez em mais uma ou duas horas ele me ligue.

Chego ao Vale dos Sonhos e para minha agradável surpresa encontro Eric. Fico muito feliz em revê-lo. Não sei por que Eric me dá essa sensação tão boa! Parece um cara que já conheço há anos, um primo, um irmão. Ele corre para me abraçar, aquele abraço de urso que até me levanta do chão.

– Eric! Que surpresa boa você aqui! – digo exultante.

– Tati, você tá linda com esse uniforme! Olha só o meu – e aponta para o logo do seu avental que é do Vale da Preguiça.

Eu não consigo segurar o riso. Aquele Vale é a cara mesmo de Eric. Ele pergunta:

– Você começou na semana passada? Tá gostando?

– Eu tô amando. Tenho duas pacientes, elas são incríveis.

Ele coça a cabeça e diz:

– Eu vou tratar de um casal, provavelmente eles ainda não acordaram – Eric solta uma gargalhada e continua:

– Não é à toa, nesse Vale todos devem acordar bem tarde – brinca.

Eu também acho graça e, percebendo que já está na minha hora, digo:

– Agora me deixe ir porque minha paciente, dona Teodora, não tem nada de preguiçosa, e já deve estar zanzando pelo jardim.

Despedimo-nos com um beijinho afetuoso no rosto e, quando me viro, dou de cara com a dra. Pamela. Ela está parada feito um muro no meu caminho com um olhar de "exterminadora do futuro". Levo até um susto porque me encontrava totalmente desarmada, ainda mais depois do encontro gostoso com Eric.

Ela fala em tom enfático:

– Dra. Tatiana, acompanhe-me até minha sala, por favor. Precisamos conversar.

Eu primeiramente digo:

– Bom dia, Pamela. Sinto muito, mas agora não. Vou primeiro cumprimentar a senhora Teodora. Quando eu tiver um tempo, irei até sua sala.

Ela fica visivelmente irritada e diz:

– O que tenho para lhe dizer é muito importante.

– É sobre minhas pacientes? – pergunto.

Ela faz um sinal negativo com a cabeça e diz:

– Não!

– Então o seu assunto pode esperar. Para mim, a prioridade são sempre meus pacientes. Com licença.

Afasto-me, deixando-a ali plantada, e um Eric que assistia à cena com a cara mais espantada do mundo.

Encontro Teodora já no jardim, dessa vez ela não disfarça a alegria em me ver. Abre um escancarado sorriso. Eu lhe dou um beijo afetuoso e ela pega em minha mão.

– Venha ver as azaleias se abrindo, estão tão lindas!

Eu a sigo e caminhamos de mãos dadas.

– Estão lindas mesmo, e estamos no outono – observo.

– O que achou da minha filha Noêmia e do paspalhão do marido?

Eu sabia que ela ia me perguntar isso, e que tinha de tomar muito cuidado com as respostas.

– Achei um casal normal como tantos outros por aí... e sua filha é bem simpática!

Teodora me olha com insatisfação e retruca:

– Mas a doutora é psiquiatra, deveria ter percebido como ele é mau-caráter! Viu que ele comentou que você era muito nova para cuidar de mim? Ele deve me achar uma velha demente que precisa de uma médica nazista!

Eu senti novamente uma vontade de rir, era a velha Teodora atacando o genro a qualquer custo. Mas me contive e respondi:

– Aquela observação dele, de me achar muito jovem, me pareceu bastante pertinente. Tem muita gente que gosta de médicos experientes e eu sou uma recém-formada.

E continuo:

– É normal as pessoas julgarem, afinal são os famosos "preconceitos" – e aproveito a deixa para dizer:

– A senhora, por exemplo, não estaria desde o começo prejulgando seus genros, só porque acha que suas filhas são feias e desinteressantes?

Então avaliou que qualquer homem que se aproximasse delas seria por puro interesse? – pergunto procurando sustentar seu olhar.

Ela me encara desafiadoramente, mas não diz nada. Eu então continuo:

– A senhora os rotulou de aproveitadores, de crápulas, de tudo que tem de ruim, mesmo antes de conhecê-los, não foi?

Ela se vira de costas e começa a se afastar, isso significa que toquei no ponto certo; ela quer ganhar tempo para responder, para refletir... Ela tenta se esquivar de mim sem uma resposta e eu a sigo e a seguro pela mão. Faço-a parar e me olhar para responder. Ela então tentando ser firme me diz:

– Você é mais ingênua e boba do que pensei. Caiu como uma pata na conversa mole daquele idiota.

– Eu não caí em nenhuma conversa porque ele não me jogou conversa alguma; pelo contrário, o seu genro Oscar foi bastante honesto quando disse que me achava muito nova, foi até um grande gesto de sinceridade.

Ela me encara e diz:

– Vou pedir para trocar de psiquiatra, você é muito fraquinha.

Eu continuo firme:

– A senhora quer se tratar ou fugir da realidade? Está aqui para encontrar a paz ou quer continuar vivendo nessas falsas verdades que construiu? Já percebeu que não adianta mudar de psiquiatra, de clínica, de planeta? Sabe por quê? Porque seus medos e fantasmas, que a aterrorizam, que lhe tiram o sono, estão aí dentro de sua alma. E só tem uma pessoa no mundo que pode tirá-los daí... e não vou ser nem eu, nem o dr. Jorge, nem mesmo o dr. Dream com o medicamento Dreamer. Sabe por quê? Porque a única pessoa que pode combatê-los é a senhora mesma, dona Teodora. E para isso precisa estar disposta a enfrentá-los e parar de fugir de si mesma. Se a senhora quer trocar de psiquiatra, fique à vontade, mas, se quiser realmente se curar, eu estarei aqui ao seu lado para ajudá-la.

Acabo de falar sentindo que tinha desprendido toda a minha energia do dia, do mês ou do ano. Mas algo me diz que valeria a pena. Pela primeira vez, vi em seu olhar uma dúvida, uma hesitação. Então me afasto para que ela reflita, sei que estou mexendo com fogo, que ela pode me rejeitar, mas tenho de ser sincera. Não haverá um real tratamento se eu não for honesta com a situação, e tudo que a dona Teodora não precisa no momento é que lhe passem a mão na cabeça.

Lembro-me com tristeza de que ainda vou ter de enfrentar a fúria de Pamela. O que será que ela quer? Algo me diz que está mortificada de ciúmes de me ver com Lucas. Eu não nasci ontem. Desde o dia em que ele quis me contratar, eu percebi seu ar de reprovação. Agora ela com certeza estaria querendo me fazer algum tipo de represália.

Chego à sua antessala e Kelly me pede para aguardar. Pelo olhar de Kelly, pressinto que tem algo no ar.

Kelly entra na sala de Pamela e me chama em seguida. Logo que entro, ela nem me pede para sentar e dispara:

– Dra. Tatiana, o Lucas é dono da clínica e pode fazer o que bem entender. Mas a doutora está num lugar de trabalho e tem de se comportar como tal, não pode nem pensar em tirar proveito da situação de ser a queridinha do sultão, a bola da vez para fazer o que bem entender.

Claro que percebo que Pamela está possessa de ciúmes, e não posso deixar de pensar se Lucas já teve um caso com aquela mulher. Já teriam sido amantes?

– Eu não sei do que a doutora está falando – desconverso.

– Claro que sabe! Deixe de ser dissimulada – ela rebate.

Dou de ombros e digo:

– Se você se refere a mim e Lucas, não lhe devo explicações.

Ela então com os olhos vidrados pergunta:

– Não se contenta em ir para cama com ele? Tem de vir aqui desfilar? – ela me desafia.

– Olha, Pamela, o que eu e Lucas temos não te interessa – eu protesto. – Se quiser falar de trabalho, estou à disposição.

Ela continua em tom provocativo:

– E foi só Lucas viajar para você se atirar pra cima do dr. Eric?

– Ah, Pamela, faça-me um favor! Eu e Eric somos amigos, só isso.

Ela continua tentando me intimidar:

– Você não perde por esperar, doutorazinha.

Eu pergunto em tom sarcástico:

– Só isso? Posso ir agora?

Nisso o meu celular toca, olho para o visor e vejo o nome de Lucas. Ele devia ter acabado de pousar na Alemanha. Então, só para provocá-la ainda mais, digo:

– Com licença, vou atender ao telefone, um certo "sonho" está me chamando – viro as costas e saio sabendo que, se olhar matasse, eu já estaria morta.

✿ ✿ ✿

Lucas me conta que chegou bem e que já está a caminho do hotel onde só terá tempo de deixar as malas e ir direto para um congresso, no qual ele será um dos palestrantes.

Estou me sentindo agitada, essa conversa mole da Pamela, a conversa dura e sincera com dona Teodora, e Lucas longe. Sinto-me sozinha, perdida em pensamentos, e vou até a sala do dr. Jorge, pois preciso falar com alguém. Ele com sua calma e sensatez, com certeza, é a pessoa certa para eu desabafar.

Chego à sua antessala e vejo-o com Teodora; ela já está à porta de seu consultório se despedindo. Fico apreensiva: será que ela já foi pedir para eu deixá-la?

Ele me cumprimenta e diz:

– Dra. Tatiana, ia mesmo procurá-la, precisamos nos falar.

Olho para os dois na tentativa de antecipar o que eles poderiam ter conversado. Dona Teodora passa por mim com um sorrisinho cínico e mal me cumprimenta. Dr. Jorge abre um largo e sincero sorriso como sempre e me pede para entrar em sua sala.

Estou desconfiada de que ele quisesse me avisar que eu não seria mais a médica de Teodora, e isso me dá um frio na barriga. Apesar de seu jeito arredio, eu me afeiçoei a ela.

– Dra. Tatiana – ele diz meu nome alto e me encara. – Eu sabia que você seria a médica perfeita para Teodora, conseguiu mexer em seu ponto fraco.

Eu engulo seco e pergunto:

– Ela veio pedir para me substituir?

– Não! Ela veio me dizer que você é muito fraquinha, bobinha, ingênua. E quer continuar com você porque senão poderá perder logo o emprego, e que, como ela tem muita pena de você, ela quer te ajudar.

Eu fico atônita e digo espantada:

– Não entendi nada!

– Dra. Tatiana, a dona Teodora se sentiu desafiada por você, e ela adora esse jogo do poder, de desafios. Ela então quer mostrar que você é vulnerável e que ela pode te proteger porque "Ela" é a forte. Entendeu o jogo? Ela quer te subjugar como sempre tenta subjugar a todos que a desafiam. – Ele prossegue:

– Ela acha que, se mostrar como você é indefesa e de como ela é poderosa, ela sairá fortalecida como sempre.

Eu pergunto incrédula:

– Ela pensou em tudo isso? Ela tem essa mente tão arquitetada?

– Sim, dra. Tatiana, é essa mente que não a deixa dormir nem enxergar o lado bom de pessoas e coisas, e é essa mente que você terá de desvendar para que ela receba o devido tratamento.

Estou aturdida com tantas revelações: dona Teodora, uma mulher tão articulada, e dr. Jorge, tão perspicaz. Não é à toa que ele é chefe do Vale da Insônia.

Ele prossegue:

– E como você está se saindo muito bem, eu a indiquei para o Vale da Preguiça. Procure o diretor, dr. Hélio, que vai te apresentar um paciente.

Eu estou me sentindo confusa. Parece que dr. Jorge percebe e explica:

– Fique atenta com Teodora, mas ela não lhe fará nenhum mal. No fundo ela te admira por ser desafiadora, ela repudia pessoas fracas – e continua: – Tome cuidado com Pamela, essa sim pode prejudicá-la.

Eu aproveito e conto a conversa que ela teve comigo. Ele diz:

– Fique alerta, dra. Tatiana, muito alerta.

– Ela pode me prejudicar em quê?

– Prefiro que a doutora tire suas próprias conclusões, mas tome cuidado.

Agradeço pelo aviso e fico ainda mais curiosa. Teria Pamela algum poder sobre Lucas?

Prefiro não pensar nisso agora, preciso ver Bete e depois falar com dr. Hélio do Vale da Preguiça, pelo menos lá eu terei Eric ao meu lado. Ah, Eric, você nem imagina como é bom ter a sua cara boa por perto.

Depois de conversar com Bete, percebo que ela está indo bem e parece estar repensando alguns conceitos, principalmente aqueles em que acredita não servir para nada. Ela está se redescobrindo como profissional, disse que está lendo tudo sobre estética, maquiagem e cabelos na internet e que até já tem um blog de dicas. Fico satisfeita com seu progresso e vou até o Vale da Preguiça para conhecer o dr. Hélio.

O Vale da Preguiça é totalmente diferente do Vale da Insônia. Tem cores vibrantes com a fachada em cor laranja, há uma academia equipadíssima bem à frente, com paredes e teto de vidros, e duas piscinas, uma coberta e outra aberta. Há também uma quadra de tênis e uma poliesportiva, todas ocupadas por pacientes.

Vou até a recepção e uma garota bem jovem me indica onde está dr. Hélio. Ele está conversando próximo à piscina aberta com o professor de Educação Física, o mesmo sujeito do Vale da Insônia, o tal Juliano com cara de general.

Vou ao seu encontro e me apresento:

– Olá, dr. Hélio, sou a dra. Tatiana.

Ele é um senhor que deve ter a mesma idade do dr. Jorge, embora bem mais conservado, com agradáveis olhos verdes; noto que ele tem certo charme, e deve ter sido um homem bem atraente, porque ainda mantém o porte atlético e altivo.

Ele me cumprimenta com um sorriso:

– Olá, dra. Tatiana, muito prazer. Conhece o professor Juliano?

Eu e Juliano sorrimos, e eu confirmo:

– Sim, já andamos nos cruzando por aí.

Cumprimentamo-nos, e dr. Hélio me convida para ir até sua sala.

A sala é espaçosa e elegante como ele, com poltronas de couro marrom-escuro e uma enorme estante de livros; há tantos livros que sinto um cheiro de papel e madeira no ar misturado com o couro, que dá a sensação de se estar em uma biblioteca antiga.

Fico maravilhada olhando a quantidade de livros que há ali, aquilo é uma biblioteca particular, o sonho de qualquer psiquiatra.

Ele me observa e diz:

– Estudamos tanto, lemos tanto e ainda não conseguimos desvendar os mistérios da mente humana, não é, dra. Tatiana?

– Estou encantada com essa variedade de livros, vejo que tem a coleção completa de Paul Valerie! – exclamo.

Aproximo-me da coleção antiga, talvez a primeira edição do psiquiatra francês que defende a existência do espírito em várias reencarnações e que ensinou seus pacientes a conversarem com o seu subconsciente, ou melhor, com a sua Alma. A edição é chamada de *Livro Prata*, denominada "*Congressi cum anima*" ou Encontro com a Alma.

Paul Valerie nasceu na França, na cidade de Bordeaux. Filho de família judia, foi deixado para adoção em uma família francesa como medida de segurança, pois o regime de Vichy controlava o sul da França em acordo com os nazistas. Porém, essa família o entregou às autoridades em troca de uma pequena recompensa, e o menino cresceu sem conhecer nenhum parente. Valerie conseguiu escapar de uma fazenda onde trabalhava desde os 10 anos de idade, quando esperava ser transferido para um campo de concentração. Ele fugiu para Paris, onde arrumou trabalho e decidiu estudar psiquiatria para avaliar a mente com os seus enigmas de sonhos e fantasias.

Não consigo me conter e pego um dos livros, percebo folhas amareladas e sinto aquele cheiro delicioso e característico de livro antigo.

Dr. Hélio sorri e fala:

– Meu preferido.

Ele então sobe a escada e pega um livro lá de cima. Na verdade, não é um livro, parece um manuscrito. Ele me entrega.

Seguro em minhas mãos mal podendo acreditar. Meu Deus! Trata-se de um manuscrito do próprio Paul Valerie escrito em francês. Abro e percorro os dedos sobre as páginas escritas em nanquim, não é possível. É um manuscrito autêntico.

Ele me convida a sentar em uma poltrona à sua frente. Na verdade, a sala de dr. Hélio mais parece uma sala de casa, com sofás e poltronas confortáveis.

Acomodo-me sem largar o manuscrito.

Ele percebe meu deslumbramento e explica:

– Lucas arrematou em um leilão, entre outros, e pediu que eu lhe mostrasse. Pode levar para ler se quiser...

Fico lisonjeada e agradeço:

– Nossa! Isso é um tesouro pra mim... prometo que vou ler e devolver em breve.

– Fique o tempo que for necessário. Nesse livro, Paul Valerie descreve em diálogos suas conversas com a "alma", é muito interessante! – e ele muda de assunto:

– Dra. Tatiana, bem-vinda ao Vale da Preguiça. Ao contrário do Vale da Insônia, não vai encontrar pacientes assim tão "dinâmicos" por aqui. Veja esse paciente – e me mostra na tela um homem de seus 30 anos.

– Esse rapaz é o José, ele está aqui no Vale há uma semana; ainda não teve nenhum médico o assistindo, a doutora será a primeira.

Ele já começou duas faculdades, não terminou nenhuma; não para em emprego, e já teve dois negócios próprios montados pelo pai, que obviamente não deram certo. Já esteve ao pé do altar e desistiu da noiva. Ele larga tudo pela metade, não sabe o que quer, gosta de vida boa, balada, carro novo, acordar tarde. O pai já tentou de tudo, ele adorou a ideia de vir para cá. Desde que chegou já passou cantada em duas recepcionistas e em uma enfermeira, além de uma médica que lhe aplicou os exames. Acorda por volta das 11 horas, só depois de ser chamado desde às 8; e não gosta de exercícios físicos. Ele agora é seu paciente, e o problema dele agora é meu e seu; na verdade, José acha que não tem nenhum problema, então o problema dele é só nosso, entende? Está disposta a enfrentar esse desafio, dra. Tatiana?

Dr. Hélio me pergunta seriamente, mas acho que no fundo está me testando. Eu respondo com firmeza:

– Estou!

Ele então sorri e afirma:

– Eu sabia que ia aceitar, por isso o seu avental do Vale da Preguiça já está aqui.

Ele me estende o pacote com o avental e me explica:

– A doutora irá trabalhar até as 15 horas no Vale da Insônia e depois virá para cá, já combinei com o dr. Jorge. Pode começar amanhã.

Ele prossegue:

– Mas vou te apresentar o José agora, pode ser?

Eu concordo e vamos até a quadra de tênis. Ele está lá sentado assistindo a uma partida.

– Olá, José, vim lhe apresentar a dra. Tatiana, que irá acompanhá-lo.

José me mede da cabeça aos pés e diz:

– Muito prazer, doutora. Será uma honra ser acompanhado por você.

Percebo que José tenta me jogar charme, e parece que ele é daqueles que são bons de papo, além de ser até bem atraente.

– Olá, José, muito prazer. Não se anime muito comigo, eu não gosto de ver as pessoas paradas – eu o provoco.

Ele diz para tentar se explicar:

– Eu gosto de tênis, mas não sei jogar – ele diz.

– Ah, que pena! – digo. – Mas aqui vai ter chance de aprender, já vou agitar isso com o professor Juliano.

Saio do Vale da Preguiça certa de que terei um desafio e tanto, além de ter de me esquivar dos galanteios de José, que até então me pareceram divertidos e elegantes, dando-me a impressão de que, apesar de um *bon vivant* e preguiçoso, ele é muito inteligente.

Enfim chega o final do dia, e que dia! Caminho para o carro me sentindo exaurida, mas o que mais me deixa agitada é que estou morta de saudades de Lucas. Fico pensando nele lá sozinho na Alemanha, rodeado de médicas. Em meus devaneios são todas loiras de olhos azuis, altas e de belas pernas, tentando conquistar alguns minutos do dr. Dream. Incrível é pensar que o dr. Dream, o todo-poderoso, é o cara com que estou ficando no momento, que estou apaixonada, e tão perdidamente que eu não aconselharia ninguém a ficar. Mas quem manda no coração? Ele está apertado, e piora quando me lembro do seu sorriso, das suas mãos, e me dá um arrepio quando fecho os olhos e sinto seu beijo.

Chego em casa, tomo um bom banho e me jogo no sofá; entro no WattsApp para falar um pouco com minhas amigas. Depois adormeço com o notebook no colo. Acordo assustada com o celular. É Lucas.

– Oi, minha querida, como está? Estou morrendo de saudades.

Eu mordo a língua, para não dizer que estou morrendo de ciúmes, imaginando ele com mil loiras e respondo:

– Estou morrendo de saudades também, e estou cansada, tive um dia cheio.

– Gostou do Vale da Preguiça?

– Sim, adorei! Você que me indicou pra lá?

– Não, senhorita, foi o dr. Jorge. Ele me enviou um e-mail contando as novidades.

Fico me perguntando se dr. Jorge teria lhe contado tudo sobre Teodora e até sobre Pamela, mas acho melhor não levantar essas questões agora, não por telefone.

Ele se despede me desejando boa noite e diz que não vê a hora de me reencontrar.

◌◌ ◌◌

Chegando ao Vale pela manhã, vou falar com dona Teodora; não sei como será sua reação depois de ontem, pois nós ainda não nos falamos.

– Olá, dona Teodora, bom dia! – acho melhor não lhe dar um beijo como de costume, não sei como seria sua reação.

Ela me olha e responde com um bom dia seco, e me convida:

– Vamos caminhar um pouco, doutora, quero lhe mostrar certo Vale.

Fico intrigada e pergunto:

– Vale? Qual Vale?

Ela anuncia com soberba:

– Não se trata de nenhum dos Vales dos Sonhos, esse fui eu quem descobriu. Venha que a doutora verá com os seus próprios olhos.

Ela segue descendo a montanha e vou atrás; entramos em um trecho da floresta e ela continua. De repente, começo a achar que estamos caminhando muito à beira da montanha, mas ela continua firme com sua bengala. Vejo que o caminho é estreito e protesto:

– Dona Teodora, aqui me parece muito perigoso, já esteve aqui sozinha?

Ela continua sem olhar para trás e responde:

– Sim, algumas vezes, e deixe de ser mole, vamos! – ela retruca.

– Dona Teodora, eu estou com medo disso aqui – eu assumo.

Ela continua impávida. De repente, chegamos ao leito de um riacho, imagino que seja alguma vertente do Rio Capivari.

Ela então, para meu assombro, passa por cima de uma tábua que faz precariamente o papel de ponte, não dou mais que três passos sobre essa coisa, mas me sinto insegura porque balança e, embora não seja muito alta, abaixo há uma forte correnteza sobre pedras.

Enfim caminhamos mais uns 200 metros, e eu vejo um paraíso de flores. Todas da mesma cor, diria que são azul-violeta. O lugar parece uma pintura de Monet, muito lindo.

Ela se vira para mim e pergunta:

– Conhecia este Vale, doutora?

– Claro que não! – eu digo.

Ela parece triunfante e diz em tom professoral:

– Sabe que flores são?

– Acho que são hortênsias.

Ela então explica:

– Já vim aqui duas vezes, este é para mim o Vale das Hortênsias.

Continuo sem saber por que ela me levou ali. Ela continua:

– Sabe por que têm essa cor azul-violeta?

– Não – respondo.

– Porque são cultivadas com PH abaixo de 6.5. Se fossem cultivadas com PH acima de 7.5, as flores seriam rosadas ou brancas.

– Puxa, dona Teodora, eu não sabia disso!

Ela então dá um sorriso sarcástico e diz:

– A doutora não sabe de muitas coisas, acha que só porque fez faculdade sabe de tudo – e profetiza:

– Vocês jovens acham que os velhos são burros, ultrapassados e ignorantes. Não imaginam que, por trás de cada ruga, de cada cabelo branco, tem muito aprendizado, muitos desafios.

Ela me encara com as duas mãos sobrepostas firmemente sobre a bengala e prossegue:

– A doutora tem muito ainda que aprender. E não me venha mais com liçãozinha de moral.

Sei que ela está se referindo à nossa conversa de ontem. Prefiro não instigá-la, mas, no momento, percebo que ela ainda está muito ferida com o que falei e quer a todo custo me provar que estou errada, e como ela é infinitamente mais experiente e forte do que eu.

Peço somente que voltemos e digo que ela não pode sair assim do Vale sem avisar e sem um acompanhante, porque o caminho é muito perigoso.

Voltamos para o Vale e ela leva aquele ar de quem me venceu; isso é bom, pelo menos por ora faz parte da minha estratégia.

Como é bom encontrar Bete depois de Teodora. Ela é amigável, fácil de lidar e vejo que está se saindo muito bem, só fala sobre seu blog, sobre os cursos que quer fazer quando voltar para Curitiba. Parece que está conseguindo levantar sua autoestima.

À tarde me troco, visto o avental do Vale da Preguiça e lá vou eu para encontrar José, o *bon vivant!*

Ele está de bate-papo com duas pacientes bonitas, elas riem muito do que ele diz. Aproximo-me e ele educadamente me cumprimenta.

– Olá, dra. Tatiana. Que bom revê-la.

Eu cumprimento as mulheres com a cabeça e digo:

– José, vou ter de tirá-lo um pouco da boa companhia.

Elas entendem o meu recado e se afastam. Ele me pergunta:

– A doutora também vai me fazer ir nadar, andar a cavalo, jogar tênis? Dou risada e respondo:

– Não, isso é com o professor Juliano, hoje vamos bater papo.

Ele sorri, parece que o bom humor é seu esporte preferido.

– Dra. Tatiana, já estou cansado de me mandarem fazer isso ou aquilo. Já não chega meu pai que me mandou para faculdade, que me arrumou emprego, montou negócio para mim? Estou muito cansado disso tudo.

– Sabe, José, quando não tomamos as rédeas da própria vida dá nisso. Todo mundo dando palpite, mandando, aconselhando, opinando. Você já viu quando nasce um bebê? – tento exemplificar.

– A pobre da mãe fica perdida, vem a avó materna e fala para fazer de um jeito, a avó paterna, de outro, e a tia passa mil receitinhas... a amiga indica remédio pra tudo. E a pobre mãe fica louca... só vai ter sossego quando ela tomar as rédeas e arrumar um bom pediatra para aconselhá-la, e então manda todo mundo passear. É isso que quero fazer com você.

Ele sorri e brinca:

– Dra. Tatiana, você quer ser minha pediatra?

Eu percebo que José gosta de fazer piada de tudo, então brinco:

– Se for preciso, serei também sua pediatra.

Ele me olha com carinho e diz:

– Eu vou adorar, meu pediatra era velho e gordo, acho que é por isso que tenho traumas.

Aproveito que ele está descontraído e pergunto:

– E você, José? O que faria se não tivesse seu pai no comando? Faria faculdade? Algum curso? Começaria a trabalhar com algo manual? Algo relacionado às artes?

Eu o encaro e ele se senta num banco para contemplar a piscina, fica pensativo coçando a barba rala que está por fazer. Eu me sento ao seu lado e o instigo:

– José, não vá me dizer que prefere noitadas, baladas, mulherada...

Ele se vira para mim e vejo que há uma real dificuldade em me responder. Enfim, ele desabafa:

– Passei tanto tempo fazendo o que meu pai queria que eu fizesse que nem sei o que gostaria de fazer de verdade.

Sinto pena de José, ele não passa de um menino grande e insisto:

– Tem algum hobby? Algo que lhe prenda a atenção, algo que você ache interessante?

Ele reflete mais um pouco e diz:

– Gosto de fotografia.

– Que legal! Você tem uma máquina?

– Tenho uma, eu trouxe pra cá.

– E do que gosta de tirar fotos, de pessoas, paisagem?

– Gosto de tirar foto de um momento, sabe? Não sei explicar...

Eu reflito um pouco e me contenho; ia sugerir um curso de fotografias, mas não falo nada. José tem de querer, interessar-se por esse curso por si mesmo, eu não quero ser mais uma lhe dizendo o que deva fazer.

Despedimo-nos com um abraço de amigos, por sorte José não tentou me passar cantada e foi supereducado.

A semana demora a passar. Enquanto estou no trabalho, as horas voam, mas à noite parece uma eternidade, fico só pensando em Lucas.

Finalmente chega a sexta-feira, ele me liga na hora do almoço.

– Querida, chego a São Paulo amanhã cedo. Quero me encontrar com você lá. Vamos ao teatro, jantar num restaurante bem legal, e o melhor de tudo: reservei um hotel na Oscar Freire. Esteja no Vale por volta da 11 horas que o Bob vai te buscar.

Fico radiante, mais um final de semana com Lucas; para mim não importa o lugar, o bom mesmo é que vou estar junto dele.

Capítulo 7

Sábado vou ao Vale pela manhã bem cedo, cumprimento rapidamente meus pacientes, pois eles estão recebendo suas famílias, e aproveito para conhecer a filha mais velha de Teodora, Marlene, que me parece muito diferente da mãe, tão mais doce e amável.

Quando chego ao restaurante do Vale da Lucidez, vejo o piloto Bob batendo papo descontraidamente com as meninas do balcão da lanchonete.

Ele sorri ao me ver e pergunta:

– Pronta, doutora?

– Sim. Tudo bom, Bob?

– Tudo ótimo – ele pega minha mala e resmunga. – Como pode mala de mulher pesar tanto?

Saímos rindo para o helicóptero, mas alguém está à espreita com olhar de rapina, posso até sentir os olhos de fogo me queimando. Pamela me observa com muita atenção. Eu faço o sinal da cruz antes de voar; aquela mulher com certeza não está me desejando boa viagem.

Pousamos no heliporto do hotel localizado na rua Oscar Freire, um lugar delicioso para passear em São Paulo, com lojas descoladas, restaurantes e cafés charmosos. Bob me acompanha até a recepção. Ligo para Lucas avisando que já cheguei, estou ansiosa para vê-lo. Em minutos ele aparece na recepção, está lindo de jeans e camiseta. Na verdade, eu nem conseguia me lembrar em detalhes como aquele homem era gato, e com certeza é aquele sorriso que o deixa irresistível.

– Que saudades! – ele exclama enquanto me abraça ali no meio do *lounge*.

Eu me aninho em seus braços. Como é bom estar juntinho dele de novo!

Subimos para conhecer a suíte espaçosa e muito bem decorada. Deixamos minha mala e saímos para almoçar. Vamos caminhando pelas ruas dos Jardins. Ele me guia até um famoso restaurante italiano. Quando entramos e eu sinto um cheiro bom de comida, é que percebo como estou com fome.

Devoramos os antepastos, a massa deliciosa e o vinho maravilhoso.

Voltamos caminhando de pilequinho e de mãos dadas; não posso deixar de admirar as vitrines que estão com as novas coleções de outono-inverno. Detenho-me em frente a uma butique luxuosa que só tem um único vestido preto exposto. Parece uma joia rara, uma peça única. Paro para olhar de perto. Lucas me abraça por trás e diz em meu ouvido:

– Esse vestido é a sua cara! Quero ver você dentro dele.

Ele me empurra para dentro da loja e logo aparece uma vendedora chiquérrima, uma jovem de 20 e poucos anos num costume de calça e blazer branco. Ela nos olha com certo ar desconfiado, mas Lucas não dá tempo para ela raciocinar e diz:

– Queremos o vestido da vitrine.

Ela me olha tentando avaliar meu tamanho e diz:

– Só temos duas peças, são exclusivas, a da vitrine que é "P" e outra "M".

Ele responde sem pestanejar.

– O "P" da vitrine.

Eu fico um pouco sem jeito e digo:

– Que tal eu provar o M e, se ficar grande, ela pega o P?

Ele chacoalha a cabeça negativamente e diz:

– Pode pegar o P da vitrine – ele diz firmemente e sorri.

Ela parece um pouco contrariada, mas obedece. Tira o vestido da manequim e me pede para acompanhá-la.

Eu chego a um provador com ar-condicionado, sofás de veludo na cor marinho, tapete fofo branco, máquina de café expresso, biscoitos, xícaras de porcelana inglesa... tudo um luxo!

Visto o vestido que serve como uma luva, mas não consigo fechar o zíper das costas, então chamo a vendedora. Assim que ela aparece, Lucas se põe à frente dizendo que ele mesmo vai cuidar de mim, e a dispensa.

Ele entra comigo no provador espaçoso e fecha o zíper até em cima. E então começa a subir a mão pelas minhas coxas e a sussurrar em meu ouvido:

– Eu disse que o P serviria direitinho em você. Conheço todas as suas curvas.

Capítulo 7

Ele levanta o vestido e vai baixando a minha calcinha, depois se senta na cadeira de veludo azul e me puxa sobre seu colo. Em minutos estamos transando loucamente.

Quando saímos depois de alguns minutos, olho-me no espelho e estou com o rosto vermelho e os cabelos desgrenhados. A vendedora me olha com um sorrisinho sacana e pergunta:

– Serviu?

Ele responde com ironia.

– Serviu muito!

Ele pede para embrulhar e saímos com a cara mais lavada do mundo pela rua Oscar Freire em direção ao hotel.

Logo que chego meu celular toca, é meu pai. Ele me pergunta onde estou, explico que estou em São Paulo para passar o final de semana, omitindo é claro que estou com Lucas. Se ele souber vai querer todos os detalhes e ainda não estou pronta para contar. Até porque não sei o que exatamente eu e Lucas estamos vivendo. Meu pai me avisa que meu irmão está indo para o Rio com a namorada no próximo final de semana, e que Fábio tinha pedido que eu fosse também. Meu pai então tinha decidido fazer um churrasco, chamar alguns amigos do meu irmão e que eu convidasse quem quisesse também.

Falo que vou com certeza e que irei convidar alguns amigos. Desligo o telefone toda animada, não vejo a hora de reencontrar meu pai e meu irmão. E exultante convido Lucas.

– Vamos para o Rio sábado que vem? Meu pai vai fazer um churrasco, meu irmão vem nos visitar e... – antes de continuar vejo a cara de contrariado que Lucas está fazendo e pergunto:

– Algum problema? Não gostaria de conhecer meu pai? Minha família? Meu pai e meu irmão são tudo que tenho.

Ele me olha de modo estranho e responde:

– Vá você ver sua família, não quero invadir esse seu momento.

Fico sem entender, aquele homem que invadiu o meu coração, a minha casa, minha cama, a minha vida, não quer conhecer minha família! Que merda é essa?

Tento me conter e insisto:

– Pensei que você gostaria de conhecê-los já que... – olho para o chão e não encontro palavras... dizer já que o quê? Já que estamos dormindo juntos, e fico calada.

Ele se joga na cama e liga a TV, dando ares de que para ele aquela conversa já estava encerrada.

Vou para o banheiro, entro no chuveiro e começo a chorar... Ai meu Deus, isso não é um bom começo para um relacionamento, não é mesmo.

Volto para o quarto vestindo um roupão macio branco e com a cara amassada. Com certeza Lucas percebe porque ele comenta:

– Tá triste porque não quero ir com você pro Rio?

Não tenho como negar e respondo:

– Sim, eu acho que fantasiei algo entre nós dois. Estou errada, né?

Ele se levanta e vem me abraçar...

– Não você não está errada, gosto muito de você. Tatiana, de verdade... mas é muito cedo... estamos juntos há pouco mais de uma semana, quero que no começo sejamos só nós dois. Não quero família, nem ninguém se metendo entre nós.

Eu me sento na beira da cama e ele se senta ao meu lado, segura meu rosto em suas mãos e continua:

– Já tive muita gente se metendo em minha vida, não quero mais... não dá certo!

Eu então me lembro de Pamela me ameaçando e desabafo:

– Só Pamela pode se meter em sua vida?

Ele me encara sério e pergunta:

– Como assim Pamela, o que ela fez?

Eu falo em tom sarcástico:

– Acho que ela estava só querendo preservar a imagem do Vale – e conto tudo sobre suas ameaças.

Ele chacoalha a cabeça contrariado e fala:

– Ela está indo longe demais...

Aproveito a deixa e interrogo:

– Vocês já ficaram juntos? Já tiveram um caso?

Ele me encara e responde:

– Sim, mas já passou... foi logo depois que perdi Vivian, eu estava perdido e carente, ela foi uma grande amiga.

– Amiga, aquela cobra? – *só na cabeça de Lucas mesmo*. E falo: – Ela se aproveitou da situação... é uma cascavel!

Ele sorri e isso me irrita, fico vermelha e ele me abraça.

– Você está com ciúmes, dra. Tatiana?

Eu tento me soltar do seu abraço e resmungo:

– Deixe de ser convencido... tá se achando, é?

Ele me segura forte em seus braços para eu não me soltar e provoca.

– Estou me achando sim. Que homem tem a sorte de ter ao seu lado a médica mais gostosa, mais cheirosa, mais quente, mais linda e mais carioca do Brasil?

Capítulo 7 93

Enquanto fala vai me beijando... e eu... *ai que merda*! Vou me derretendo toda em seus braços novamente.

⬦⬦ ⬦⬦

Passamos um fim de semana tranquilo. Fomos ao teatro, ao shopping, à livraria, ao café. E eu decido não tocar mais no assunto sobre a viagem ao Rio.

Acordo na segunda-feira no meu lindo chalé sozinha, não convidei Lucas para dormir comigo. Ainda me sinto magoada por ele não querer ir conhecer minha família. Ele parece que entendeu e não insistiu para ficar.

Chego ao Vale da Insônia bem cedo, Teodora ainda não está circulando; vejo dr. Jorge lendo o jornal numa mesa do café e me aproximo.

– Bom dia, dr. Jorge! Posso me sentar aqui?

– Oh! Olá, dra. Tatiana, por favor, sente-se. Já tomou café da manhã? – ele pergunta.

– Não, na verdade eu estou sem fome.

Ele dobra o jornal meticulosamente e o coloca sobre uma cadeira vazia ao seu lado, me olha com aquele par de olhos bondosos e sábios antes de começar a falar.

– A doutora me parece chateada... quer falar sobre algo?

Eu hesito, não sei se devo falar sobre mim e Lucas, afinal acho que não devo misturar as coisas, mas dr. Jorge insiste:

– O que houve, Tatiana? Pode falar, eu tenho um bom par de ouvidos.

Sentindo-me confortada e segura, desabafo:

– É Lucas! Ele não quer ir conhecer minha família... sei que estamos juntos só pouco mais de uma semana, mas fiquei desapontada.

Dr. Jorge me olha nos olhos e diz com ternura:

– Mulheres... sempre tão românticas! E os homens sempre tão esquivos.

Ele se ajeita na cadeira e chama a garçonete para me atender; antes que eu diga que não quero nada, ele pede para me servir um suco e uma salada de frutas. Ele explica:

– Mesmo quando não estamos com fome, precisamos nos alimentar... e frutas sempre descem bem.

Eu sorrio e ele continua com a conversa sobre mulheres e homens.

– Minha filha, certos homens têm horror a compromisso sério e, na equação deles, conhecer a família é igual a compromisso sério, que é igual a falta de liberdade, que é igual a encrenca, me entende?

Acho divertida a colocação dele e sorrio.

Ele continua:

– E isso cabe muito bem a Lucas, e somamos a isso o fato de que ele tem trauma até de falar em compromisso, noivado, casamento. E eu nem preciso dize o porquê, você já sabe.

A garçonete me traz um suco de laranja e uma salada de frutas coberta de cerejas e morangos com molho de iogurte. Não resisto a dar umas colheradas e vejo a cara de satisfeito do dr. Jorge por ter dado um jeito de fazer com que eu me alimentasse.

Então digo:

– Dr. Jorge, desculpe-me dizer isso, mas o senhor parece meu pai, preocupado com minha alimentação e sempre me dando bons conselhos.

– Menina Tatiana, tenho sim um carinho especial por você. Depois do luto cinza de Lucas, é a primeira vez que eu o vejo se interessar de verdade por uma mulher. Aposto no amor de vocês, mas não digo que vai ser fácil conquistar de vez o coração daquele homem, mas se conseguir, menina, tenho certeza de que ele lhe fará muito feliz.

E ele conclui:

– Posso lhe assegurar que não será fácil, mas que valerá muito a pena!

Eu saio da mesa mais leve; como é bom falar com dr. Jorge, tão sensato, inteligente e carinhoso.

Encontro Teodora sentada, lendo. Eu me aproximo para ver o nome do livro que é baseado no filme *O Discurso do Rei*.

– Bom dia, Teodora.

Ela continua lendo sem nem levantar os olhos e me responde secamente bom dia.

Eu me sento ao seu lado e pergunto:

– Ganhou esse livro de alguém?

Ela continua com os olhos fixos nas páginas e me responde:

– Foi dr. Jorge quem me deu.

Já sabia, pois dr. Jorge tinha me perguntado que livros eu indicaria para Teodora, e esse tinha sido uma de minhas sugestões. Claro que não digo a ela sobre isso, e faço que estou surpresa.

– Puxa! Que legal! Já viu esse filme? O ator principal ganhou o Oscar.

Ela então abaixa um pouco o livro e diz em tom sarcástico:

– E quem não sabe disso? Mas eu não vi! Se eu gostar do livro, depois eu assisto.

Eu tento ser casual:

Capítulo 7

– Está gostando?

Ela dá de ombros e diz:

– Estou no começo ainda, mas já deu pra ver que o duque é um gago frouxo.

– Por que acha que ele é frouxo? – eu cutuco.

– Por que onde já se viu um homem não conseguir falar em público sendo ele um nobre, filho do rei? É um frouxo, medroso e arrogante.

E ela continua com a certeza das pessoas que sempre pensam que sabem tudo.

– Eu detesto homens fracos, submissos e arrogantes.

– A senhora conhece alguém assim? – pergunto.

– Já conheci! Meu noivo, antes de me casar com o pai das minhas filhas.

Eu encontro ali uma deixa e questiono:

– Isso já faz tempo, hein? Ainda se lembra dele?

– Sim! – ela para de olhar para o livro e mira o infinito.

– A senhora o amou? Ele representou algo importante em sua vida? – pergunto.

– Ele foi meu primeiro e grande amor – percebo que ela está respondendo mais para si mesma do que para mim e eu, aproveitando sua vulnerabilidade, continuo questionando.

– E por que acabou?

Ela então se dá conta de que eu a estou interrogando, mas parece sensibilizada e com vontade de desabafar. Diz:

– Ele me trocou por uma dessas garotas frágeis, ele gostava de ser o super-homem. Eu era forte demais para ele aparecer, mostrar sua força. Ele preferiu um ser fraco, desamparado e desprezível.

Fiquei chocada com a amargura de Teodora, com certeza ela tinha amado muito aquele homem, talvez por isso julgasse tanto as filhas que faziam o tipo frágil e odiasse seus genros por serem carinhosos. Ela, na verdade, tinha nutrido ódio por homens protetores e donzelas indefesas. Então tinha construído aquela armadura de durona, mas na verdade era uma mulher que fora trocada por outra, e depois de décadas não tinha conseguido superar isso.

Fico mais uns minutos, mas percebo que ela está entretida na leitura e vou encontrar Bete, que está chegando de uma caminhada com o treinador Juliano. Eu a chamo para conversarmos, acho que Bete já está pronta para se mudar para o Vale dos Bons Sonhos.

Vamos para uma sala no Vale da Insônia onde eu possa conversar com Bete e testá-la. Sentamos em poltronas confortáveis, uma de frente para a outra.

– Bete querida, como está se sentindo? Seja sincera, por favor! Notei que está mais sorridente, corada, alegre.

– E estou mesmo – ela responde e continua: – Estou me sentindo mais leve, parece que comecei a enxergar algumas falsas verdades.

– É mesmo? – pergunto.

– Sim! Eu estava me achando acabada, velha, gorda. E então percebi que não sou tão velha assim, é só olhar para a sua outra paciente, a dona Teodora. Tão cheia de energia!

– E que energia! – brinco.

Ela prossegue:

– E eu achava que só me restava o marido, os filhos, o casamento...

– E agora o que você acha, Bete?

– Acho que agora que estou sozinha, sem marido e com os filhos grandes, vai me sobrar tempo – ela responde.

– E tempo pra quê? – insisto.

– Pra fazer o que gosto, você sabe... coisas de beleza, trabalhar com estética.

– E pra que mais vai sobrar tempo?

– Ah, para me cuidar, namorar, quem sabe? Eu perdi dois quilos com essas caminhadas do Juliano.

– Que bom! E como está dormindo?

– Ainda estou muito ansiosa, fico pensando em tudo que quero e tenho pra fazer, aí não durmo. Mas sabe, Tatiana, agora é diferente. Antes eu não dormia porque ficava me remoendo, triste, amargurada. Agora estou no maior pique. Será que sou bipolar?

Eu solto uma risada.

– Não, Bete, nada de bipolar. É que provavelmente o luto do seu casamento acabou e você descobriu que é um ser que consegue sobreviver sozinha, sem marido de muleta e filhos para te carregar. Você é uma mulher forte, decidida, só não tinha se dado conta disso, ou muitos anos vivendo a vida dos outros a fez pensar assim. Que bom que está acordando!

Ela se levanta de seu sofá e vem me abraçar.

– Você, hein, doutora? Com essa cara de jovenzinha, boazinha, vai chegando como quem não quer nada, você é danada mesmo, hein, menina?

Eu então fico alegre com o elogio e digo:

- Eu é que estou feliz por ter a sorte de ter uma paciente como você. E vou hoje mesmo falar com dr. Jorge, quero te transferir para o Vale dos Bons Sonhos.
- Jura? Será que vou poder ir mesmo? É lá que tomamos o medicamento Dreamer, né?
- É lá, sim! – respondo.
- Ai, doutora! Tô muito feliz!
- Eu também, Bete, eu também.

E explico:
- Vou falar com dr. Jorge sobre seu progresso e ver se ele concorda em transferi-la para o Vale dos Bons Sonhos.

Dr. Jorge concorda e me explica que eu continuarei sendo a médica de Bete, mas no Vale dos Bons Sonhos há médicos treinados somente para esse Vale. Bete então terá outro médico para orientá-la com o medicamento Dreamer, e eu terei de começar a analisar seus sonhos, será por meio deles que Bete revelará o que ela sente de verdade.

Saio pensativa, terei de analisar os sonhos de Bete como fazia Paul Valerie. Vai ser minha primeira experiência com esse método, preciso ler mais sobre isso estes dias. E estou curiosa para ler o manuscrito que dr. Hélio me emprestou.

Na hora do almoço, Lucas me envia uma mensagem se desculpando que não poderá almoçar comigo porque está em uma videoconferência. Decido então ir direto para o Vale da Preguiça, onde encontro Eric.

Ele está com a dra. Vanessa, a loira simpática do Vale da Insônia. Eu me junto a eles e o papo segue divertido com Eric contando sua última pescaria no Pantanal, e como ele tinha virado suco de mosquitos.

No final, ele me pergunta sobre minha amiga Cris.
- Aquela sua amiga! Gostei dela! Vou um dia pra *Sampa* pra vê-la. Ela é uma gracinha.

Olho para a cara de Vanessa que parece bem contrariada com o comentário. Olho para Eric, que nem percebeu que Vanessa está com uma quedinha por ele. De tudo que ele diz, ela ri muito, joga o cabelo, faz caras e bocas, e ele não se dá conta de nada. Será que os homens são assim burros para não perceber quando uma mulher está a fim, ou se fazem de ingênuos? Que raiva que me dá deles nessas horas!

Chego ao Vale da Preguiça e encontro José que vem em minha direção e diz, abrindo os braços, em alto e bom som:
- Dra. Tatiana! Já almoçou?
- Sim! E você?
- Eu acabei de tomar café da manhã. Não ouvi meu despertador.

– Aham – eu digo sem acreditar.

– E também não ouviu o telefone, o celular, a corneta do Juliano? – pergunto com as mãos na cintura.

– Não – ele ri e saca do bolso dois bons protetores de ouvido.

Eu o encaro furiosa. Ele parece um adolescente com essas atitudes, então o desafio:

– Tudo bem, sr. José, quer sair daqui como entrou? Sendo manipulado e dominado pelo papai? No fundo você gosta disso, né?

E continuo para provocar:

– Sabe aquela mulher de malandro que apanha e nunca larga do cara? É assim né, José? Reclama do papai, mas adora ser controlado por ele!

Ele me olha assustado, parece mesmo um garotinho que acabou de ser descoberto em uma traquinagem e abaixa a cabeça para se desculpar.

Digo:

– Levante a cabeça e me olhe nos olhos, José – eu o instigo e continuo:

– Você não tem mais 15 anos e não é mais um garoto do colégio, e eu não sou a sua mãe ou professora que vai lhe dizer o que tem de fazer, vai ser a sua consciência que vai lhe cobrar.

Ele, enfim, me encara com os olhos parecendo um daqueles cachorrinhos pedindo piedade, quer com certeza que eu lhe passe a mão na cabeça, mas eu continuo firme:

– Você quer se descobrir, José? Quer ser um homem independente ou vai querer ser sempre o filhinho do papai?

– Quero me encontrar, dra. Tatiana.

– Então nos deixe fazer você vencer essa preguiça que te consome, que te impede de viver com se fosse um bloqueio, que não te deixa andar para a frente. Mas para isso você precisa querer, José; não vai adiantar eu, os médicos do Vale ou seu pai, tem de ser você!

Ele se senta no banco em frente à piscina e desabafa:

– Eu sinto desânimo, moleza, fraqueza, cansaço.

Eu retruco:

– Todos os seus exames físicos estão perfeitos, essa preguiça vem da sua alma.

Ele me olha assustado.

– Como assim da alma?

– A sua preguiça não vem do seu corpo, vem dos seus pensamentos. Você quer acreditar nisso, que é mole, que é fraco, que não consegue...

Ele se abaixa, pega um graveto do chão e o quebra com força, parece irritado, mas não consegue exteriorizar e diz:

– Eu não sei do que gosto, para que levo jeito...

– Está aí o grande desafio: encontrar o que José quer, do que José gosta, no que José acredita!

Então, olho firme em seus olhos e digo:

– Estou aqui para ajudá-lo, assim como dr. Hélio, o professor Juliano e toda a equipe. Não fuja da ajuda, José, aceite essa oportunidade, se dê uma chance de ser feliz! Você está feliz assim, José?

Ele chacoalha a cabeça em negativa e responde:

– Eu achava que podia ser feliz assim, feito playboy, com noitadas, mulheres e bebida. Até poderia ser se não dependesse do meu pai, mas ele me cobra muito.

– Então você acha que o problema está no seu pai? Que ele deveria deixá-lo dormir até a hora que você quisesse? Para que você possa gastar todo o dinheiro que ele suou pra ganhar com mulheres, baladas e bebidas?

– Eu sei que estou errado, mas, para ser sincero, era assim que eu queria.

– Que bom que já se deu conta de que estava pensando errado! Já é um bom começo! E o que acha certo para alguém da sua idade? – pergunto.

– Acho que já estou na idade de saber o que quero, ter uma profissão, me sustentar.

Eu solto um suspiro e digo:

– Ufa, que bom que sabe isso também. E o que sugere?

Ele me olha espantado, na certa quer que eu lhe sugira algo, mas quero que ele me diga o que acha.

– Acho que tenho que estudar ou trabalhar.

– Humm, bom isso, José. Você acha isso mesmo? Ou acha que isso é o que esperamos de você?

– Eu acho isso, mas não tenho a menor vontade de estudar e muito menos de trabalhar.

– Então vamos lá, José, vou te contar uma historinha simples. Sabe o Leão?

Ele me olha espantado, mas faz sinal positivo com a cabeça.

– Pois é – eu explico –, se ele não caçar ele morre de fome. Quando ele é pequeno, o pai ou a mãe até caçam pra ele, certo?

Ele concorda com a cabeça e eu continuo:

– Aí, um belo dia, o pai e a mãe depois de ensiná-lo a caçar fazem assim: vá lá e se vire, agora é com você. E então o que acontece com o jovem leão? Se ele não caçar, ele morre de fome, certo?

– Certo.

Agora José parece que está gostando da historinha e fica mais alerta para responder e ouvir. Aproveito e continuo:

– Os pais dele não sentem o menor remorso porque ele já sabe caçar, e sabem que ele não morrerá de fome. Você é um leão jovem que ainda não aprendeu a caçar, seus pais estão tentando a todo custo, mesmo que de maneira torta, que você aprenda, mas você não quer aprender, e um dia eles não estarão mais aqui e você morrerá de fome porque, quando quiser aprender a caçar, não vai ter mais quem te ensine, entende?

Ele me olha desconfiado, mas é um cara inteligente e com certeza entendeu. Eu prossigo:

– E assim é a vida, José, pra mim, pra você e pra todos os pobres mortais que não são filhos do Bill Gates.

Ele sorri e diz:

– Que pena que não sou filho dele!

– Então, José, sua lição de casa, procure na internet, investigue, se questione: o que você pretende fazer? Do que gosta? Pelo que se interessa?

Despedimo-nos e deixo um José que aparentemente vai queimar os neurônios para descobrir do que gosta de verdade de fazer na vida.

✧ ✧ ✧

Já é sexta-feira, vou para o Rio no dia seguinte e Lucas não tinha mais tocado no assunto da viagem. Só sexta à noite, quando estamos no sofá do chalé enrolados em cobertores e assistindo a um filme, ele me diz:

– Amanhã pedi para o Bob te levar, ele te pega às 11 horas no Vale.

Eu olho com cara de espanto e digo:

– Não precisava! Vou de carro, daqui até o Rio não é tão longe.

– Nada disso, ele te leva. Você vai ver o papai, irmão e companhia e volta correndo pra mim, ou melhor voando.

Eu esclareço:

– O churrasco é só no domingo, eu vou voltar somente à tarde.

– Eu sei disso – ele fala parecendo meio tristonho.

Não consigo entendê-lo, ele parece estar triste porque eu vou, mas não quer ir comigo.

Sábado depois de ver meus pacientes vou ao encontro do sorridente Bob que, mais uma vez, brinca que minha mala está pesada.

Quando pousamos no aeroporto Santos Dumont, Bob me diz para acompanhá-lo e me leva até um carro, ou melhor, uma Mercedes. Abre a porta e diz para o motorista:

– Leve a primeira-dama com segurança pro endereço que ela lhe passar, e cuidado, hein?

Eu fico lisonjeada. Lucas não quis vir comigo, mas se preocupou com tudo. Eu então cumprimento o motorista:

– Olá, boa tarde! – fico surpresa quando recebo uma resposta com voz feminina. Então percebo que o motorista é na verdade "a motorista" com cabelos bem curtinhos.

Ela pergunta:

– Pelo seu sotaque você é daqui! Pra onde vamos?

– Sim, sou daqui, vamos pra esse endereço na Barra, é casa do meu pai.

Ela sorri e chacoalha a cabeça em afirmativo, sinal de que já conhecia o lugar.

Respiro fundo e vejo como estava com saudades da minha terra, do cheiro da maresia, daquele calorzinho mesmo no outono.

Enfim o carro se aproxima do condomínio de casas, vejo o grande portão branco de madeira do condomínio. A motorista estaciona no local reservado para visitantes. Eu desço e peço para o porteiro interfonar, com certeza ele nem me conhece, deve ser segurança novo. Enquanto isso, pego a minha mala no porta-malas e agradeço à motorista que desce para me ajudar. Eu digo que ela pode ir, não quero que meu pai me veja chegando de Mercedes, ele iria me bombardear de perguntas.

Meu pai aparece com a Greta, a sua cadela pastora, e abre os braços como o Cristo Redentor e aquele sorrisão do pai Pedro que é tudo de bom!

– Ué, cadê seu carro? – a essa hora a motorista já tinha se afastado e eu conto uma mentirinha.

– Vim de carona!

– Com quem? – ele pergunta desconfiado.

– Com um amigo, depois te explico, pai.

Entramos e vejo para meu espanto a mesma namorada que ele levou ao meu aniversário; concluo que essa até que está durando. Não consigo me lembrar de seu nome, mas meu pai me salva perguntando:

– Lembra da Luiza?

Eu vou até ela para cumprimentá-la e respondo:

– Lembro, sim! Como vai, Luiza, tudo bem?

– Sim, só não aguentava mais seu pai falando de você, ele estava morrendo de saudades!

Eu o abraço com carinho e digo:

– Ai, pai, eu também estava morrendo de saudade! – De repente a cadela Greta se enfia entre nós dois. Eu fiquei com Greta quando ela era bem pequena. Quando ela tinha 1 ano eu entrei na faculdade e me mudei para São Paulo, mas com certeza ela lembra bem de mim, pois as poucas vezes em que a vejo ela fica toda alegre.

Meu pai me pergunta sobre o novo trabalho, o Vale, os pacientes. Explico que assinei um termo em que não posso falar nem divulgar nada que se passa no Vale; ele fica desapontado, mas parece entender. Sentamo-nos na sala ampla decorada com sofás e poltronas brancas. Há pouco tempo meu pai fez uma boa reforma, trocou pisos, pintou, redecorou. Parece uma casa novinha, só que essa casa tinha quase 30 anos, e foi nela que Fábio e eu tínhamos passado boa parte de nossa infância.

Então o interfone toca e é Fabio, meu querido irmão, com a namorada. Lá vai meu pai novamente para a entrada, e eu e Luiza saímos para o quintal. A piscina está limpinha, as mesinhas na área da churrasqueira também eram novas. Olho espantada para tanto bom gosto, sei que meu pai não faria aquilo sozinho e pergunto:

– Luiza do céu! Isso tá muito bonito! Você ajudou com a decoração, né?

Ela sorri e faz negativo com a cabeça, explicando:

– Seu pai contratou uma decoradora, uma *designer* de interiores.

– Ah! Isso explica o bom gosto!

E nós duas estamos rindo quando meu irmão aparece.

Fábio é alto, cabelos castanhos em desordem, acho que nunca viram um pente. Está muito branco, com certeza não pega um solzinho há meses. Eu me lembrava dele bronzeado, todo metido a surfista; fico chocada quando o vejo tão branco e de óculos, com cara de *nerd*. A namorada é loirinha de olhos claros, baixinha e tão branca quanto ele.

Ele nos apresenta:

– Esta é Sofia, a minha gata americana.

Percebo que ela está envergonhada, mas parece entender o que ele disse.

– Pode falar em português, Sofia entende.

A garota se esforça para parecer natural, mas percebo que ela está sem graça, então falo em inglês para ela se sentir mais à vontade.

A empregada Linda aparece para nos servir petiscos e avisa que está preparando camarões e um peixe delicioso para o almoço.

Então Fábio comunica:

– Mana, sr. Pedro – ele sempre chama meu pai de Pedro, não sei por que não diz pai ou papai, e arremata com um divertido: – Querida madrasta Luiza.

Todos rimos, inclusive Luiza, que parece ter gostado da brincadeira. Ele parece querer ficar sério, pigarreia e comunica em tom solene:

– Vamos aumentar a família, Sofia está esperando um Fabinho.

Eu dou um pulo de alegria e corro para abraçá-lo.

– Fábio, vou ser titia! Que tudo!

Em seguida vou abraçar minha cunhada. Eu não imaginava que a notícia fosse essa, pensei que fossem se casar. Esse é meu irmão, sempre nos surpreendendo.

Abrimos um espumante para comemorar e meu pai fica todo bobo em saber que vai ser avô. Fábio então diz:

– Sr. Pedro, agora tem de tomar jeito, vai ser vovô – fala provocando nosso pai porque sabe que ele ainda pensa que é um garotão.

Passamos a tarde rindo, conversando em papos descontraídos. Sofia até vai se soltando, e eu falo um pouco mais com ela que até arrisca algumas palavras em português.

À noite Fábio avisa que eles vão dormir no hotel e que irão chegar só para a hora do almoço no dia seguinte, porque vão fazer um passeio no Cristo e no Pão de Açúcar.

Luiza e meu pai ainda me fazem um pouco mais de companhia e então vão para o quarto. Eu pego meu celular para ligar para Lucas; ligo umas duas vezes, ele não atende. Fico com o coração aos pulos. Será que já saiu com outra? Ah, aquele safado!

Perco a conta de quantas vezes eu ligo e ele não atende. Tomo um banho e vou para cama triste, com o coração pequeno. Por que ele está fazendo isso comigo?

Acordo cedo e vou tomar café sozinha; meu pai e Luiza ainda não acordaram. Preparo café, corto umas frutas, faço umas torradas. Estou em dúvida: devo ou não ligar para ele? Estou muito ansiosa e acabo ligando, ele atende com voz de sono.

– Oi, meu amor!

Eu não estou em clima de "meu amor", estou puta da vida que ele não me atendeu e digo:

– Por que não atendeu o telefone ontem?

Ele fala na maior calma.

– Estou em Angra, ontem à noite saí de barco e esqueci de levar o celular.

– Saiu sozinho?

– Claro que sozinho, duvida? Pergunta pra Mercedes, ela nunca mente.

– E pescou muita piranha?

– Querida, nem que eu quisesse... – ele solta uma gargalhada, decerto percebeu que estou com ciúmes.

– E você, tudo bem com seu pai, seu irmão?

– Sim, tenho novidades, vou ser titia!

– Que legal, Tati! Parabéns pra vocês.

– Obrigada – respondo ainda secamente, não sei se devo confiar que ele está em Angra e sozinho.

Então ele me diz:

– Olha no seu Whatsapp, acabei de tirar uma foto minha na cama de Angra "sozinho" – e ele diz pacientemente como se eu fosse uma criança. – Assim você acredita em mim?

Olho rapidamente a foto, ele está sozinho, só de calça de pijama, sem camisa, uma loucura de gostoso; me dá uma vontade maluca de estar ali com ele.

– Eu queria estar aí como você – respondo.

– E eu aí com você – ele diz baixinho, quase um murmúrio, um pensamento alto. E emenda:

– Logo estará comigo, agora aproveite a família, beijo.

Ele desliga, já estou de pernas moles só de ouvir sua voz e ver sua foto. Que homem é esse?

Escuto o interfone na cozinha e corro para atender, é da portaria avisando que a visita é a sra. Cristina. Olho na câmera e autorizo sua entrada.

Em poucos minutos ela aparece, são só 9 horas da manhã, e ela já está de salto, cabelo em escova e maquiada.

– Cris, pelo amor de Deus! Caiu da cama?

Ela me puxa para dentro e responde:

– Cheguei ontem à noite e fui para a casa dos meus pais, nem dormi a noite de tanta ansiedade; me conte tudo e não me esconda nada! Quem é esse dr. Dream, ou Lucas, ou mr. Foda?

Eu acabo rindo e pergunto:

– Isso é linguagem de uma médica psiquiatra que cuida de pacientes com câncer?

– Não, essa é sua melhor amiga que está sem notícias e sabe que você está indo para a cama com um cara, e essa pobre amiga esquecida

Capítulo 7

não sabe mais nada – então ela parece nervosa. – Ah, faça-me um favor, Tati! Você me disse que ele era lindo, bom de cama, rico, inteligente e poderoso! Você deve estar apaixonada, e mulher apaixonada não vê defeito em nada!

Eu pego a foto que ele acabou de me enviar e mostro para ela.

Cris pega meu celular e cai sentada no sofá fazendo aquele teatro todo de quem está assombrada.

– Amiga! Você tá fodida! O cara é demais! Esse é dr. Dream? – ela confere a foto mais uma vez. – Não precisa me falar mais nada.

Então eu conto como estou envolvida, falo sobre o quase casamento dele, e Cris fica com aquela ruguinha no meio da testa quando parece preocupada.

Ela então me abraça e diz:

– Cuidado, amiga, isso tá parecendo mais que paixão, tá com carinha de amor... vá com calma.

Meu pai então surge na sala com Luiza. Tomamos o café e batemos um bom papo antes de Fábio chegar com Sofia e alguns amigos dele.

Meu pai tinha contratado dois churrasqueiros que já estavam preparando tudo perto da piscina. Há também uma apetitosa mesa de saladas. Ataco um pouco de cada, eu sempre acabo comendo mais salada que carne; não puxei ao meu pai e ao meu irmão, que são verdadeiros carnívoros.

Cris não tem jeito e brinca muito com Fábio, os dois sempre que se encontravam fingiam que estavam de casinho. Cris passa a mão no cabelo dele, ele a abraça por trás, dois cretinos que não percebem como isso está deixando Sofia sem graça. Decerto Fábio não vê maldade porque ele e Cris sempre fizeram isso, mas ele não se dá conta de como isso pode ser ofensivo para a namorada? Vejo como Sofia está sem graça e resolvo dar um toque em Cris, que dá de ombros e parece se divertir ainda mais. Tento então explicar para Sofia que os dois sempre agem assim feito crianças, mas que são como irmãos.

O churrasco está bom e divertido, mas eu só penso em Lucas. Por que ele não está aqui comigo?

Meu celular toca às 16 horas em ponto, é a motorista avisando que vem me buscar.

Eu tenho de inventar uma desculpa para meu pai. Vou dizer o quê? Que o dono do Vale dos Sonhos é muito gentil e oferece uma Mercedes com motorista e helicóptero para seus funcionários?

Então penso em recorrer à minha jovem madrasta; se ela for legal mesmo, vai querer me ajudar. Conto por cima para ela o meu romance, e ela diz para eu confie, porque ela vai dar um jeito de tirar meu pai dali antes de a motorista chegar. Luiza joga uma conversa para meu pai dizendo que Fábio e Sofia gostariam de passear na Lagoa. Então, ele inocentemente me pede desculpas e se prontifica a levá-los para o hotel, assim poderiam levar Sofia para conhecer a Lagoa Rodrigo de Freitas. Na saída, Luiza me dá uma piscada e sabe que ganhou pontos comigo, menina esperta.

O interfone toca e o porteiro anuncia que estão me aguardando. Saio correndo e, quando abro a porta de trás do carro, vejo Lucas ali, sentadinho, tão irresistivelmente lindo! Jogo-me em seus braços e aceito seu beijo, esquecendo todo o vazio que estava sentindo poucos minutos atrás.

Vamos ao helicóptero em que Bob nos aguarda. Enfim, chegamos ao nosso chalé e, sem nem dar tempo de fechar a porta, subimos correndo para a cama. Parecia uma eternidade que estávamos longe um do outro.

Capítulo 8

Não me lembro de já ter acordado tão bem em plena segunda-feira. Lucas passou a noite aqui comigo no chalé. Estava tão feliz que não tinha ainda parado para pensar por que ele nunca me levava para sua casa. Decido que vou perguntar isso depois, pois agora tenho de me apressar para o dia longo que me aguarda no Vale.

Bete está me esperando toda animada, pois iremos ao Vale dos Bons Sonhos. Vamos caminhando e atravessamos a pequena e baixa cerquinha que divide os Vales, passamos pelo Vale da Preguiça, até dou uma olhada para ver se vejo José, mas seria de se espantar que ele estivesse zanzando por ali tão cedo!

Mais um Vale no caminho, o da Soneca, com seus bancos e toldos listrados de laranja e verde. Enfim, chegamos ao Vale dos Bons Sonhos. Eu já estou vestindo meu avental com o logo de um anjo dormindo sobre uma nuvem.

Vamos à casa central para nos encontrarmos com a responsável pelo Vale, a dra. Heloísa.

É uma mulher muito bonita, alta, boa postura, cabelos castanhos repicados na altura dos ombros. Usa um par de óculos pesados que definitivamente não combinam com seu jeito delicado. Mas olhando melhor, eles até lhe dão um ar chique. Ela é uma mulher de voz suave e gestos naturais, não posso deixar de compará-la à dra. Pamela, tão artificial!

Estamos em sua antessala. Ela se aproxima e nos cumprimenta com beijinhos e nos pede para acompanhá-la ao seu consultório. Enfim encontro uma sala típica de um psiquiatra, com uma poltrona e uma *chaise* em frente, a cena clássica de uma sessão de análise.

Ela então explica:

– Neste Vale, a Bete irá nos contar tudo que tem sonhado, imaginado ou fantasiado! Mesmo que sejam devaneios.... que sejam sonhos acordados.

Ela olha para Bete e com firmeza diz:

– Bete, você terá de contar para dra. Tatiana tudo, mesmo que sejam sonhos bobos, ou obscenos, ou de terror, ou infantis, ou inexplicáveis, absolutamente tudo!

Bete parece surpresa e questiona:

– Mas e se eu não me lembrar? E se for só um pensamento sem importância?

Dra. Heloísa continua:

– Conte tudo! Se sentir vergonha de alguma parte, escreva em vez contar, mas arrume um jeito de a dra. Tatiana ficar sabendo. Pode ser por e-mail, uma carta, do jeito que preferir, mas conte!

Saímos de lá acompanhando a assistente da dra. Heloísa que nos leva até o novo quarto de Bete. O Vale dos Bons Sonhos parece ter saído de um quadro, de tão harmonioso. Há caminhos feitos de toras de madeira batida e colocadas no piso entre a grama e flores. Aqui prevalecem as margaridas do campo. Há uma pirâmide de cristal com bancos como os de uma igreja. Vamos as duas em silêncio admirando o novo Vale. Vemos coelhos soltos, ovelhas e guaxinins, e acho que é o único Vale que tem animais.

O quarto de Bete é arejado e confortável como o outro, com varanda e aquecimento.

Depois de examinar seu novo quarto, ela se senta na beira da cama e me pergunta:

– Será, dra. Tatiana, que vou conseguir falar tudo que me vem à mente?

– Claro que vai, Bete.

– Mas se eu achar que aquilo que sonhei foi muito ridículo?

– Tenho certeza de que você saberá me contar o que julgar importante, confio em você. – Ponho as mãos em seus ombros e olho de maneira firme nos seus olhos, quero ter a convicção de que ela não irá esmorecer.

Ela sorri e responde:

– Também confio muito em você, doutora.

Eu lhe dou um abraço e me despeço, pois logo ela terá a companhia do dr. Eduardo, que irá lhe apresentar sua nova "casa".

Vou até o Vale da Lucidez para almoçar com Lucas, e ele me comunica:

Capítulo 8

– Querida, em duas semanas vamos para Nova York. Você vai visitar o Laboratório Clearly e eu vou participar de uma palestra.

– Que ótimo! Eric vai também?

– Não – ele responde e em seguida chama o atendente. – Ele irá com Pamela daqui mais ou menos um mês – conclui.

Escolhemos o almoço rapidamente e o atendente se afasta.

Então ele me fita com ar desafiador e pergunta:

– Está desapontada? Gostaria que ele fosse?

Eu não sei se ele ficou com ciúmes de Eric, mas sou sincera.

– Eu gostaria que ele fosse, ele é boa companhia, só isso.

– Só isso mesmo? – me pergunta desconfiado.

Eu continuo como se não tivesse entendido nada e respondo.

– É só isso mesmo!

Então decido mudar de assunto e pergunto como será a viagem, quanto tempo ficaremos lá e enfim a conversa fica descontraída até eu perguntar aquilo que estava me incomodando:

– É hoje à noite que você vai me levar para conhecer sua casa?

Ele fica um tanto desconcertado e responde com uma pergunta:

– Pra que quer ir lá? Adoro ficar com você no chalé. Lá eu me esqueço de tudo!

– Quero conhecer sua casa, como vive. Vive sozinho?

– Sim, eu e duas empregadas. Só isso! Não há nada de novidade por lá.

– Mesmo assim gostaria de conhecer – insisto.

Ele revira os olhos e, para se livrar da conversa, me diz:

– Tá bom, te levo um dia desses lá, mas preciso dar uma geral. Acho que a casa não está pronta pra te receber.

– Como assim? – eu agora estou de birra, quero conhecer essa casa, por que ele reluta tanto em me levar para lá?

– Agora não gostaria de falar sobre isso. Podemos deixar esse assunto para outra hora? – ele desconversa.

Eu dou uma trégua para não me tornar a desagradável, mas quero tirar essa história a limpo, vou querer saber por que ele faz esse mistério todo com sua casa.

Vejo então dr. Jorge se aproximando. Não sei se é impressão minha, mas acho que ele está mancando ainda mais hoje. Ele chega com um sorriso e diz:

– Dra. Tatiana, tenho novidades, acompanhe-me.

Despedimo-nos de Lucas que pelo jeito já sabe qual é a novidade, mas também não quer contar.

Caminhamos até o Vale dos Bons Sonhos, entramos na recepção e ele, então, abre uma porta. A sala não é muito grande, mas tem uma janela enorme aberta com vista para a Pirâmide de Cristal.

Dr. Jorge então anuncia:

– Esta é sua sala, dra. Tatiana.

A decoração é simples; só há duas poltronas confortáveis em bege-claro, uma mesa branca, um computador sobre ela e uma cadeira executiva. Há também uma estante de livros vazia.

Ele explica:

– Esta sala é toda sua, pode decorar como quiser, com plantas, livros; deixe-a com sua cara, com sua personalidade.

Eu fico exultante. Uma sala só para mim! Não posso nem acreditar! Ele acrescenta:

– Você não tem ainda uma assistente, mas, para qualquer coisa de que precise, pode pedir para Júlia, a assistente de Heloísa; ela ficará feliz em poder ajudá-la.

Fico sozinha e me sento na cadeira confortável atrás da mesa. Abro o computador e fico me perguntando: onde e como poderei conseguir o endereço da casa de Lucas? Vou então a Júlia, me apresento, jogo um pouco de conversa fora e pergunto se ela teria o endereço do dr. Lucas. Invento que preciso encaminhar algo que ele me pediu e eu não encontrava onde tinha anotado seu endereço.

Ela, sem perceber nada, olha em uma agenda e me passa o endereço na maior inocência. Sinto-me horrível fazendo isso, mas eu preciso ir até lá, quero ver o que tem nesse lugar que ele esconde tanto!

Antes de sair passo na sala dele e dou uma desculpa para ele não ir ao chalé, digo que vou encontrar uma amiga que está passeando na cidade. Ele fica um pouco contrariado, mas diz que tudo bem.

Saio um pouco mais cedo e estou ansiosa para colocar o seu endereço no GPS. E lá vou eu entre vales e morros. A casa deve ser escondida, já estou virando para lá e para cá há mais de meia hora, e me pergunto se o GPS está funcionando direito neste meio do nada.

Enfim chego a uma vila de casas, uma mais linda que a outra. Só que pra ajudar não tem número. Como o pobre carteiro acha um endereço aqui? Então vejo dois moleques adolescentes fazendo manobras de skate na rua e pergunto:

– Ei, por favor! Sabem onde fica a casa do dr. Dream?

Um deles desce do skate e me mostra uma casa lá na frente, que parece uma das maiores. Ele indica com a mão e diz:

– É aquela!

Agradeço e dirijo poucos metros. Deparo-me com uma casa adorável!

É uma enorme casa branca de três andares em estilo suíço, o terceiro andar termina com pequenas janelas. Grandes eucaliptos fazem sombra ao telhado. Há uma charmosa varanda com uma escada de quatro degraus que é cercada por muro em estilo provençal branco. Há uma enorme porta de madeira branca e vidros espelhados ao centro, rodeada por janelas grandes. Parece tudo trancado.

Não há muros, somente um grande jardim gramado à frente. A grama está malcuidada, e me chama a atenção os vasos pendurados com samambaias e outras plantas secas.

Procuro um lugar para esconder meu carro mais à frente e volto a pé, observando se há alguém na casa. Existem dois corredores ao lado da casa, um bastante largo à direita, que dá para passar um carro, e o outro bem mais estreito à esquerda. Decido entrar nesse mais estreito e fico ali de espreita por alguns minutos, quando ouço o barulho de um carro que estaciona em frente à casa. Um jovem desce do carro e sobe rapidamente as escadas da varanda; ele se anuncia pelo interfone.

Surge então do outro lado uma mulher que sai dos fundos da casa e fica falando com o jovem. Eu aproveito e corro para o quintal dos fundos. Meu coração está acelerado, mas não tenho tempo para hesitação, abro uma porta de tela e giro a maçaneta da porta de madeira. Como eu imaginava a mulher tinha deixado a porta aberta; entro e me vejo dentro da cozinha. Agora não tenho mais tempo, corro para as escadas e subo num só fôlego. Lá de cima escuto vozes femininas vindo da cozinha, e sei que preciso me esconder; abro uma das portas e, por sorte, vejo que é um banheiro, parece de visitas. Entro e me tranco ali, agora é só ser paciente e aguardar que ele chegue.

Fico ali umas longas horas tremendo e pensando que loucura é essa que eu estou fazendo. Depois de umas duas horas, escuto o motor do carro de Lucas. Ele entra pelo corredor lateral. Escuto algumas vozes na cozinha e seus passos subindo as escadas.

Ele abre uma das portas do corredor. Fico paralisada. Devo ir embora? Estou cometendo uma loucura? Por que fui tão impulsiva? Mas meu instinto não me deixa ir embora. Aguardo mais alguns minutos e saio à procura do seu quarto. Minha mão está tremendo, minha boca está seca, o coração parece que vai sair pela boca. Tento abrir uma das portas, mas está trancada. Vou para a próxima porta e giro a maçaneta; antes de entrar, espio e vejo que é o quarto de Lucas. A TV está ligada no *Jornal Nacional* e eu escuto barulho de chuveiro. Aproximo-me do banheiro e vejo que a porta está semiaberta. Entro devagar e está um vapor e tanto. Ele está atrás dos vidros do boxe embaçados e com os olhos fechados ensaboando os cabelos.

Eu fico feito uma estátua ali no meio. Ele então abre os olhos e me vê. Muito rápido, ele puxa uma das portas de vidro de correr, põe a cabeça para fora e pergunta:

– O que é isso? Algum tipo de cena do Hitchcock?

Eu não consigo falar muito, só sai um fraco e ridículo:

– Sou eu.

Ele retruca:

– Que é você, eu sei! Mas como você veio parar aqui?

Eu ia dar uns passos para trás, mas ele sai e me puxa para dentro do boxe, me coloca embaixo do chuveiro. Sinto a água quente escorrendo sobre meus cabelos e sobre a roupa.

– Ah! Dra. Tatiana...você é uma abelhuda louca e insuportável.

Estou sob o chuveiro encharcada e presa, pois seus braços estão rentes ao meu corpo e suas duas mãos apoiadas na parede; estou verdadeiramente encurralada.

Ele então me beija com certa fúria, não sei se está com raiva ou a minha visita surpresa o animou, mas sinto que ele está excitado e começa a tirar minha roupa. Quando estou quase nua, só com a camisa branca totalmente transparente, ele me vira de frente para a parede e me agarra por trás. Mais uma transa louca e deliciosa para minha contabilidade.

Depois de me dar banho e me secar, ele me empresta um roupão fofíssimo. Vamos para o quarto e ele me puxa para sua cama.

Deitado, apoiado em um dos braços, me olha nos olhos e pergunta:

– Satisfeita? Viu que não sou o conde Drácula?

Sentindo-me uma idiota, respondo:

– Eu tinha que vir aqui. Eu queria muito saber se você tinha algum segredo.

– Sua tonta! – ele diz em tom de brincadeira. – Não tenho segredo nenhum, só acho esta casa muito fria. Prefiro nosso chalé, lá somos só nós dois, um cantinho só nosso!

E ele continua:

– Mas já que está aqui, vai jantar comigo. Suzana me disse que recebeu camarões frescos hoje à tarde. Vamos ter camarão na moranga, gosta?

– Gosto muito.

Ele então me abraça e diz:

Capítulo 8

– E agora? Não tenho roupas femininas por aqui. As suas estão um estrago. Mas não tem problema, vai passar a noite aqui comigo. Vou pedir pra Suzana lavar e secar tudo e amanhã já estarão limpinhas e cheirosas.

Eu fico tão feliz que ele não brigou comigo que me penduro em seu pescoço para agradecer com um beijo, mas Lucas não se contenta com o beijo e abre meu roupão:

– Agora quero você em versão sequinha – diz olhando com aquela cara linda de safado.

Descemos depois de um bom tempo, eu de roupão e ele de calça jeans e camiseta. Quando entramos na cozinha, encontramos duas mulheres, uma das criadas mais velha, por volta de 60 e poucos anos, e a outra na faixa dos 30 anos.

A senhora me olha com ar de reprovação, muito séria e desapontada. A outra mais jovem tem um sorrisinho cínico. Ele então me apresenta:

– Suzana e Laís, esta é dra. Tatiana, a minha namorada.

Fico toda orgulhosa com a palavra "namorada", mas percebo que esse comunicado irritou muito a tal de Suzana.

Ela nem disfarça a contrariedade e pergunta:

– Ela vai jantar aqui?

– Claro! – ele responde.

Ela resmunga:

– Mas você nem me avisou!

Ele responde agora com mais firmeza.

– Agora está avisada. Pode servir lá na sala de jantar – então pega na minha mão e me puxa para a sala. Eu não posso deixar de comentar quando já estamos afastados:

– Suas funcionárias são todas assim geniosas? Primeiro a Pamela, depois Mercedes e agora essa aí?

Ele, servindo-me um vinho, diz:

– Essa aí era muito apegada à Vivian, pois trabalhou na casa dela desde que ela era menina, e tinha vindo pra cá pouco antes do casamento... – ele hesita e continua: – o casamento que nunca aconteceu.

Eu dou um gole no vinho e respondo:

– Isso explica, mas não justifica. Ela quer que você faça papel de viúvo pra sempre?

Ele solta um suspiro e diz:

– Deixe isso pra lá, vem aqui do meu ladinho.

Eu me sento ao seu lado. A casa está quente por causa do aquecedor, mas parece que tem uma atmosfera fria; está limpa, mas parece carregada, e sinto que não tem boa energia. Será que é por isso que ele não queria me levar para lá? Ou será que é por causa da empregada Suzana?

Enfim, ela nos serve o jantar que está realmente ótimo e eu vou até um canto da sala. Noto que há uma linda gaiola dourada, mas dentro não há nada, nem pássaro nem uma mísera flor para decorar.

Fico intrigada e pergunto:

– Por que essa gaiola está vazia aqui?

Ele olha sem muito entusiasmo e responde:

– Tinha um passarinho aí, morreu.

Curiosa, pergunto:

– E para que manter uma gaiola vazia? Por que não comprou outro pássaro? Ou se não queria mais pássaros, por que a manteve vazia aí?

Ele responde parecendo já desconfortável com minhas perguntas:

– Porque o pássaro era de Vivian e morreu. Eu não quis ter outro e, sei lá, deixei a gaiola aí. Que diferença isso faz?

Eu aperto os olhos e o encaro.

– Faz muita diferença, a gaiola aí vazia te faz lembrar toda hora de Vivian, e de como essa casa era alegre quando ela estava aqui, não é?

Ele fica me olhando sem entender. Eu continuo:

– E a grama mal cortada? E os vasos com as plantas secas? Pra que servem? Pra te lembrar de como você era infinitamente mais feliz quando tinha Vivian por perto?

– Não é nada disso, é que Suzana não tem conseguido arrumar um jardineiro ultimamente.

Nisso entra Suzana, com aquela cara amargurada e o cabelo grisalho preso num coque. Parecia uma daquelas carolas mal-amadas. Eu não tive dúvidas, aquela criada fazia questão de deixar a casa assim, cheia de lembranças. Como Lucas podia ser um médico tão experiente e ao mesmo tempo tão inocente, tão fácil de ser manipulado por mulheres mais velhas?

Dormimos juntinhos e pela manhã minha roupa já estava numa poltrona do corredor, devidamente lavada, cheirosa e seca. Pensei em como Suzana era eficiente e ao mesmo tempo maquiavélica e manipuladora!

Capítulo 9

Vou ao chalé para tomar um banho matinal e mudar de roupa. Lucas vai direto para o Vale.

Quando chego ao Vale, decido passar primeiro na sala de dr. Jorge. E, como não poderia deixar de ser, acabo contando tudo para ele o que fiz, a minha invasão à casa de Lucas e minha impressão sobre a governanta Suzana.

Dr. Jorge ouve com muita atenção, percebo uma ruga de preocupação entre suas sobrancelhas. Quando termino, enfim ele pigarreia e fala:

– Tatiana, querida, eu sabia que você tinha vindo para quebrar muralhas e mexer em vespeiros. Só não imaginava que você fosse tão rápida!

Ele solta um longo suspiro e olha para o alto, daquele jeito que fazemos quando esperamos dizer algo correto que venha da inspiração divina, e conclui:

– Eu acho que tudo isso um dia iria acontecer; você é uma mulher inteligente e obviamente iria perceber tudo que se passa nos bastidores da vida de Lucas. Só temo por você, minha querida. Tome muito cuidado, o vespeiro é grande e esconde muitos mistérios.

Ele então me passa a minha agenda do dia: duas horas da parte da manhã com Teodora, duas horas com José e o restante do dia no Vale dos Bons Sonhos com a dra. Heloísa; ela irá me ensinar como proceder com Bete de hoje em diante e o dr. Eduardo irá me mostrar como e quando o medicamento Dreamer será administrado.

Entre as horas com Teodora, que hoje até parecia mais calma, porém mais enigmática, e os devaneios de José, consegui almoçar com Eric, pois Lucas tinha ido à Universidade Paulista de Medicina para ministrar palestras.

Enfim, à tarde chego ansiosa ao Vale dos Bons Sonhos onde dra. Heloísa me recebe em sua sala. Sempre muito simpática e agradável, ela então inicia a apresentação de um paciente.

Aparece na tela uma moça de seus 30 anos, magra, baixinha; usa óculos, cabelos negros e compridos amarrados num rabo de cavalo. À primeira vista parece sem graça, feinha, mas quando sorri mostra dentes perfeitos, e seus movimentos graciosos a deixam com um ar cativante.

Ela aparece narrando a um médico sobre seus sonhos, narra partes desconexas e sem explicação. O médico a incentiva a procurar detalhes, tendo ela um caderno onde anota tudo que lembra sobre o que sonhou.

Em outra sessão de análise, a paciente já recebeu o medicamento Dreamer e narra então seus sonhos. Agora são claros, nítidos, parecem histórias. Mas observo que eles têm muito a ver com os sonhos confusos anteriores. Nesse momento, dra. Heloísa dá uma pausa na imagem e se vira para mim.

– Dra. Tatiana, o que concluiu com as duas sessões?

Para mim está tudo muito claro e respondo:

– Após o uso do medicamento, a paciente conseguiu decifrar seus sonhos, que estão nítidos e reveladores.

Dra. Heloísa concorda com a cabeça e prossegue:

– É exatamente isso que você fará com Bete. Ela irá te contar tudo que sonhar, acordada, em devaneios ou imaginação. Quando acharmos que é chegada a hora, ela fará uso do Dreamer, então você poderá analisar exatamente o que se passa com Bete e como poderá ajudá-la. A ideia é nunca deixar o paciente dependente do medicamento. Quando ele percebe o que o afeta, o que o deixa infeliz e onde precisa mudar e como mudar, o paciente passará para um dos Vales finais, e estará pronto para enfrentar as adversidades da vida de maneira mais ponderada e feliz.

Eu fico de queixo caído, não é à toa que o Vale dos Sonhos seja tão especial.

Nessa noite com Lucas longe em São Paulo, enfim tenho tempo para pegar o Manuscrito de Paul Valerie que dr. Hélio me emprestou.

O texto está em francês, então vou ter de digitar no Google para poder traduzir, e a letra de Valerie também não é muito clara. Mas vale o trabalho, esse livro é uma preciosidade em que ele anotou os próprios sonhos e os interpretou.

Na capa está escrito:

Manuscrit de Paul Valerie – 1931

Alguns trechos me prendem a atenção, escritos de próprio punho em sua casa em Paris:

"A razão e a minha alma andam brigando muito ultimamente, tento decifrar qual delas eu devo escutar e seguir as ordens, às vezes tenho vontade de deixá-las silenciar

e seguir só meu coração. Mas este é comandado por elas, que estão sempre no comando; posso acreditar que o coração está querendo me guiar, mas na verdade são as duas tiranas ali escondidas se passando pela emoção.

A razão aparece de dia a me mostrar caminhos, às vezes ela se apresenta orgulhosa e soberba, querendo sempre que eu avalie tudo com parâmetros da realidade.

Quando durmo, nos meus sonhos aparece a minha alma; ela sempre quer me mostrar algo, me ensinar, quer que eu aprenda a usar a intuição, mas ao acordar eu me esqueço de seus ensinamentos, sonhos tão desconexos e irreais. Então surge a razão novamente me ordenando para esquecer as bobagens da alma, mas a amiga dela, a intuição, me alerta que, mesmo quando a razão estiver no poder, eu tenho de ouvir minha alma, pois é ela que me fará feliz de verdade..."

A leitura apesar de antiga é leve e simples, e chego à parte onde ele começa a falar sobre seus sonhos:

"... na manhã seguinte tentei escrever fielmente tudo que havia sonhado.

Estava eu visitando as pirâmides do Egito; estava num grupo de amigos, vínhamos juntos na mesma viagem de navio.

Todos ficávamos juntos, exceto por duas senhoras amigas, uma mais velha na faixa de 70 anos. Ela me olhava sempre com desdém e tinha um ar autoritário. A outra bem mais jovem aparentando seus 30 anos. A mais velha me lançava um olhar de desdém e a mais nova, um olhar afetuoso.

Eu, não contendo a curiosidade, me aproximo das duas e tento puxar conversa. Fico totalmente incrédulo quando a mais velha me diz que tem 28 anos e a mais nova 76.

Aquilo me intriga muito, penso que as duas estão mesmo querendo fazer pouco de mim, e infelizmente acordo.

Anoto toda essa passagem, e venho a ter o mesmo sonho em uma semana. Aproximo-me das duas mulheres novamente tentando fazer amizade para que elas revelem a brincadeira que pretendem fazer comigo. Então quando me vejo sozinho com a mais nova pergunto: como ela pode ter 78 anos e aparentar ser tão jovem?

Ela explica:

'De fato eu sou a mais velha em idade, não estou lhe enganando, é tão somente que eu sou a Alma, e a Alma nunca envelhece! A minha amiga é a Razão, a senhora de todos os homens que só vivem com o lado material, esquecendo-se da vida espiritual.'

Ao acordar me dou conta de que a de aparência nova significava a Alma; a mais velha, a Razão, esta última sempre parecendo mais velha por ser tão dura e implacável nos julgamentos.

Concluo então que deva escutar a mais nova, a Alma, ela que me fará sempre me sentir jovial e feliz e alegrará meu coração."

Já são quase 3 horas da manhã e não consigo parar de ler o manuscrito. Acabo de ter ideias maravilhosas para incluir no tratamento de Teodora, José e Bete. Valerie é mesmo inspirador, e agora não tenho mais dúvidas: o Vale dos Sonhos foi totalmente baseado em sua filosofia, em que a inspiração se revela pelos sonhos!

Hoje estou ciente de que tenho muitas coisas novas me aguardando, já estou trabalhando em três Vales: no Vale da Insônia com Teodora, no Vale da Preguiça com José e agora no Vale dos Bons Sonhos com Bete.

Por sorte encontro Teodora no café da manhã, e ela está acompanhada de outra paciente. As duas estão conversando alegremente, aproximo-me e vejo que Teodora até sorri ao me ver, então concluo que talvez ela não esteja mais tão ressentida comigo.

Ela me convida para acompanhá-las e eu aceito. Então Teodora já solta a primeira tirada do dia.

– Olá, dra. Tatiana, está sem o bonitão hoje para o café?

Eu fico um tanto sem graça, mas a outra senhora responde por mim:

– Teodora, até eu, que sou mais bobinha, se tivesse o dr. Dream de companhia para o café, jamais iria tomar café com você.

As duas acabam caindo na gargalhada e eu então explico:

– Dr. Lucas está em São Paulo, mas Teodora está sendo injusta; já tomei café várias vezes com ela, mesmo ele estando aqui.

A senhora então diz:

– Não ligue, doutora, ela está com ciúmes.

Eu acabo sorrindo. Que bom que Teodora está se enturmando!

Então dra. Vanessa, que acompanha dona Leonor, se aproxima e diz:

– Olá, meninas, bom dia!

Eu a convido para juntar-se a nós.

– Olá, Vanessa! Sente-se aqui com a gente!

– Não, querida, obrigada, já tomei café logo cedo com o dr. Jorge. Fiquem à vontade.

Leonor então diz:

– Queridas, o café estava ótimo. Teodora, depois continuamos aquele nosso papo bom.

Vanessa a interrompe:

– Dona Leonor, pode terminar seu café à vontade.

Leonor passa delicadamente o guardanapo nos lábios e fala:

– Já havia terminado, e agora sei que Teodora está em ótima companhia, não é, amiga? – Leonor se refere a mim e me dá uma piscada.

Teodora naquela pose de dama de gelo diz:

– Sim.

Teodora pode não acreditar, mas eu gosto muito dela. Esse seu jeito de sempre querer parecer a durona, insensível, a que controla toda a situação, essa sua máscara, que ela escolheu para se revelar ao mundo, isso me atrai; adoro mentes inteligentes e dissimuladas, são as mais difíceis e mais instigantes de se tratar.

Leonor mal acaba de sair e Teodora dispara:

– Essa é uma coitada! Acredita que a família mal aparece para visitá-la? Fica aqui jogada, e olha que tem três filhos homens.

Eu aproveito e digo:

– Já as suas filhas estão sempre por aqui, e parecem muito atenciosas e carinhosas.

Ela vira os olhos e retruca:

– Sempre acho que estão aqui por algum motivo que não seja eu.

Fico feliz que Teodora esteja se abrindo novamente comigo e a incentivo a falar.

– Por que acha isso? Qual outro motivo elas teriam para estar tão preocupadas com a senhora?

– Ah! Dra. Tatiana, sempre tão ingênua! Minha herança, é claro! Sabem que a qualquer momento, estando eu em meu juízo perfeito, posso mudar e doar para quem eu quiser. – E então ela fala baixinho, como se tivesse alguém por perto que pudesse ouvir.

– Elas têm medo disso, por isso essa bajulação toda!

Eu sabia que era isso que ela pensava, mas queria que dissesse e admitisse que o seu maior temor fosse esse, o de não ser amada, medo de constatar que suas filhas, genros e netos só quisessem sua fortuna.

Então eu aproveito e digo:

– Mas se fosse assim, dona Teodora, por que elas te colocariam aqui? Numa das melhores clínicas? Por que iriam querer vê-la curada e feliz? Elas poderiam te deixar com essa insônia que poderia virar depressão, te encher de remédios e alegarem que você não estava mais em seu juízo perfeito.

Continuo:

– Mas elas não fizeram nada disso, se preocupam em vê-la bem, visitam sempre a senhora, querem ver como vai o acompanhamento com os médicos, gastam uma fortuna mantendo-a aqui e até seu genro se preocupou como e quem a estava tratando. Veja, dona Teodora, que esse seu pensamento não faz sentido! Não tem coerência!

Ela pisca muitas vezes, pela primeira vez vejo lágrimas surgirem e seus olhos ficarem vermelhos. E então ela sussurra:

– Como eu queria acreditar nisso, dra. Tatiana, como eu queria ter certeza disso!

Eu a abraço e digo:

– Nós duas vamos dar um jeito de descobrir a verdade, eu prometo que vou ajudá-la. A senhora confia em mim?

Ela concorda com a cabeça, lágrimas agora correm do seu rosto, tudo o que Teodora quer saber é se alguém a ama de verdade, incondicionalmente, e isso tira seu sono, sua alegria, sua paz.

Eu preciso arrumar um jeito de mostrar a ela que suas filhas e netos a amam de verdade, preciso pensar em algo, eu vou arrumar algo. Eu não tenho dúvidas de que, apesar de ela ser uma mulher amarga, as filhas a amam. Espero não estar enganada, seria duro demais constatar que Teodora esteja certa em suas angústias.

Para mudar de assunto eu lhe pergunto:

– Já terminou o livro *O Discurso do Rei*?

Ela engole as lágrimas, limpa o rosto com um lenço que eu lhe ofereço e responde:

– Sim.

– E o que achou?

– Achei que o duque parecia frágil, mas não era; mostrou-se um homem de caráter, firme e com propósito.

– E a senhora tirou alguma lição disso tudo?

– Percebi que não devemos julgar antes de conhecer. Eu julguei o duque antes de conhecê-lo.

– E a senhora não acha que deva dar essa chance aos seus genros?

Ela me lança um olhar triste, mas vejo que não demonstra mais tanta resistência. Talvez Teodora esteja agora se abatendo com suas noites maldormidas e se dando conta de que está na hora de mudar alguma coisa, que não pode ser feliz assim. Ela responde:

– Acho que vou procurar conhecê-los melhor.

Enquanto me afasto, olho para o alto e peço a Deus: "Me inspire, Senhor, me ajude nessa situação tão delicada!".

Chego ao Vale da Preguiça e José está sentado num banco lendo revista de carros; pelo menos vi um progresso, ele já está acordado às 10h 30 da manhã.

Eu o chamo para vir comigo para uma mesa que fica distante em um lugar silencioso, é tudo de que preciso. Quero aplicar um teste em José, mas não quero que ele perceba que está sendo testado. Abro meu notebook num jogo chamado Labirinto.

O jogo tem espaços para o paciente colocar aquilo de que gosta ou não, o que o atrai e o que o ameaça, o que ama e o que odeia; colocar seus medos, fantasias, desejos. É um labirinto bem complexo. Peço para José montar seu próprio labirinto.

Ele vai colocando tudo o que lhe vem à mente em um primeiro momento; diz que ama mulheres, frisa bem o plural; gosta de carros, noitada, música alta. Detesta compromisso, trabalho, odeia violência.

Eu pergunto onde ele colocaria o pai e ele coloca em medo. Vou assim perguntando e José vai construindo o seu próprio labirinto. Depois de umas duas horas, ele considera que esteja pronto. Então eu salvo e envio para seu e-mail e lhe dou como lição de casa:

"José tem de conseguir sair desse labirinto que ele mesmo criou, mas para conseguir sair tem de dar explicação para cada item, e como fará para superá-los".

Explico que todo dia ele terá de trabalhar um pouco, e no final de uma semana iremos juntos analisar suas respostas e sua evolução para a saída do labirinto.

Percebo que ele acha o jogo interessante; parece que com a vida dele assim numa tela, num desenho, fica mais fácil de ele procurar saídas e respostas.

Quando o deixo ele diz que irá almoçar rapidamente e pegará seu notebook para se concentrar no jogo sozinho em seu quarto.

Olho o relógio. Lucas me disse que talvez chegasse para o almoço, então vou ao restaurante do Vale da Lucidez. E não é que o homem é pontual? Vejo seu helicóptero pousando. Fico a uma distância segura para esperá-lo. Ele desce e ao seu lado vejo uma senhora de seus 60 anos. Ele a ajuda a descer e os dois caminham de mãos dadas.

Não seria preciso apresentações, a senhora era a cara de Lucas, exceto pelos cabelos loiros bem pintados; noto os mesmos olhos e o mesmo sorriso. Não tenho dúvidas de que aquela senhora é sua mãe. E, num reflexo de pensamentos, me pergunto: será ela também mais uma das mulheres manipuladoras na vida de Lucas, além de Pamela e Suzana? Será que eu tenho um exército de mulheres poderosas e ávidas por ver Lucas sozinho, sem um novo amor?

Eles se aproximam e eu tento me ver livre desses pensamentos.

Lucas me cumprimenta com um selinho, na certa não está nem um pouco a fim de esconder nosso relacionamento da mãe.

Então nos apresenta:

– Tati, esta é dona Maria Helena, sua sogra.

Maria Helena sorri. Não percebo nela nenhuma reação de que minha presença possa tê-la incomodado, e ao fato de eu ser namorada do seu filho, pelo contrário. Ela, em vez de me estender a mão, me abraça e diz em meu ouvido:

– Até que enfim vim te conhecer.

Olho surpresa para Lucas. Ele já tinha comentado da mãe e do pai que viviam numa fazenda de café em São José do Rio Pardo, e que ele tem um irmão engenheiro agrônomo, o Kadu, mas nunca tinha falado muito sobre eles. No entanto, concluo que ele deve ter falado muito sobre mim para sua mãe.

Maria Helena é uma mulher discreta, vestida num terninho claro, sapatos baixos. Mas mesmo na sua simplicidade percebe-se uma mulher elegante. Ela então nos deixa a sós e diz que precisa passar no toalete.

Lucas então me conta:

– Mamãe estava em São Paulo fazendo compras, ontem jantamos juntos e eu falei de você. Se eu não a trouxesse aqui hoje, ela não iria me deixar em paz, ela estava louca pra te conhecer.

Ele me guia até uma mesa e aguarda que a mãe se junte a nós, e se afasta pedindo só uns minutos para fazer um telefonema. Isso nos permite ficar sozinhas, a chance da qual eu precisava para investigar dona Maria Helena.

Ela começa:

– Estou faminta, vamos logo pedindo. – E faz sinal para o atendente. O rapaz a reconhece e a cumprimenta:

– Olá, dona Maria Helena, faz tempo que não aparece.

Ela o cumprimenta com educação e responde:

– É verdade, eu não tinha bons motivos para vir aqui, agora tenho. – E me olha sem disfarçar que o motivo sou eu.

Eu também escolho algo rapidamente do cardápio e ela inicia a conversa:

– Dra. Tatiana, Lucas já havia mencionado você, disse que estava namorando.

Nesse momento, dona Maria Helena apoia os cotovelos sobre a mesa, cruza as mãos e encaixa o queixo sobre elas para me encarar sem dó.

Capítulo 9   123

– Quando ele me falou de você, eu fiz mil perguntas, mas sabe como são os filhos, nunca respondem nada, ou respondem pela metade, ou evasivamente. Então liguei para dr. Jorge, o melhor amigo de meu filho e meu. Pessoa em que confio plenamente. E ele me passou sua ficha, Tatiana, e eu gostei muito do que ouvi. Se você for essa mulher que ama meu filho de verdade, e que está disposta a derrubar todos os fantasmas do passado da vida dele, você tem em mim uma aliada.

Fico admirada em como ela é rápida e sincera, sem meias-palavras. Eu respondo:

– Eu amo seu filho, muito. E preciso muito de uma aliada. Tenho notado várias tramas para que ele se prenda ao passado, mais precisamente a Vivian.

O atendente nos serve os sucos, ela toma quase metade do copo de uma vez e pede para ele trazer outro. Então prossegue:

– Vivian tinha dupla personalidade. Com meu filho era uma mulher doce, meiga, sincera, parecia a mulher mais maravilhosa do mundo. Mas ela era alcoólatra, bebia escondido. Eu nem a culpo, foi criada praticamente pela empregada Suzana; sua mãe negligenciou a criação da menina desde que seu marido a abandonou. Suzana é uma mulher ambiciosa, eu tenho medo só de pensar no que aquela mulher seria capaz de fazer. Vivian e a mãe ficaram com poucos recursos financeiros, mas Vivian era uma garota obstinada, conseguiu entrar numa boa faculdade pública de medicina. Lucas se apaixonou por sua determinação, coragem e força de vontade.

Quando eles estavam para se casar, ele já sabia que ela era alcoólatra, mas tinha certeza de que poderia curá-la. O problema é que Vivian não aceitava que era viciada. Você sabe muito bem como os viciados se comportam, sabe melhor do que eu.

Dona Helena parece querer me contar tudo antes que Lucas retorne e, num fôlego só, continua:

– Ele queria tratá-la, dizia que ela era só uma vítima do alcoolismo, mas ela não queria tratamento nenhum e só prometia que iria começar o tratamento se ele se casasse com ela.

E então aconteceu aquele acidente horrível de automóvel que a vitimou; ela estava dirigindo alcoolizada em alta velocidade naquelas rodovias expressas na Alemanha.

Eu coloco as mãos sobre meu rosto, tentando encontrar abrigo para pensar. Nisso Lucas aparece e se senta em nossa mesa. Sua mãe é uma artista e dá ares de que estávamos falando amenidades.

– Lucas querido, precisa levar Tatiana para a fazenda, ela disse que adora café.

Então ela se vira para mim, que ainda estou atordoada, e diz:

– Lá você vai aprender tudo sobre colheita, torra, armazenagem; nossa fazenda é tradicional, vem da nossa família desde 1870. Você vai tomar enfim um café de verdade, um verdadeiro café *gourmet*.

Lucas parece não perceber como estou agitada e comunica:

– Tati, além de Nova York vou ter de ir para Dubai na semana que vem. Você vem comigo!

Eu fico exultante:

– Dubai?

– Sim, acabaram de me convidar para dar uma palestra. Aproveito para te mostrar como tudo é lindo por lá; podemos ficar uns dois dias e então iremos a Nova York, você precisa conhecer o Laboratório Clearly.

Minha cabeça está a mil, estou processando muita coisa ao mesmo tempo. Ao final da refeição, dona Maria Helena me convida para dar uma caminhada, dizendo que logo irá partir e que precisa fazer a digestão antes de subir no helicóptero. Lucas nos deixa ir sozinhas.

Caminhamos para longe de todos, sentamo-nos num banco sob a sombra de uma árvore, Maria Helena diz ser uma quaresmeira.

Ela pega minhas mãos e olha nos meus olhos:

– Tatiana, se você ama meu filho de verdade, preciso de sua ajuda!

Eu vejo tanta sinceridade em seus olhos, e digo:

– Amo, amo muito seu filho. E vou fazer qualquer coisa para ajudá-lo.

Ela então me abraça e diz:

– Esqueça Pamela, essa é só uma ex-amante ressentida. Preocupe-se com Suzana, aquela é perigosa, temo que ela seja capaz de fazer muito mais do que possamos supor.

✧ ✧ ✧✧

Uma semana depois, embarcamos no aeroporto internacional de Guarulhos para Dubai. Consigo viajar tranquila porque tenho notado progressos nos meus três pacientes, e eles ficarão bem assistidos por psicólogos enquanto me ausentar. Dr. Jorge me encorajou a viajar, ele tem a tese de que os pacientes não podem ficar totalmente dependentes de seus médicos, e, quando os médicos se afastam, os psicólogos conseguem avaliar a evolução de cada um, sem nossa intervenção. Estou animada e conto todas as novidades para Lucas. Ele sorri e diz:

– Eu não tinha a menor dúvida de que você se sairia muito bem no Vale, todos os diretores médicos elogiam muito seu jeito, um tanto fora do convencional, mas muito eficiente – ele sorri, pega em minhas mãos e continua:

– Dr. Jorge é seu fã, Hélio me disse que você é muito competente e Heloísa está encantada com a maneira que você tem de fazer a paciente Bete se revelar.

Eu lhe devolvo um sorriso e penso em como é maravilhoso trabalhar naquele lugar; não fosse por ter me envolvido com Lucas, mesmo assim seria muito bom! O Vale é mesmo um lugar único no mundo.

Estamos na primeira classe de uma companhia aérea árabe; nossos lugares são reservados por portas deslizantes e, para conversarmos, há uma janela que se abaixa entre as nossas duas poltronas. Há um minifrigobar, televisão com tela *touch screen*, um banheiro reservado somente para a primeira classe, se bem que não se pode chamar aquilo de banheiro; na verdade é chamado de *spa* de banho, com todos os mimos que podemos imaginar.

Lucas me convida para ir até o bar que fica no andar de cima. Subimos umas escadas; o lugar é pequeno, mas aconchegante, com assentos de couro branco ao redor do bar e luz acolhedora, há um balcão redondo e muitos petiscos dispostos sobre ele. Ao fundo há uma prateleira repleta de bebidas. Uma simpática atendente nos pergunta se gostaríamos de um drinque. Lucas me pergunta se eu aceito um champanhe, abro um sorriso acenando que sim.

Ele, então, pede um chamado de Louis Roederer Cristal. Olho para ele com cara de quem não entendeu nada e pergunto:

– Você entende de champanhes também?

– Entendo um pouco.

– Então me explica esse que você pediu, como é?

Ele sorri e chacoalha a cabeça. Achei que ele iria me dar uma aula sobre essas bebidas, mas ele responde:

– Só beba e veja se gosta.

A atendente nos serve, e a bebida é mesmo maravilhosa, até para mim que sou leiga. Percebo a delicadeza e suavidade ao passar pela garganta.

Fico olhando para Lucas, ele nunca será daqueles tipos chatos de homem que ficam mostrando quanto sabem de vinhos ou de qualquer outra coisa; ele simplesmente sabe e pronto. Quem o vê e não o conhece, não consegue imaginar como ele é um médico tão bem-sucedido. Nunca o vi falando ou discursando sobre sua carreira, seus métodos ou suas descobertas. Nem mesmo para mim, que sou sua funcionária, ele nunca disse em tom professoral que eu deva fazer isso ou aquilo. Sempre pergunta como vão meus pacientes, me dá algumas sugestões, me indica alguns livros, mas nunca me dá aulas ou sermões.

Por isso é que será muito interessante, enfim, vê-lo dando uma palestra em Dubai. E mais ainda em Nova York, onde um dos maiores laboratórios farmacêuticos do mundo, o Clearly, acreditou nas suas teorias e transformou a droga Dreamer no medicamento mais revolucionário dos últimos tempos.

O que sei sobre a carreira de Lucas ouvi do dr. Jorge e dr. Hélio. Ambos me disseram que ele fez o *high school* nos Estados Unidos e que entrou em Harvard. Já nasceu numa família tradicional de fazendeiros de café. E embora adorasse a vida na fazenda e tivesse paixão por cafés, ele sempre teve fixação por medicina, mais precisamente pela mente humana. Uma das poucas coisas que ele me contou foi que não entendia por que sua avó, uma mulher rica, cheia de saúde, inteligente, sofresse tão amargamente de depressão. Lucas me contou que se lembrava de quando ainda era garoto e sua mãe levava sua avó a vários médicos. No início ela parecia estar melhorando com novos tratamentos e medicamentos, mas em seguida tinha uma recaída. Infelizmente sua avó teve um fim triste, suicidou-se misturando calmantes e antidepressivos com bebida. Todos diziam que tinha sido um suicídio involuntário, mas no fundo, como todo drogado que morre de *overdose*, Lucas tinha a nítida impressão de que a avó se matara não para acabar com a própria vida, mas porque não aguentava viver em tamanho sofrimento. Ele considera que algumas pessoas criam uma teia mental tão sufocante, que infelizmente não encontram uma saída e acreditam que a morte seja a única solução.

Lucas conseguiu estágio no laboratório Clearly e em pouco tempo se destacou na área de pesquisas. Ele foi enviado por um projeto do laboratório, como médico cientista voluntário, à Floresta Amazônica. Lá conheceu uma planta que os nativos chamam de angoera, que em tupi-guarani significa visão. Os indígenas diziam que tomavam antes de dormir e que, ao amanhecer, encontravam respostas para suas questões. Para eles, os conflitos pessoais eram questões simples, tais como se deveriam plantar tal semente, se seria boa época para colheita, se a chuva seria devastadora, se iriam atravessar uma seca...

Claro que Lucas achou que poderiam ser apenas crendices, mas ele recolheu uma boa amostra da planta e iniciou com o consentimento do corpo clínico do laboratório as pesquisas.

Os estudos foram se revelando animadores, pois até as cobaias que tinham sido induzidas à depressão começaram a brincar e a comer melhor. O estado de saúde delas só melhorava. Os cientistas diretores se interessaram pela planta e mandaram buscar muito mais na floresta. As pesquisas se intensificaram; passaram-se alguns anos até poder ser testada em pessoas voluntárias, e os resultados foram sempre animadores. Então o laboratório, reconhecendo a eficácia da droga, enfim a divulgou e lançou no mercado como a Droga do Sonho, ou Dreamer. E seu grande cientista, dr. Lucas Pecchi, carinhosamente foi chamado de dr. Dream. Lucas hoje é um dos grandes acionistas do laboratório, e como o medicamento é um sucesso de venda no mundo todo, e não há produtos similares, devo concluir que ele deve estar muito bem financeiramente. Mas isso é outra coisa que admiro nele. Lucas pode ter tudo o que quer: carro, helicóptero, barco e sei lá mais o quê, mas ele é uma pessoa simples, tem porque tem, porque pode, mas para seu conforto e não para ostentação.

Ele mesmo me contou que seu sonho era mesmo construir o Vale dos Sonhos. Ele me confidenciou que foi em sonhos que sua ideia surgiu, que toda noite sonhava um pouco, e ia anotando, até chegar aos oito Vales. No início era um projeto inovador e arrojado, mas que em pouco tempo se tornou referência mundial.

Já estamos de volta às nossas poltronas, pego uma revista e em poucos minutos olho para o lado e vejo Lucas dormindo, o rosto relaxado. O que vejo ali ao meu lado não é doutor disso ou daquilo, vejo apenas o meu Lucas, o homem que eu amo.

◊◊ ◊◊

Estamos nos aproximando de Dubai com o sol já brilhando. Abro a janela e a paisagem é algo admirável. Só consigo vislumbrar um deserto de areia e mais nada, e no meio do nada vejo surgindo uma metrópole fascinante. Parece mesmo um conto de fadas, um cenário do filme de Ali Babá!

Chegamos bem descansados, a poltrona da primeira classe é uma verdadeira cama e eu tinha conseguido dormir feito um anjo.

Passamos tranquilamente pela imigração e, embora o aeroporto esteja bastante cheio, não demoramos muito para ser liberados. O clima lá dentro é muito agradável, o ar-condicionado funcionando maravilhosamente bem.

Um homem vestido formalmente de terno negro e turbante nos aguarda segurando uma placa escrita de forma curiosa.

"Dr. Lucas Pecchi
Dr. Dream"

Ele fala um inglês perfeito, embora com forte sotaque, e se apresenta como Adib. Lucas inicia uma conversa sobre amenidades com Adib e surgem mais dois homens para levar nossas malas.

Somos levados diretamente para um estacionamento onde um Audi branco nos aguarda. Então, quando piso para fora do aeroporto, tenho a sensação de estar entrando no Rio de Janeiro, em um daqueles dias insuportavelmente quentes, em que parece que sai fumaça do chão. Parece até difícil respirar e me falta oxigênio. Lucas também sente a secura e pergunta para Adib em quanto está a temperatura; ele diz que em torno de 41º C. Entramos com rapidez no carro que já está confortavelmente fresco, mas sinto ainda muita secura na garganta.

O caminho até o hotel é simplesmente deslumbrante, não tem nada de feio, mal-acabado ou mal projetado. Tudo parece ter saído de pranchetas de arquitetos, absolutamente tudo. Adib nos mostra até onde moram as classes mais baixas. São verdadeiros condomínios bem arrojados e modernos, tudo limpo, organizado e extremamente luxuoso. O luxo impera por aqui: os carros, as construções, as avenidas, as fontes.

Passamos pela costa marítima; a areia é branca e o mar de um azul profundo, e praias limpas! Enfim chegamos ao hotel construído de forma imponente em frente à praia; apresenta uma cor interessante que se assemelha a caramelo, mas que com os reflexos do sol se tem a impressão de que o hotel é dourado.

O *lounge* está repleto de turistas e é constante a figura de árabes em trajes típicos; algumas mulheres usam a burca, umas mais contidas em tons escuros e outras com lenços mais coloridos sobre o cabelo e rosto.

Lucas me avisa que teremos ainda quatro horas antes da sua palestra, que será dada na sala de convenções do hotel.

Eu já estou doidinha para subir para o quarto e tomar um banho. Lucas parece ler meus pensamentos e me puxa para o elevador assim que recebe as chaves.

A suíte é enorme; a decoração toda clara com um sofá de três lugares, uma poltrona, uma mesa de centro com uma bandeja de frutas, e a cama.

Pulo na cama me sentindo uma verdadeira princesa árabe; a cama é decorada em estilo dossel com véus brancos ao redor presos em laços de fitas de seda.

Lucas está com aquele sorrisinho que parece entender perfeitamente como eu estou me sentindo; sei que estou parecendo uma criança, mas não estou nem aí. Quero curtir cada momento mágico ali ao seu lado. Então, enquanto pego todos os controles remotos, uso o headphone, tento ajustar o ar e fico me divertindo com os botões, ele vai para o banho.

Depois de eu me divertir, jogar videogame e também tomar um banho absurdamente delicioso na banheira enorme de mármore, descemos os dois famintos para o almoço. O restaurante do hotel está bastante cheio, mas há uma mesa reservada para nós dois.

Eu adoro comida árabe, e já ataco o *couvert* repleto de pães típicos, pastas e patês. Depois peço um prato à base de pimentão.

Decidimos passear somente dentro do hotel, agora o sol lá fora está implacável e Lucas já está vestido para a palestra; se sairmos para passear na praia, ele terá de tomar outro banho, por isso deixamos a praia para mais tarde. Enquanto caminhamos, encontramos alguns médicos psiquiatras que reconhecem Lucas e se aproximam para cumprimentá-lo. Alguns mais ousados, ou melhor, as médicas mais ousadas pedem para tirar uma *selfie*. Confesso que não gosto muito de ver as doutoras se derretendo e posando para fotos ao lado dele, provavelmente para postar imediatamente no Facebook e mostrar que encontraram o dr. Dream. Mas no fundo sinto um orgulho enorme de estar ali ao seu lado, mesmo que olhando de longe sua simpatia e charme em cada sorriso lindo que ele espalha tão naturalmente.

Quando se aproxima a hora da palestra, seguimos para a sala de convenções. Ele se dirige para o *backstage* e eu sigo para a plateia, pois estou ansiosa para vê-lo pela primeira vez atuando como o dr. Dream.

A sala já está bastante cheia, há médicos vindos de todos os cantos do planeta, mas obviamente o que me chama a atenção são os médicos árabes e as mulheres vestidas com suas roupas típicas. Estico o ouvido para escutar conversas em inglês e ouço aqui e ali o nome de Lucas.

Um dos organizadores do congresso abre a palestra e em seguida apresenta dr. Lucas Pecchi. Estou na terceira fileira, próxima o suficiente para perceber como ele parece tranquilo e... nossa! Como ele fica lindo lá no palco! O traje preto, camisa branca, gravata cinza-chumbo e aquele cabelo fininho que insiste em cair sobre sua testa enquanto ele olha para baixo para prender o microfone à camisa.

Eu solto um suspiro de pura admiração e paixão, e vejo nas mulheres um sorrisinho discreto; provavelmente eu saiba bem o que elas estejam pensando, ou imaginando, ou sonhando. Lucas agradece ao convite com seu inglês totalmente americano e inicia a palestra mostrando um filme sobre o laboratório Clearly em Nova York e imagens lindíssimas da Amazônia, filmadas do alto onde a planta angoera é cultivada. Ele explica que o laboratório Clearly tem todo o cuidado com a sustentabilidade e que, inclusive, o plantio tem melhorado muito a qualidade de vida da comunidade oferecendo empregos, postos de saúde e escolas financiadas pelo próprio laboratório.

Ele em nenhum momento diz que foi o descobridor de tudo, ou o mentor da droga Dreamer; ele conta como o laboratório se empenhou para chegar a resultados conclusivos da eficácia da droga quando bem administrada e no momento certo.

Ao final, ele recebe dezenas de perguntas, inclusive sobre o Vale dos Sonhos. Noto que ele me procura com o olhar e sorri ao me encontrar; nosso olhar se sustenta e então ele inesperadamente diz que está acompanhado de uma das médicas do Vale dos Sonhos, ou melhor, em inglês Valley of Dreams. Ele cita meu nome e pede que eu vá se juntar a ele para responder às questões. *Caramba*! Sinto-me na maior saia justa! Eu sou desinibida, mas travo quando tenho de falar em público, e ele nem tinha cogitado essa possibilidade. Por sorte estou vestindo um traje azul-marinho de saia e camisa branca. Havia prendido meu cabelo num coque, parece que os anjos tinham conspirado a meu favor, pelo menos no que se diz respeito à aparência.

Chego ao seu lado e ele me apresenta e diz que, como médica do Vale dos Sonhos, sou a pessoa indicada a responder às perguntas de ordem prática.

Mesmo estando vestida socialmente, sinto-me nua, os olhares masculinos vão desde o meu decote até minhas pernas. Estou doida para acabar tudo logo e enforcar Lucas. Mas eu o encaro com um sorriso falso, percebo que ele se diverte com isso.

Uma das médicas árabes me pergunta o que tem de diferente no Vale dos Sonhos. Fico com vontade de responder que, além do médico lindo que é meu, pelo menos no momento, o Vale é todo diferente.

Então, tento explicar resumidamente como está sendo minha experiência trabalhando em três Vales distintos.

Sinceramente, acho que ela não presta atenção em nada do que falo; vejo por trás de tantos panos e lenços que há um par de olhos femininos completamente deslumbrados por Dream.

Antes de encerrar, os organizadores colocam na tela depoimentos de pessoas do mundo todo que receberam o tratamento, e como suas vidas mudaram para melhor.

Os médicos, sensibilizados com os depoimentos naturais e sinceros, se levantam e aplaudem Lucas de pé.

Eu fico tão emocionada que sinto meus olhos lacrimejarem.

Ao final, quando o chamam para as fotos, vou me afastando, mas ele me segura pela mão. Lança-me um olhar firme de quem quer que eu fique ao seu lado. E ficamos juntinhos em todas as fotos, mas percebo que as doutoras tiram fotos dele fazendo de tudo para não me enquadrar.

Enfim, saímos de lá, e eu estou ainda muito brava com sua atitude. Pergunto:

– Por que você fez aquilo?

Ele me olha com a cara mais lavada do mundo e pergunta:

– Aquilo o quê?

Eu saio pisando firme à sua frente em direção ao quarto e ele continua calmamente caminhando atrás de mim com as mãos nos bolsos. Sou obrigada a parar e esperar em frente ao elevador porque ele está com os dois cartões que acionam o elevador e abrem a porta do quarto; e, para me provocar, quando chega bem perto, ele puxa do bolso e me mostra os dois cartões em suas mãos, esfregando um contra o outro.

– Caramba, Lucas! Você nem sabia se eu conseguiria falar em público, como faz uma coisa dessas?

Há três homens se aproximando para entrar com a gente no elevador, mas eu nem ligo, nessas horas é muito bom falar português, o nosso código secreto.

– Você é bem desinibida. Como eu ia imaginar que ficaria tímida lá na frente? E quer saber de uma coisa? Você estava ótima!

Eu fico com raiva, mas feliz ao mesmo tempo. Ainda assim faço cara de emburrada! Entramos no elevador com os três senhores e decido que por educação deva ficar calada. Viro o rosto e fico fitando a porta, aqueles segundos incontáveis em que esperamos a porta do elevador se abrir.

Enfim, salto do elevador em direção ao nosso quarto. Assim que paro em frente à porta, ele me pega pela cintura por trás e encosta a boca na minha nuca. Sinto seus lábios quentes me tocando e já começo a amolecer, quando ele sussurra em meu ouvido:

– Você estava maravilhosa no palco, e melhor ainda porque estava ao meu lado. Eu vi o olhar de cobiça dos senhores de turbantes em cima da doutora carioca gostosa.

Então eu me viro e já nem estou mais brava, estou doida para entrar no quarto e me jogar naquela cama de princesa com ele. Sem querer dou uma risadinha sacana, ele encaixa o cartão na porta e continua coladinho em mim.

Quando entramos, eu vejo uma caixa de presente bem ao centro da cama. Olho para ele que, com o sorriso malicioso, me diz:

– Corra e abra! O que tem lá dentro é todo seu!

Eu pego, puxo a fita com a maior ansiedade e me deparo com uma roupa genuína de odalisca.

Ele fica parado olhando e diz:

– Coloca tudo pra mim que eu estou louco pra tirar!

Corro para o banheiro, a roupa é de um azul deslumbrante; posso jurar que o sutiã é todo bordado em cristais Swarovski.

A calcinha é minúscula, um fio dental tão pequeno que até as cariocas mais desinibidas ficariam com vergonha de usar; definitivamente esse é um fio dental das arábias.

Coloco a calça transparente por cima e decido prender meu cabelo em um rabo de cavalo alto com um dos lenços, e uso o outro para me enrolar e criar um mistério sobre a roupa. Há também uma sapatilha, mas essa eu acho ridícula, pois parece do Aladim. Assim, decido ficar descalça.

Entro na sala e vejo que ele já tirou o paletó e a gravata, deixando o colarinho da camisa aberto. Está sentado na poltrona e, quando me vê, bate com as mãos em seu colo sinalizando que é o lugar onde eu devo me sentar.

Quando sento, já sinto como ele está excitado; ele enfia a língua em minha boca e põe a mão entre minhas coxas. Eu, já morrendo de desejo, ainda me atrevo a perguntar:

– Você não vai querer que eu dance pra você?

Ele ronrona em meu ouvido com a voz rouca:

– Você vai dançar aqui no meu colo, e vamos dançar juntos grudados naquela cama. Ele se levanta e arranca toda sua roupa, meu príncipe nuzinho só para mim. Ele puxa o véu que me envolve e fixa o olhar nos meus seios sob o sutiã sensual, então abaixa delicadamente a minha calça transparente e, o ajoelhado, pede para eu tirar o sutiã e ficar só com a calcinha minúscula e o lenço amarrado no cabelo. Eu obedeço e jogo o

Capítulo 9

sutiã longe. Ele se levanta, me abraça e puxa o lenço do cabelo para trás com vigor, forçando-me olhar para seu rosto.

– Ah, dra. Tatiana, assim como eu gosto, esses seus cabelos são puro tesão. Ele passa a mão pelos meus seios e vai beijado cada bico já totalmente arrepiado.

– Não posso ver esses peitos pequenos e tão perfeitos.

Então passa a mão na minha calcinha e decreta:

– Essa calcinha hoje vai ficar aí, quero transar com ela grudada em você.

Ele me pega no colo e me joga na cama, depois vem para cima de mim com o apetite de Ali Babá e seus 40 ladrões juntos, e eu me sinto com se estivesse nas mil e uma noites.

Capítulo 10

Depois da noite de odalisca que ganhei, adormecemos agarrados. Dessa vez, sua perna pesada está sobre as minhas e seu braço forte me envolve. Só consigo ver parte do braço forte e bronzeado.

Tento sair e ele me segura, mordiscando minha orelha e perguntando:

– Aonde a minha Odalisca vai?

Eu consigo me virar para encará-lo e respondo:

– Claro que vou pro banho.

Ele pisca os longos cílios negros que fazem sombra aos seus olhos escuros e enigmáticos. Fico admirada como ele pode ser tão gostoso com cara de travesseiro!

– Hoje vamos jantar em um restaurante de frutos do mar, muito diferente, acho que você vai gostar – ele diz.

– Então me deixa ir pro chuveiro?

Enfim ele me solta e fica me olhando nua com cara de sacana mordendo o lábio inferior.

O restaurante é um deslumbre, fica submerso no Ambassador Lagoon. Parece que estamos dentro de um submarino, podendo ver da janela a água azul e todo tipo de peixe que passeia por ali. A decoração é luxo puro, a comida, como não poderia deixar de ser, é um tanto exótica para meu paladar, mas Lucas me ajuda a escolher algo menos exuberante. Bebemos vinho branco e saímos para passear na noite quente.

Lucas então chama Adib que estava por perto nos aguardando e pede que nos leve para dar umas voltas.

Entramos no carro, ele segura firme em minha mão, dá um beijo em meus cabelos e explica:

– Vamos dar umas voltinhas na noite. Gostaria de ir pra algum lugar?

– Adoraria ver as fontes dançantes! – falo animada. Já tinha visto na internet, e tinha chamado minha atenção.

– Então já sei aonde te levar – e ele indica o lugar para Adib.

No caminho vou admirando a noite, que já é um espetáculo com suas luzes e cores, com o calor um pouco amenizado pela brisa do mar.

Ao nos aproximarmos, consigo ver a fonte de longe. As águas seguem perfeitamente o ritmo da música. Adib estaciona nesse lugar que é a entrada do Dubai Mall; ficamos ali parados de mãos dadas admirando o ritmo e as cores antes de eu entrar no shopping, onde encontro, além de roupas de marcas, algumas lojas com produtos típicos, e não posso deixar de comprar alguns suvenires.

Assim que voltamos para o carro ele anuncia:

– Só teremos amanhã para você conhecer Dubai, então vamos fazer um passeio diferente.

Eu fico toda animada e pergunto:

– Vamos andar a camelo no deserto?

– Não, querida – ele dá um sorrisinho, pega em minhas mãos e as beija com carinho. – Não vamos ter tempo para isso, mas tenho certeza de que vai gostar do passeio.

Eu fico ali deslumbrada olhando através da janela do carro; há tantos cheiros e cores surpreendentes, e a Lua dourada emoldurando nossa noite.

Acordo cedo toda animada, coloco um vestido azul e branco bem leve, sandálias baixas e, depois de um café da manhã das arábias, vamos caminhando até a praia.

– Você não me disse que viríamos para a praia, eu não estou usando biquíni.

– Nada de biquíni, Tati. Acha que vou deixar esses lobos famintos verem minha gata carioca de biquíni?

– Mas então... aonde estamos indo?

– Fique quieta que logo você vai saber – ele responde e continua me puxando praia adentro.

Então vejo um lugar com pequenos aviões que são diferentes; não são como os ultraleves, parecem mais robustos e fechados.

Fico um pouco assustada e pergunto:

– Lucas, você não está pensando em me levar num desses daí, tá?

– Fique calma! São superseguros.

– Eu não acho nada que saia do solo seguro.

Ele explica:

– Esses são chamados hidroaviões, podem decolar e aterrissar na areia ou no mar, e eu já fui algumas vezes. Confia em mim?

Capítulo 10

São mesmo diferentes, embaixo da nave há como se fossem dois esquis gigantes. Eu solto um suspiro, morro de medo de altura, mas vamos lá, afinal deve ser uma aventura e tanto ver Dubai lá de cima.

O avião até que é bem confortável, só me dá um frio enorme na barriga quando decolamos. Ele me abraça forte, depois, com aquela cara de moleque que sabe que eu estou morrendo de medo, segura firme em minha mão. Passado o primeiro susto, começo a admirar uma paisagem de tirar o fôlego. Lucas me mostra a construção chamada Berj Khalifa, aquela famosa que aparece em todos os filmes de Dubai. Depois sobrevoamos um lugar chamado Palm Islands, que são ilhas artificiais que formam o desenho de uma palmeira. A vista é deslumbrante. Finalmente passamos perto das Emirates Towers.

Percorremos todo o centro financeiro de Dubai, a zona hoteleira e a zona costeira. Já me sentindo relaxada, olho para Lucas, que sorri e beija a ponta do meu nariz.

– Adoro essa sua cara de menina assustada! Você fica linda demais!

Dessa vez eu que lhe dou um beijo na boca. Não tenho palavras para dizer o que estou sentindo ali com ele, e a única vontade é de beijá-lo.

Sinto-me nas nuvens, nem preciso de avião para isso! Mas, quando o avião vai aterrissando, sinto um aperto no coração, estou voltando para a terra, onde deixei tudo que sei sobre Lucas. Eu penso em quantas coisas há por trás dele, de nós dois. Teria um passado o poder de interferir tanto no futuro? A tal Vivian, que a mãe dele me confidenciou nem ser o que Lucas acreditava, que no fundo era uma alcoólatra, teria mexido tanto assim com seus sentimentos a ponto de Ele nunca mais querer se casar? E aquela empregada Suzana? Que poder funesto ela ainda exercia sobre ele manipulando uma situação, na qual Lucas fosse obrigado a lembrar de Vivian em cada canto daquela casa o tempo todo? Por isso minha mente de psiquiatra me alerta e me acende a luz vermelha, mas, quando olho para Lucas, seu perfil é de disparar qualquer coração, o queixo bem desenhado e a sombra misteriosa daqueles incríveis olhos escuros. Ele me olha enigmático, parece que está tentando ler meus pensamentos e me tira do transe.

Voltamos à praia e, após aterrissarmos em segurança, Lucas me puxa em direção a um restaurante que por graça divina tem ar-condicionado. Aliás, tudo por ali tem de ter ar, e dizem que até os pontos de ônibus têm.

Almoçamos e voltamos ao hotel; estou morrendo de calor e louca por um banho; o sol é infernal, e uma pequena caminhada na areia já faz nascer um desejo desesperado de chegar ao meu quarto de hotel. Sinto-me como uma coitada perdida no deserto que deseja um oásis. Temos só duas horas para tomar banho e sair para o aeroporto rumo a Nova York.

De roupão e arrumando as malas, desabafo:

– Estou precisando urgente de alguém para arrumar o chalé e lavar minhas roupas, não tenho tido tempo pra cuidar de nada.

– E você não vai ter tempo mesmo, o tempo livre é pra ficar comigo.

Ele está se vestindo. Sempre o vejo se despir, e estou adorando vê-lo se vestir na minha frente, primeiro o jeito que enxugou os cabelos, depois o corpo passando a toalha vigorosamente para se secar. Então ele enfia a cueca boxer branca e a calça jeans. A camiseta polo branca destaca ainda mais os braços fortes. Sinto seu cheiro bom de banho de longe e percebo com certa inveja que sua mala é pura organização, enquanto a minha está uma loucura e mal consigo fechar.

– Lucas, como consegue deixar a mala assim, tão arrumadinha?

– Prática. Viajo tanto que aprendi. Vou falar com Suzana pra arrumar uma arrumadeira pra você – ele diz.

Eu sinto meu rosto queimar de raiva e digo:

– Imagine se vou querer sugestão daquela bruxa! Ela é capaz de mandar a mulher me envenenar.

– Deixe de ser infantil, Tatiana. Suzana é só uma senhora ressentida, ela tinha Vivian como filha, criou a menina desde pequena.

– Por isso mesmo! Já não chega em sua casa que ela faz questão de deixar parecendo um trem fantasma? Quero é distância dessa mulher! Pode deixar que eu me viro, logo arrumo uma!

Lucas me olha franzindo a testa, por certo prefere não insistir, acho que ele percebe que não vai adiantar.

Eu, então, depois de esmagar minhas roupas na mala, tiro o roupão para vestir uma calça jeans e uma camiseta regata branca com rendinha no decote em V. Tinha escolhido algo bem vaporoso porque já chequei o clima de Nova York e lá também está um calor danado. Lucas está ao telefone e olha fixamente para meus seios; corro para o espelho e vejo que a camiseta está transparente. Que merda! Como sou burra! Esqueci-me de pegar o sutiã. Ah, não! Vou ter de desfazer a mala toda e procurar por um lá naquele caos!

Ele desliga o celular e vem em minha direção. Fica parado à minha frente e coloca as mãos na minha cintura.

– Por que você tá fazendo isso, dra. Tatiana? Provocando-me com essa blusa transparente?

Capítulo 10

Ele puxa meu quadril mais para si encaixando ao seu, até que eu perceba como ele está excitado. Ele passa as mãos pela minha bunda e continua:

– A doutora sabe muito bem que não temos tempo nem para uma trepada rápida. Como pode querer fazer isso comigo? – Essa sua bunda, Tatiana, ela é esculpida a mão! Você não deveria estar fazendo isso comigo agora, vai ver que será punida por isso – ele resmunga.

Eu dou um pulo para trás e corro para minha mala. Preciso abrir isso agora e encontrar um sutiã, não posso sair assim.

Ele tem uma ideia melhor, pega o telefone e liga para a loja do hotel pedindo um sutiã urgente.

Mal desliga e vem para cima de mim. Levanta minha blusa e passa a língua se detendo nos mamilos... *ai, não*! Assim também não vou aguentar, já sinto minhas pernas amolecerem, mas eu o empurro lembrando que não temos tempo para isso. Ele revira os olhos, sabe que tenho razão. Então em pouco tempo alguém toca a campainha, me recomponho e ele, fazendo careta, vai abrir a porta.

Uma moça traz uma sacola e há uns cinco sutiãs para escolher. Ele escolhe um branco de rendas e dispensa a garota que nos olha toda sem graça.

– Tatiana, veste isso e vamos. Não temos mais um minuto ou vamos perder o avião, mas a senhorita vai me pagar por isso.

Seu tom é de brincadeira, os olhos escuros estão tão cheios de desejo que não posso nem enxergar mais suas pupilas. Fico imaginado que punição deliciosa vou ter quando chegar a Nova York.

Já estou ficando mal-acostumada com a primeira classe, tudo vai mais rápido desde o *check-in* até o embarque. E logo estamos sentados em confortáveis poltronas que, na verdade, são cabines individuais; as nossas estão lado a lado e mantemos a janela que nos separa abaixada para conversar. A aeronave é um A380, as poltronas são ainda mais confortáveis. A minha é tão aconchegante que acomodaria facilmente duas pessoas magras.

Estou me sentindo cansada depois de um dia longo e quente; e, na verdade, depois dos nossos amassos, eu esteja me sentindo mais quente por dentro do que por fora. Tomo uma taça de vinho e dispenso o jantar. Enfim, acabo me rendendo ao cansaço. Fecho a porta deslizante que dá acesso ao corredor e coloco a máscara de olhos para dormir, não estou a fim de ver filme, nem de escutar música; aquele calor todo de Dubai me deixou exausta e em poucos minutos pego no sono.

Estou sonhando ou ouço a porta da minha cabine se abrir? Meu cérebro ainda não fez o *download*, será que já estamos chegando? Será que a comissária abriu minha cabine para eu acordar? Será que alguém abriu a minha cabine por engano? Fico semiacordada, tenho preguiça até de tirar a máscara para ver quem é, mas então sinto uma mão entrando sob minha camiseta. Enfim, levanto a máscara dos olhos e vejo Lucas se deitando sobre mim. Ele me beija e sussurra em meu ouvido:

– Vai ter agora o que merece por me provocar daquele jeito. Agora fica quietinha, não pode fazer nenhum barulho. Ele fica meio de lado e abre minha calça puxando-a junto com a calcinha. Deita-se sobre mim e aperta minha boca com a mão, eu sufoco um gemido de prazer. A sensação de estarmos transando ali com pessoas a alguns passos de distância, a expectativa de podermos ser vistos se alguma comissária passar pelo corredor, tudo isso me deixa ainda mais excitada e tenho mais um orgasmo louco e incontrolável. Ele ainda fica por cima de mim alguns minutos me beijando. Ele parece que não está nem um pouco preocupado em sermos pegos, na verdade acho que essas aventuras sempre o excitam. Eu fico imaginando em que momento da minha vida eu já tinha sonhado em transar num avião.

Capítulo 11

O calor de Nova York está intenso, mas nada comparado a Dubai. Um motorista enviado pelo laboratório nos aguarda, e noto que esse já é antigo conhecido de Lucas, pois os dois se cumprimentam pelos primeiros nomes. Lucas me apresenta a Paul como dra. Tatiana. Não sei por que me sinto magoada, adoraria que ele me apresentasse de outra maneira, como, por exemplo, sua namorada. Sempre me parece frio eu ser só a dra. Tatiana, uma médica do Vale. Eu chacoalho a cabeça para afastar esses pensamentos tolos, estou raciocinando como uma adolescente, isso me faz sentir ridícula!

Passamos primeiramente no hotel para deixar as malas e tomar um banho. O hotel fica a poucas quadras do laboratório e Lucas dispensa Paul, pois diz que podemos ir caminhando.

De fato o caminho é bem curto, só que me sinto muito cansada, novamente um calor dos infernos. Julho em Nova York é cruel, e com todo aquele asfalto fervendo, parece que vou derreter.

Penso que não foi boa ideia ter dispensado Paul, mas vejo que ele está todo feliz caminhando de mãos dadas comigo.

Chegamos ao laboratório Clearly, de longe um prédio imponente todo de vidro espelhado. A entrada tem degraus em formato de meia-lua, e são relativamente baixos. Lucas coloca o crachá assim que chegamos à recepção, onde duas recepcionistas abrem um sorriso de orelha a orelha assim que o veem.

– Bom dia, dr. Lucas – elas o cumprimentam em inglês.

– Bom dia, meninas. Arrumem-me um crachá para dra. Tatiana.

As duas olham para mim, uma delas me estende o crachá com o sorrisinho de quem se pergunta "quem é essa aí?".

Pegamos o elevador para o oitavo andar e saímos numa sala clara com poltronas brancas; uma senhora americana dos seus 60 anos levanta os olhos surpresa assim que nos vê.

– Lucas querido! – ela exclama num entusiasmado inglês e, em seguida se levanta para abraçá-lo.

– Rose, meu amor – ele a abraça com carinho e então se vira para me apresentar.

Eu já fico imaginando se Rose também faz parte da quadrilha de Pamela e de Suzana e se irá me hostilizar. Mas Rose abre um sorriso afetuoso.

Lucas então, para minha surpresa e deleite, me apresenta:

– Rose querida, essa é dra. Tatiana, minha assistente e minha namorada.

Eu fico corada até o dedão do pé. A palavra namorada, mesmo dita em inglês *girlfriend,* enche minha bola. Claro que é tudo que eu queria ouvir lá no meu íntimo de psiquiatra, analista, estudiosa do comportamento humano e uma tonta apaixonada.

Rose parece feliz, olha nos meus olhos e diz:

– Lucas, parabéns!

Ela me dá um beijinho no rosto e pega em minhas mãos para dizer:

– Menina, você é uma mulher de muita sorte. Lucas é uma pessoa maravilhosa, mas é claro que eu nem preciso ficar aqui te dizendo isso.

Eu retribuo o sorriso e simplesmente agradeço; não encontro nada para falar, pois ainda estou com a palavra *girlfriend* na cabeça.

Então ele abre uma porta e uau! Lucas tem uma sala só para ele, enorme e com uma vista de Manhattan de tirar o fôlego. Ele faz com que eu me sente em sua cadeira confortável enquanto liga para alguém para avisar que chegou.

– Tati, querida, vou até o último andar falar com nosso CEO. Se precisar de alguma coisa chame a Rose, ela é maravilhosa, é minha mãe americana. Ele me dá uma piscada e sai. Fico ali olhando tudo. Puta merda! Lucas tem uma sala só sua no laboratório, ele com certeza não é um mero acionista.

Aí-me dá uma vontade louca de ligar para meu pai, quero contar onde estou, pelo menos em parte. Pego o telefone em cima da mesa e digito o número do seu celular.

– Tati, meu amor! Como foi de viagem? Está em Dubai?

– Não pai, já estou em Nova York. Mais precisamente no laboratório Clearly! Sabe aquele da droga Dreamer?

– Você está bem, minha filha? Viajou pra aí sozinha?

– Não, pai – eu hesito e decido contar meia verdade.

– Estou com o dr. Lucas Pecchi – um silêncio tenebroso segue antes de ele perguntar.

– O tal de dr. Dream?

– Sim, pai, é ele – sinto uma tensão mesmo no telefone, meu pai parece estar com a respiração um pouco forte demais.

– Tati, você foi como assistente dele ou como acompanhante?

Fico muda... é claro que meu pai não é ingênuo, deve estar percebendo alguma coisa. Mas que droga! Não quero mentir para meu pai, mas também não quero ter de contar tudo por telefone.

– Pai, a história é longa. Prometo que vou pessoalmente te contar tudo.

– Tati, não gosto que você minta pra mim. Você sabe que eu detesto quebra de confiança!

Eu sei bem como meu pai odeia mentiras. Meus maiores castigos foram quando ele me pegava mentindo. Ele tolerava até notas baixas, mas detestava me ver mentindo.

– Tatiana – sinto que ele está nervoso, pelo tom da sua voz e por me chamar de Tatiana, ele só me chama assim quando quer me dar uma bronca. – Você não passou nove anos estudando medicina para ficar saindo com o chefinho! Isso é deplorável!

– Pai, eu prometo que vou te contar tudo, na verdade acho que estamos namorando.

– Você acha? Olha, vou querer saber dessa história toda, e quero falar com esse doutor seja lá da droga que for. Ele pode ser o chefe do papa, estou pouco me lixando, entende? Eu quero saber o que ele está querendo com você.

Eu me sinto mal, mas acho que mereço o sermão, afinal nem mencionei o nome de Lucas para ele antes. Então me ocorre: como ele ficou sabendo que eu estava viajando com Lucas e que estamos juntos? De repente uma ideia passa em minha mente e pergunto só para confirmar.

– Pai, com quem você falou no Vale quando ligou?

– Com uma tal de dra. Pamela.

Então fica tudo claro na minha cabeça, a dra. Jararaca já deu com a língua nos dentes.

– Pai, fique tranquilo, vou falar com Lucas, ele vai falar com você – digo isso sem muita certeza, afinal ele fugiu no dia do churrasco.

– Filha, não adianta eu ficar te dando sermão agora, mas quero te ver em breve. Vamos ter uma conversa séria!

– Sim, pai. Mas fique tranquilo, eu estou bem!

Desligo o telefone amargurada, aquela cobra já tinha de ter destilado o veneno justamente para meu pai.

Lucas entra na sala e me pega vermelha de raiva. Eu já ia vomitar tudo o que Pamela fez quando vejo um senhor de cabelos brancos, alto, de pele bem rosada, atrás de Lucas... Ele se aproxima e aperta firme minha mão.

– Tatiana, este é mr. Donald Green.

Ele me olha com certo ar curioso e brinca:

– Agora entendi por que a dra. Tatiana é sua namorada, Lucas. Com todo respeito, você é linda!

Eu coro até o último fio de cabelo. Olho para Lucas que sorri, parece não ter se incomodado com a observação. Mas o que mais me deixa sem chão é saber que Lucas já tinha contado que estava com a namorada. Estou tão feliz que não consigo segurar o sorriso nos lábios.

Quando ficamos a sós, eu conto sobre a ligação para meu pai e sobre Pamela.

Ele franze a testa parecendo bem aborrecido, pega o telefone da mesa e pergunta:

– Você ligou para seu pai daqui?

Eu só faço sinal afirmativo com a cabeça. Eu estava pensando que ele iria ligar para Pamela, mas não! Ele aperta o botão redial para ligar para meu pai e só pergunta:

– O nome do meu sogro é Pedro, certo?

Olho para ele ainda assustada e faço afirmativo com a cabeça.

Ele me olha com firmeza e fala ao telefone:

– Olá, Pedro, aqui é Lucas. Desculpe-me não ter me apresentado antes. Não sei o que foi dito para você, mas Tatiana é minha assistente, e não é minha acompanhante, na verdade ela é minha namorada!

Eu estou me contorcendo para saber o que meu pai está falando, mas Lucas continua:

– Eu sei que foi tudo muito rápido, acabamos atropelando algumas etapas, mas no nosso próximo fim de semana vou com Tati aí pro Rio para a gente se conhecer, tudo bem?

Eu estou com o coração aos pulos. Percebo então que Lucas dá um sorrisinho nervoso, com certeza meu pai deve ter suavizado a conversa. Lucas desliga e vem me abraçar.

– Pronto, já arrumei a encrenca toda que Pamela nos meteu. Essa conversa eu vou querer ter com ela pessoalmente.

Ele me abraça e diz:

– Já vi que tenho um sogro osso duro de roer!

Eu passo a mão pelos seus cabelos e respondo:

– Ele é tudo pra mim, é meu pai, minha mãe, meu amigo.

– Eu sei, querida. Espero que eu ainda tenha tempo de me retratar com a fera.

– Claro que tem. Meu pai é um homem maravilhoso – ele beija minha cabeça e depois levanta-me o rosto com carinho.

– Imagino que seja mesmo, para ter uma filha tão encantadora.

Ele me abraça e pergunta:

– Pronta para conhecer a produção do medicamento Dreamer?

Eu dou um pulo e digo:

– Jura? Vou poder ver como se faz a droga?

Ele arregala os lindos olhos negros e me puxa.

– Só se for agora!

Saímos pelos corredores, ele me puxando. Tenho a sensação de estar num labirinto. Atravessamos portas, pegamos dois elevadores, descemos algumas escadas e cruzamos mais portas. Enfim, chegamos à linha de produção.

Um rapaz me entrega um embrulho com as roupas esterilizadas, um macacão com zíper que vai até o final do pescoço, touca para o cabelo, óculos de proteção e propés. Acabo de me vestir e me sinto uma verdadeira astronauta; olhando-me no espelho constato que estou absolutamente ridícula, mas não deixo de achar divertido.

Quando saio do vestiário, vejo Lucas vestido igualzinho a mim. Ele dá um sorriso zombeteiro e fala:

– Dra. Tatiana, você está muito sexy!

– Sexy pra quem? Só se for para algum ET!

Nós dois caímos na risada. O rapaz que nos aguarda também está rindo, ele com certeza não entendeu nada da piada em português, mas sabe que estou achando graça da roupa. Somos levados para uma grande porta de metal, parece que vou entrar num centro cirúrgico, mas as portas se abrem e vejo grandes máquinas brilhantes de inox.

Lucas então me mostra a primeira máquina com uma grande caldeira que recebe um pó branco.

– Tati, essa máquina é o granulador. Aqui é onde o produto é misturado – ele explica.

Eu fico intrigada e pergunto:

– A planta angoera já tá aí?

– Sim, está. É esse pozinho rosado se misturando com o branco. A angoera é processada fora daqui. Já chega em forma de pó.

Depois do granulador a mistura vai para outra máquina que parece uma grande secadora de roupas.

– Aqui, Tati, é feita a secagem em 130°.

– Eu consigo ver o pó girando lá dentro, e ele me explica que a secagem leva somente cinco minutos.

A próxima máquina é giratória, parece que está cheia de telescópios, mas na verdade são cápsulas que comprimem a mistura transformando-a em drágeas. Lucas explica que são feitas mil drágeas por minuto.

Então uma pessoa da produção despeja as drágeas em uma nova máquina que é fechada, mas consigo visualizar uma tinta spray sendo lançada sobre elas e dando uma nova coloração.

Esse tingimento não leva mais que quatro minutos. E as pílulas saem na cor cereja, inclusive com o formato da fruta.

Elas são despejadas em uma esteira rolante, dividida em canaletas que vão sendo levadas até onde estão as cartelas de PVC; são comprimidas e então cobertas com a outra camada de embalagem.

Lucas pega algumas para me mostrar; elas são perfeitas e ele explica que todas têm de ter o mesmo peso e tamanho, e que de meia em meia hora são escolhidas algumas amostras para testes de resistência.

Saio de lá encantada, nunca tinha entrado em uma linha de produção de medicamentos.

Voltamos para sua sala e Rose dá um recado para ele ligar urgente para o Vale.

Lucas franze a testa e logo liga para dr. Jorge.

Fico apreensiva. Será que ocorreu algo com algum paciente?, pergunto-me. Será que é um dos meus pacientes?

Pelo olhar que Lucas me dá enquanto fala com dr. Jorge, eu tenho quase certeza que sim.

Ele então desliga e comunica:

– Fique tranquila, Tati, mas a dona Teodora está dando um pouco de trabalho.

Fico preocupada e pergunto angustiada:

– O que ela fez?

Lucas fala em tom sério:

– Ela deu uma bofetada na cara de outra paciente. Parece que elas discutiram e.... – então Lucas não consegue segurar o riso. – Tati, você tem a paciente mais barraqueira do Vale.

Eu caio no sofá e digo:

– Lucas, precisamos voltar, não posso ficar muito longe de Teodora, ela pode aprontar mais ainda, eu sei.

Lucas se senta no sofá ao meu lado e diz:

– Calma, querida, vamos embora amanhã ao final da tarde. Logo cedo terei uma palestra, e hoje à noite quero te levar a um restaurante bem gostoso.

Capítulo 11   147

– Ok – respondo. – Agora, enquanto você termina seu trabalho por aqui, vou sair para umas comprinhas. Tudo bem?

– Claro – ele responde. – Depois nos vemos no hotel.

Eu saio e vou direto para a loja Macy's, lá com certeza vou encontrar tudo de que preciso para preparar uma surpresa para nossa noite.

O restaurante fica abrigado sob a ponte do Brooklyn. A vista é muito agradável, todo o espaço cercado de janelas de vidros que nos oferecem a visão dos arranha-céus e da estátua da Liberdade.

Lucas escolhe um vinho branco e eu fico perdida no cardápio; acabo decidindo por um salmão escocês que vem com presunto, legumes e minitomates.

Assim que faz o pedido, Lucas me olha nos olhos e depois para meu decote. Seus olhos percorrem esse caminho repetidamente incontáveis vezes até que ele enfim pergunta:

– Por que veio com esse decote, dra. Tatiana? Por acaso está querendo me deixar louco?

– A ideia é essa!

– Depois seu pai acha que eu te seduzi. Eu vou contar pro meu sogro esses seus truques sórdidos – ele ironiza.

– Meu pai não vai acreditar em você. Mas o que você contaria?

– Que a primeira vez que eu te vi você estava com uma camisa estrategicamente aberta no lugar correto, naquele ponto em que não se vê nada, mas que deixa um homem louco de curiosidade.

– E o que mais? – eu provoco.

– Vou dizer também que na nossa entrevista você rebolou muito ao sair da minha sala, sabendo que eu estava olhando para sua bunda!

– Isso é mentira, nunca ouviu falar no gingado das cariocas?

– Você é incrivelmente linda e charmosa, dra. Tatiana. Puxou quem?

– Não exagera! Acho que puxei minha mãe... ela tinha o cabelo assim escuro e liso como o meu. Mas também tenho algo parecido com o meu pai.

– Então eles fizeram a mistura perfeita! Já teve algum namorado sério antes de mim?

Eu o olho surpresa, ele está todo interessado no meu passado, decerto quer saber se rodei muito.

– E quem disse que você é meu namoro sério?

– Pra mim é – dessa vez ele fala com firmeza. – Eu não tive outra namorada além de Vivian.

Ai, nossa. Lá vem o fantasma de novo, a assombração. Eu disfarço para ele não perceber como o nome da sua ex me desagrada.

Respondo:

– Nunca namorei sério... e nos últimos anos foram só estudos e estágios... se quer saber, nunca me apaixonei de verdade por ninguém antes.

Agora caí na armadilha dele, acabei de confessar que estou apaixonada, que droga!

– Nunca antes? Isso quer dizer que agora está?

Eu o olho nos olhos e digo:

– Eu não estaria aqui com você, Lucas, pelo menos assim do jeito que estamos, se não estivesse apaixonada.

Ele estende a mão sobre a mesa e pega na minha.

– Que bom! Porque é exatamente o que estou sentindo por você.

Eu sinto uma pontada de alegria por dentro, enfim um grande passo para quem nem queria ir visitar meu pai duas semanas atrás.

De repente vejo duas mulheres se aproximando, as duas na faixa dos seus 30 anos. Uma delas põe a mão no ombro de Lucas pelas costas e, antes mesmo de ele se virar, a ousada se abaixa para lhe dar um beijo no rosto.

Ele se levanta e a cumprimenta educadamente; eu já logo de cara fuzilo a loira desbotada com o *Lucas darling* que ela solta. Já por dentro estou xingando-a de piranha e barata descascada. A outra parece que não o conhece e fica um pouco mais afastada.

Ele então apresenta a branquela em inglês:

– Jennifer, esta é Tatiana, dra. Tatiana – e para minha total felicidade ele complementa:

– Minha namorada!

Ela então me olha lançando um olhar investigador, com certeza tentando medir toda minha massa corpórea.

Eu nem me levanto e só digo:

– Olá, Jennifer, como vai? – decido deixar o "prazer em conhecê-la" porque soaria falso demais.

Ela então se volta para ele e me ignorando por completo diz:

– Viemos tantas vezes aqui, lembra, Lucas?

Eu já estou adicionando a lagartixa branquela na lista de minhas rivais junto a Pamela e à bruxa da Suzana. Lucas ignora o comentário e se senta, deixando propositadamente a sonsa sozinha em pé.

Ela enfim percebe que está sendo inconveniente e pede licença para se retirar. Eu fico radiante porque ele nem deu chance de ela apresentar a amiguinha.

Voltamos para o hotel. Eu não quero que ele perceba o que estou planejando, então minto que estou com dor de cabeça e preciso de um banho para me refugiar no banheiro. Escuto-o pedir uma garrafa de champanhe enquanto me preparo. Ao final da produção passo o batom borrando os dentes. Quando saio o vejo distraído sentado na cama e olhando o notebook.

Assim que ele me vê fica paralisado, antes de jogar o notebook sem cuidado. Ele se senta na beirada da cama para me engolir com os olhos.

Estou com o cabelo preso em estilo maria-chiquinha. A camisa branca bem justa com os botões abertos mostrando um sutiã de rendas. Uma microssaia xadrez escolar de pregas e meias três-quartos brancas saindo de sapatos tipo boneca de verniz. Sou uma versão bem safada de uma colegial.

Ele pula e coloca as duas mãos hábeis na minha bunda colando-me ao seu corpo. Com pressa, ele me arrasta até a pequena mesa de jantar me suspendendo e abrindo minhas pernas. Arranca minha calcinha com fúria e sussurra em meu ouvido que adora mulher safada. Transamos loucamente com roupa e depois sem sobre a mesa, e eu colada no vidro blindado e suado da suíte. Já percebi que ele gosta de lugares diferentes e excitantes, como no barco em Angra onde poderíamos estar sendo observados.

Depois de dormirmos e acordarmos várias vezes para transar, lembramos da champanhe. Eu pergunto:

– Você já teve caso com a branquela? A tal da Jennifer?

Ele solta um sorriso safado e joga a cabeça para trás.

– O que é ter um caso pra você, Tatiana?

– Vocês já... ah você sabe... já treparam?

– Nunca. Ela é um dos pratos preferidos de Donald. Acha que sou louco de comer a garota do chefe? E sabe do que mais? Eu nunca quis a "branquela" de verdade. Ela não faz meu tipo.

Eu olho para sua cara de safado. Será que devo acreditar nisso?

⟡⟡ ⟡⟡

Embarcamos para o Brasil poucas horas após a palestra de Lucas, e ele então me faz um convite ainda no avião:

– Vou te levar para o Amazonas, quero te mostrar a plantação de angoera. Você já foi pra lá?

– Não, nunca – respondo.

Eu fico radiante; além de querer muito ver a plantação, a minha alegria maior é ver que Lucas está fazendo planos comigo.

– E neste final de semana vamos visitar seu pai, eu prometi! – ele complementa.

Eu me afundo toda satisfeita na poltrona da primeira classe, fecho os olhos e começo a pensar em tantas coisas se passando assim tão rapidamente em minha vida.

Capítulo 12

Chego ao chalé já bem tarde depois de desembarcar em Guarulhos, e Bob já está lá nos esperando. Lucas vai direto para sua casa e eu fico desolada com a bagunça do chalé. Não sei por onde começar a me organizar. Estou cansada, amanhã preciso resolver isso.

Estou andando em Dubai, de repente me vejo no deserto, há uma tempestade de vento e sou obrigada a fechar os olhos porque a areia grossa bate forte em meu rosto. Sento-me e sinto um frio que gela até meus ossos. Quando abro os olhos já é noite, vejo uma mulher vestida de noiva. Ela tem os cabelos castanhos, longos e cacheados. Seus olhos transmitem raiva e me encaram com ódio. Antes de sua imagem se dissipar, ela solta uma risada assustadora.

O dia no Vale dos Sonhos promete, estou ansiosa para encontrar Teodora, e não é surpresa nenhuma vê-la já zanzando pelo jardim logo cedo.

Ela me avista de longe, mas finge que não está nem aí com minha presença. Eu sigo até ela com um sorriso; apesar de todas suas traquinagens, eu me dou conta de que gosto dela de verdade. Uma mulher forte, cheia de convicção e fiel ao que acredita.

– Teodora, bom dia! Está feliz em me ver? – ela dá uma pequena chacoalhada na cabeça como se me quisesse dizer que sou pretensiosa.

Enfim responde:

– Estou feliz porque agora você vai poder se defender por si mesma!

Eu fico sem entender a insinuação e pergunto:

– O que andaram falando de mim, e quem?

– Primeiro foi aquela velha gagá, a Leonor.

– O que ela disse exatamente?

– Disse que você só está aqui porque é amante do dr. Dream e que eu vou me ferrar em ficar em suas mãos!

Eu fico chocada, pois dona Leonor me parecia tão agradável. Insisto:

– E o que você fez, Teodora?

– Eu lhe dei uma bofetada na cara e disse que ela é uma velha invejosa como aquela dra. Pamela.

Então eu fico ainda mais confusa. O que Pamela tem a ver com essa história? Já estou ficando irritada, mas nem preciso perguntar mais nada, Teodora me passa o relatório completo.

– Depois que você viajou com o dr. Dream, todo mundo aqui ficou comentando, um bando de invejosas. E essa cobra peçonhenta da dra. Pamela veio me passar um sermão porque eu bati na cara de Leonor, ameaçou trocar você e disse que eu estava assim rebelde porque você é uma incompetente.

– Nossa! Ela disse isso tudo de mim?

– Mas eu lhe disse que ela não mandava nada aqui, e que eu iria falar com dr. Jorge.

– E a senhora foi?

– Fui sim! E disse pra ele que se ele tirar você de mim...

– Sim? – percebo que Teodora tem dificuldade de admitir, mas diz:

– Disse que, se ele trocar você, eu vou embora!

Eu fico tão emocionada que não resisto e lhe dou um abraço forte! Ela corresponde e diz baixinho em meu ouvido:

– Eu gosto de você, menina!

Fico muito emocionada com a demonstração de carinho dela, ainda mais sabendo quanto deve lhe custar o simples fato de abrir seu coração.

– Fique tranquila que eu não ligo para fofocas; podem dizer o que quiser, eu só me importo com o que meus pacientes pensam.

Teodora me olha fixamente, percebo que ela está com os olhos vermelhos segurando as lágrimas e tenta falar em voz firme:

– Mas mesmo assim acho melhor você falar com dr. Jorge.

– Claro que vou falar, preciso esclarecer muitas coisas. Mas agora me fale de você, como foram seus dias aqui no Vale, tirando as brigas? – eu pergunto em tom de brincadeira para Teodora se distrair e ela me conta.

– Eu gostei do psicólogo que ficou no seu lugar, o tal de Rodrigo. Sabe que ele me trouxe sementes de hortênsias e plantamos juntos?

– Que bom, Teodora! Preciso conhecer esse Rodrigo.

Continuamos o bate-papo e sinto que Teodora vai ficando mais leve, mais solta, conforme vai falando. Mas na minha mente não vejo

Capítulo 12

a hora de ir falar com Lucas sobre Pamela, ela não tem o direito de se meter com meus pacientes.

Assim que deixo Teodora vou ao consultório de Lucas; estou uma fera, até onde essa Pamela é capaz de chegar? Até para meu pai já foi fazer fofoca!

Chego à recepção e vejo Kelly, que fica surpresa ao me ver, e então escuto uma discussão vinda da sala de Lucas. A porta está semiaberta e logo me dou conta de que ele está com Pamela. Escuto parte da conversa.

– Você não tinha o direito de contar para o pai dela que ela estava comigo, que estamos juntos.

– Eu pensei que não fosse segredo, já que você enfiou sua amante aqui e não fez questão de esconder de ninguém.

– Isso também não é da sua conta!

– Eu ainda sou a gerente responsável por esse Vale, lembra? E você não teve o menor escrúpulo de colocar a carioca gostosinha para atender três pacientes. E você viu no que deu? Aquela paciente insolente da Teodora? Já arrumou briga por aqui.

– Eu não lhe devo satisfação, Pamela, mas eu escolhi primeiramente a dra. Tatiana pelo seu currículo e depois pelos seus encantos. E sabe o que mais? Ela é encantadora como médica, como amiga, como mulher e como ser humano.

– Você e esse seu dedo podre para escolher mulheres. Já não chega aquela outra alcoólatra que quase acabou com sua vida?

– Você está fazendo um papel ridículo! Tatiana é uma ótima profissional, os três gerentes médicos que estão trabalhando com ela gostam muito do seu trabalho. E não vai ser esse seu ciúme doentio, nem essa sua inveja que vão tirá-la do Vale, e muito menos do meu coração.

Eu estava ouvindo tudo com apreensão, e se Pamela tivesse razão? E se ele só havia me colocado ali por que tinha se sentido atraído por mim? Mas quando ouço suas últimas palavras, tenho a certeza de que valerá muito a pena lutar por esse homem, enfrentar um exército de Pamelas e Suzanas.

Olho para a cara de Kelly, que a princípio parecia estar se divertindo ao me ver ali agitada ouvindo tudo aquilo. Mas ao final ela parece desapontada; agora não tenho mais dúvidas, ela é da panelinha de Pamela.

Espero Pamela sair da sala de Lucas; ela está pisando nos cascos e assim que me vê despeja toda sua frustração.

– Olha só quem está aqui, a donzela indefesa.

Eu não me intimido e digo:

– Olá, Pamela! Preciso falar com você, pode ser na sua sala?

Ela está fumegando e retruca:

– Que mais a doutorazinha quer? A minha sala?

– Eu não quero nada do que é seu, Pamela, só quero esclarecer alguns pontos. Só acho que aqui na recepção não seja o lugar adequado.

Ela então me leva para sua sala. Eu pensava que fosse um consultório como as demais salas dos outros médicos gerentes, mas a sua, apesar de bem decorada, me parece fria, não é para receber pacientes. Na verdade eu já sabia que Pamela só era encarregada da contratação de novos funcionários e, assim que somos contratados, ficamos sob a orientação do RH com Brigitte e Arlete, graças a Deus duas pessoas maravilhosas! Só que Pamela não se aguenta e adora meter o nariz em tudo. Onde já se viu ir passar uma descompostura em Teodora, minha paciente? Agora ela, nervosinha ou não, vai ter de me ouvir.

Ela fica em pé, nem pede para eu me sentar e vai perguntando em tom sarcástico.

– O que a doutora quer?

– Você precisa revisar seu descritivo de cargo, Pamela. Tenho certeza de que não inclui se meter com os pacientes. Como pôde ir dizer desaforos para a sra. Teodora?

– Ela agrediu fisicamente outra paciente, eu tenho de zelar pelo bom andamento do Vale.

– Para isso tem o dr. Jorge e o psicólogo Rodrigo. Teodora estava sob a responsabilidade deles. Você não tinha o direito de interferir!

– Sim, mas a família da sra. Leonor veio reclamar para mim, eu precisava tomar providências.

– Tomar providências para você é ir insultar minha paciente? É fazer fofoca para meu pai? É controlar a vida pessoal de Lucas? Ah! Faça-me um favor, Pamela. Vá cuidar da sua vida que deve estar bem monótona! Afinal, você tem tido tempo de se preocupar demais com a minha.

Acabo de falar e vou saindo, quando ela me ofende:

– Você é só mais uma piranha na vida de Lucas. Assim que ele se cansar, vai te descartar como todas as outras.

Eu paro e me volto para ela. Ela está com os olhos chispando de raiva, o maxilar projetado para a frente, mas não me intimido.

– Pamela, você é um poço de ressentimentos e ciúmes. Já pensou em passar numa sexy shop para aliviar tanta tensão?

Nessa hora ela parte para cima de mim, bem no momento em que Lucas entra na sala e a segura. Eu saio de lá com um sorriso nos lábios. Quem ela pensa que é para falar comigo daquele jeito?

Lucas fica ali com ela. Acho bom mesmo, pois eles têm coisas para acertar. Quando, enfim, ele vai pôr limites naquela cobra?

Caminhando ao Vale da Preguiça para encontrar José, por sorte encontro uma alma boa pelo caminho. Eric está sozinho e, assim que me avista, aproxima-se. Eu estou tão agitada que nem falo uma palavra e lhe dou um abraço. Ele percebe que não estou bem e carinhosamente me convida para irmos à lanchonete. Só então me lembro de que nem tinha tomado café.

– Tati, o que aconteceu? Você tá tensa? Quer um chá?

– Não, vou pedir um café bem forte – esbravejo.

– Que foi? Andou brigando com a dra. Barbie de novo?

– Ela se mete na minha vida, se mete em tudo, Eric!

– Ela tá com ciúmes, mulher com ciúmes é foda!

– Eu sei, mas ela não pode misturar as coisas, e Lucas tem de dar um basta nisso!

Eric pede nosso café e acrescenta um pão de queijo para mim e, para ele, um cheese salada. Só Eric mesmo para conseguir comer um sanduíche desses às 10 horas da manhã.

– Querida, deixe essa bruxa para lá! Ela está conseguindo o que quer, deixar você irritada.

– Eu não estou irritada, estou puta da vida. Acredita que ela fofocou para meu pai sobre mim e Lucas?

– Acredito! Ela veio com aquela conversinha mole para tentar tirar alguma coisa sobre você. Acho que ela pensava que nós dois tivéssemos um casinho.

Eric faz um sinal girando o dedo ao lado do ouvido para indicar que ela deve ser maluca.

– Mente doente – ele arremata.

– Pois é, Eric! Isso que não entendo, aqui é um lugar para tratar mentes, e como Lucas mantém essa louca no comando?

– Sei lá... pode ser que ela seja muito competente no trabalho, apesar de ser tão mau-caráter, e depois pode ser que ele sinta gratidão por ela, por algo que ela fez pra ele.

– É, Lucas me disse que ela deu uma força quando ele perdeu a noiva. Mas para mim ela se aproveitou da fragilidade dele para dar o bote, é uma cobra criada.

– Se for isso... – ele para de falar enquanto o atendente nos serve. Fico olhando Eric assim tão calmo, sereno, tão amigo. Ele pega meu café e pergunta se quero com açúcar ou adoçante e prepara para mim. Ele é muito fraternal; eu me dou conta de que o conheço há tão pouco tempo, mas gosto tanto dele.

– Tati, deixe que com o tempo o dr. Lucas vai perceber por ele mesmo quem é a verdadeira Pamela. Nós, homens, somos muito ingênuos quando se trata de mulheres. Eu mesmo estou confuso.

– Confuso? Com o quê?

– Aquela sua amiga, a Cris. Fiquei doido por ela, mas ela me assusta!

Percebo que Eric está falando sério, embora sempre do seu jeito tranquilão.

– Não fique assim, Eric. Cris assusta todos os homens.

– E tem também a dra. Vanessa, ela é tão meiga, carinhosa, e acho que está a fim de mim.

Eu não posso evitar uma gargalhada, enfim Eric percebeu que Vanessa está caidinha por ele.

– Qual é a piada? – ele pergunta inocentemente.

– É que eu já tinha percebido isso antes. Então dr. Eric destruindo corações, hein?

– Não brinque, Tati, estou confuso. A Cris mexe com um lado meu mais irracional, sabe?

– Sei – e tento dar um bom conselho, por quem conhece bem Cris.

– Eric, não leve a Cris muito a sério. E não dê muito mole. A Cris gosta muito daqueles homens tipo "não estou nem aí pra você", entende? Ou seja, não fique muito disponível, muito acessível. Se você bancar o desligadão, ela vai pirar em você.

Olho para Eric que está dando uma mordida enorme em seu sanduíche. Será que ele vai conseguir fazer esse tipo durão? Cá pra mim, eu acho que nunca.

– E não diga nunca a ela que te falei isso, ela me mataria.

Ele toma um gole de coca e diz:

– Vou fazer isso, mas ainda estou em dúvida: o furacão Cris ou a doçura de Vanessa?

Eu dou de ombros e digo:

– Isso você vai ter de decidir sozinho, amigo.

Chego ao Vale da Preguiça e encontro José sentado com um notebook numa mesa próximo à piscina. Percebo que ele está totalmente absorto. Chego bem perto e falo:

– Oi, bom dia!

Ele abre um sorriso enorme e se levanta para me cumprimentar com um beijinho, dizendo:

– Olá Dra. Tatiana. Que bom que voltou!

Sento-me ao seu lado e pergunto:

Capítulo 12

– Vi que você estava entretido, estava na internet?

– Não, eu estava finalizando meu labirinto.

Eu nem acredito e vou me sentar ao seu lado.

O labirinto de José está todo colorido, parece de um menino do ginásio, mas está muito bem elaborado. Ele colocou absolutamente tudo de que gosta e de que não gosta, o que odeia, o que ama. E na parte de que mais ama colocou a mãe, a irmã e a música.

A música me chama a atenção, vejo que em todas as saídas do labirinto tem música. Há também um pouco de fotografia, mas me dá a impressão de que a fotografia seria só mesmo um hobby, e a música é que me parece ser sua paixão.

Então pergunto:

– Como você se vê em relação à música? O que pode te aproximar dela?

– Acho que algum instrumento, eu sei tocar violão. Aprendi sozinho; muitas vezes no meu quarto, quando me sentia triste, tirava uma música de ouvido e começava a tocar.

– Isso te alivia?

– Sim, muito!

– E o que você gostaria de fazer agora que descobriu isso, José?

– Acho que a princípio não muita coisa, talvez só tocar um violão.

– Você tem um?

– Tenho!

– Por que não pede para alguém te trazer?

– Acho melhor não, não quero que meu pai saiba.

Eu reflito um pouco e sugiro:

– Então vamos escolher um na internet; faremos a encomenda e logo estará aqui, o que acha?

– Eu sabia que você iria me ajudar, dra. Tatiana, eu saiba!

✧ ✧ ✧ ✧

Enfim chego à minha sala no Vale dos Bons Sonhos. Está do jeito que eu encontrei, pois ainda não tive tempo de fazer nada.

Consigo sentar-me em minha cadeira e ligo para Brigitte do RH.

– Brigitte amada, preciso de um favor enorme seu.

– Claro, querida, pode pedir!

– Preciso urgentemente de uma secretária do lar. Pode ser só três vezes por semana.

– Você falou com a pessoa certa, conheço todo mundo nesta cidade – Brigitte responde. – Vou fazer uns telefonemas e te retorno, fique tranquila, arrumo logo uma boa e de confiança.

Antes de ela desligar, eu digo:

– Por favor, não peça sugestão a Suzana.

– Deus me livre, você acha que sou louca? Pode deixar, querida.

Com certeza Suzana já tem certa fama, isso comprova que não foi implicância minha.

Preciso ir almoçar, mas estou sem apetite, prefiro pedir um lanche e organizar minha sala.

Meus livros já chegaram e estão em caixas; coloco em ordem alfabética na estante, e, bem ao centro, o manuscrito de Paul Valerie. Assim que terminar de ler vou devolver ao dr. Hélio, mas quero antes fazer umas consultas e anotações.

Só vou receber Bete por volta das 16 horas, então tenho tempo de ir até a cidade procurar alguma loja de decoração; quero colocar alguns enfeites na sala, quero que fique aconchegante.

A tarde em Campos está fria, mas o ar gelado e fresco me faz um bem danado. Sinto-me revigorada e, depois de passear e refrescar um pouco a mente com umas comprinhas, volto mais leve para minha sessão com Bete.

Estou colocando algumas estátuas de metal entre os livros quando Bete bate em minha porta.

– Olá, querida – eu digo. – Chegou em boa hora, estou precisando de uma assistente de decoração!

Bete vem me abraçar e diz:

– Tati, senti sua falta! Eu anotei tantos sonhos, tantos pensamentos, já estou perdida com tanta coisa pra te contar.

Enquanto ela fala, eu lhe dou uns três vasinhos azuis para ela me ajudar a escolher um lugar para colocá-los. Bete olha em volta e os coloca na janela branca onde ficam perfeitos.

Eu abro o frigobar e pergunto se Bete quer um suco; vejo que já está abastecido com sabores de caju, tangerina, manga, laranja e pêssego. Ela escolhe o de laranja e então eu peço que ela se sente na poltrona confortável destinada aos pacientes. Bete se esparrama, parece mesmo ansiosa para me contar sobre seus sonhos.

Enquanto ela fala, eu anoto e gravo sua voz; é engraçado como ela parece viver alguns trechos. Alguns me parecem que ela sonhou mesmo, são desconexos. Outros são bem vívidos, fantasiosos, cheios de romance, cenas de amor e paixão. Seus olhos brilham enquanto ela discorre sobre seu personagem favorito, um homem loiro, alto, forte, de olhos azuis. Eu poderia apostar que ela estaria me descrevendo o Brad Pitt, mas nem cogitei a hipótese para não estragar seus devaneios.

Enfim, depois de uma hora e meia, Bete fala tudo que lhe vem à mente, solta-se, extravasa, viaja. E é exatamente isso que a dra. Heloísa me pediu para incentivar Bete a fazer. Ela então sai da minha sala parecendo mais leve, parece que o fato de falar sobre os sonhos sem freios a deixa mais alegre, mais solta.

Vou ter de fazer mais umas dez sessões dessas e, então, eu e dra. Heloísa vamos formar um diagnóstico para ver se Bete está pronta para começar o tratamento com o medicamento Dreamer.

Logo depois de Bete sair meu telefone toca, é Brigitte; ela me dá o telefone de duas moças que estariam dispostas a trabalhar de diaristas. Eu anoto e ligo em seguida. Uma delas me parece mais comunicativa e desembaraçada, peço que ela vá ao chalé na manhã seguinte para eu entrevistá-la pessoalmente.

Estou ainda organizando minhas gavetas quando Lucas entra na minha sala sem bater.

– Querida, hoje você vai jantar comigo em minha casa.

Eu fico surpresa. Para quem não queria me levar lá, agora me convidando? Porém logo me lembro de Suzana e pergunto em tom sarcástico:

– E o que a bruxa vai preparar pra mim? Aranha ensopada com asa de morcego e veneno de sapo?

– Deixe de ser infantil, Tati, a Suzana é só uma velha senhora. Tudo bem, ela deve ser ressentida, mas o que você quer que eu faça? Que eu jogue a mulher no meio da rua? Quem vai dar emprego para uma senhora de mais de 60 anos?

– Ah, sei lá, Lucas! Você pode recomendá-la para alguém ou dar uma quantia para que ela tenha uma aposentadoria razoável, só não pode manter aquela mulher cheia de fantasmas em sua casa.

Ele se aproxima de mim e me puxa para um abraço, enquanto diz:

– Vou pensar numa maneira correta de tirar Suzana de lá, só me dá um tempo, ok? Percebo como isso te incomoda.

Eu o olho nos olhos totalmente agradecida, enfim ele está cogitando essa possibilidade.

– Se é assim, eu aceito seu convite.

Ele então me puxa para um abraço forte, enterra o rosto em meus cabelos e diz:

– Quero que você durma comigo lá esta noite, fiquei com saudade de você a noite passada.

– Olha, não sei se vai dar, porque eu marquei com uma garota para uma entrevista; é uma diarista que a Brigitte me indicou, ela vai estar lá logo cedo.

– Não tem problema, eu te levo pra lá bem cedinho. Depois vou correr pro Vale pra pegar uma carona com Bob, pois tenho de dar um pulo a São Paulo. Mas é bate e volta, à noite estarei aqui com você.

Chegamos à sua casa e aquela sensação de casa abandonada me bate novamente, mas estou aqui com umas ideias, e vou colocá-las em prática já amanhã, enquanto Lucas estiver em São Paulo.

Suzana me recebe com um cumprimento gélido. Ela pelo menos não tenta nem disfarçar sua contrariedade. Lucas percebe, mas parece não estar nem aí, e me enlaça pela cintura enquanto me puxa para as escadas dizendo que nos chame quando o jantar estiver pronto.

Entramos em seu quarto, que é o único lugar que me parece quente e aconchegante; a cama é grande e com vários travesseiros. O carpete fofo, uma lareira. Ele vai direto para o banho e me sento em uma mesa com seu notebook; decido dar uma olhada no meu Facebook. Quando enfim ele liga o chuveiro, eu saio para o corredor e vejo várias portas fechadas. Abro uma que é uma mistura de biblioteca com escritório. Outra me parece um quarto de hóspedes, com duas camas grandes de casal. A terceira é simplesmente uma sala de TV com home theater, e a outra, eu tento abrir, mas está fechada. Tento novamente, mas está realmente trancada. Fico intrigada, vou perguntar para Lucas mais tarde o que há ali.

Vou até o final do corredor onde há escadas que levam para o terceiro andar, e subo um pouco ressabiada. O que será que vou encontrar nesse último andar?

Assim que terminam as escadas, eu encontro os interruptores e acendo as luzes. Fico encantada ao ver uma piscina semiolímpica que pega o andar todo. Aproximo-me e coloco a mão. A água está numa temperatura bem agradável. Então Lucas deve gostar de nadar. Metade do teto é de vidro e pode-se ver o céu que nesta noite está especialmente estrelado.

Volto para o quarto antes de ele sair do banho. Lucas logo aparece num roupão preto e começa a se secar daquele jeito sexy na minha frente. Eu já começo a ficar animada, mas decido que quero investigar algumas coisas e inicio uma conversa tentando parecer despretensiosa:

– Estive passeando pelo corredor.

Ele me olha com ar surpreso e pergunta:

– O que a doutora queria encontrar?

– Nada em especial, só curiosidade feminina. Esta casa foi decorada por Vivian?

– Sim, foi. Você não pode me culpar por isso, afinal ela iria ser dona da casa.

– Claro que não o culparia por isso. Mas por que você resolveu deixar tudo como ela deixou? Não quis apagar suas marcas?

– Não é nada disso, Tati! Só não tenho jeito para decoração. Pra mim está bom assim, não me importo!

Aí eu não me aguento e pergunto:

– E por que tem um quarto trancado? O que tem lá?

– Eu nem sei, devem ser os presentes que recebemos antes do casamento. Suzana trancou lá, sei lá. Deve ser isso!

– E por que você não doa esses presentes?

– Acho ótima ideia! – ele responde enquanto seca os cabelos com a toalha.

Depois ele vem em minha direção vestindo só a calça jeans, tento ficar firme para resistir ao seu charme. Ele diz:

– Deixe isso pra lá. Que importa isso agora?

Eu solto um suspiro. Não deveria me importar com isso, mas me importo e muito. Para mim tem mais "dente de coelho" nessa história e eu vou descobrir o que é.

Enfim Laís, a ajudante de Suzana, bate em nossa porta.

– Doutor Lucas! Podemos servir o jantar?

Ele me olha e pergunta:

– Você quer tomar um banho antes?

– Não, eu não teria o que vestir, teria de colocar a mesma roupa. Tomo um banho depois do jantar e visto um dos seus pijamas, ok?

Ele sorri e, com uma carinha de safado, responde em voz alta:

– Pode servir, sim. Descemos em cinco minutos.

A mesa de jantar está servida na sala. Eu particularmente não gosto do tom escuro da toalha de mesa, pratos escuros. Acho tudo de mau gosto, mas não sou louca de dar palpite.

A gaiola vazia permanece no centro da sala de estar. Que coisa deprimente! Isso me incomoda muito.

Laís nos serve salada e em seguida traz fondues de queijo e chocolate, com uma cesta de pães e uma bandeja de frutas com morangos, amoras e cerejas.

Pelo menos não tenho de ver a cara azeda de Suzana, que decide não sair da cozinha, por razões óbvias; ela não quer também ver minha cara. Que sorte a minha! Assim posso jantar em paz e Lucas me serve um bom vinho. Desse modo vamos descontraindo e esqueço-me da presença funesta da governanta. Subimos para o quarto já de pilequinho, com Lucas me dizendo bobagens e me agarrando, mas sempre tenho a impressão de estar sendo observada.

Lucas nem espera chegar ao quarto e começa a tirar a minha roupa. Ele coloca o som bem alto tocando Rita Lee em "Mania de Você". Começamos uns amassos quando escutamos um barulho seco e alto vindo do corredor. Corremos para ver o que é, e não há nada de estranho. Lucas desce as escadas correndo e ouço-o falando com Suzana.

– Você estava lá em cima?

– Não! Eu estava acabando de ajeitar a sala aqui embaixo.

– Deixou cair algo? – ele pergunta.

– Não! Só estava fechando as janelas.

– Que estranho, Suzana! Eu e Tati ouvimos um barulho vindo do corredor lá de cima. Onde está Laís?

– Ela já foi para nossos aposentos há uns 15 minutos.

– Muito estranho isso, Suzana!

Escuto-o subindo as escadas novamente e digo assim que o vejo:

– Lucas, aquele barulho veio aqui de cima!

Ele concorda com a cabeça e abre todas as portas do corredor, menos a que está trancada.

Eu pergunto:

– Cadê a chave do quarto fechado? O barulho pode ter vindo de lá!

– Sei lá da chave! Deve estar com a Suzana.

– Lucas, quanto tempo você nem olha aquele quarto?

– Ah, não sei, acho que nunca mais fui lá depois que...

– Depois que Vivian morreu?

– Deve ser! O que eu faria lá num quarto cheio de presentes e tranqueiras?

– Mas esta casa é sua! O quarto deveria já estar vazio e aberto. Que loucura é essa, Lucas?

– Não tem loucura nenhuma. O barulho deve ter vindo da rua.

Eu olho para ele descrente. Ele tem medo de ver o que há lá? Irritada, entro no banheiro e tranco a porta com força. Por que Lucas age assim com Suzana? Por que não exige que ela abra e esvazie o quarto? Francamente não entendo!

Capítulo 13

Lucas me deixa no chalé bem cedo e parte para a clínica onde Bob já o aguarda para levá-lo a São Paulo. Estou preparando o café quando a campainha toca.

Vejo pelo olho mágico uma mulher baixinha de seus 30 e poucos anos, com certeza é a diarista Maria do Socorro.

Simpatizo com ela de cara; ela é falante e me conta como costuma limpar, lavar e passar roupas. Combino com ela três vezes por semana e acertamos que ela começa já no dia seguinte. Aproveito e pergunto se ela conhece algum bom jardineiro. E decididamente é meu dia de sorte, pois ela diz ter um primo jardineiro e dos bons.

– Que maravilha, Maria! Eu preciso dele pra hoje!

– Mas a senhora não tem jardim! – ela observa.

– Não é pra mim. É pro meu namorado. O jardim dele está com a grama alta, as plantas secas; ele está viajando hoje eu queria fazer uma surpresa. Será que seu primo poderia ir lá à casa dele hoje na hora do almoço?

–Ah, isso não sei não, senhora, mas olha, anote aí o telefone dele, ele se chama Leo, pode ligar agora, quem sabe ele pode dar um pulo lá?

Anoto o telefone e ligo em seguida, assim que Maria sai para seu trabalho na casa de uma vizinha, segundo ela no mesmo quarteirão que o meu.

Leo a princípio diz que não daria, mas dobro o preço e ele aceita. Peço que me aguarde na frente da casa de Lucas na hora do almoço. Solicito que leve plantas novas, umas verdes e umas floridas para decorar a varanda. Sei que estarei comprando briga com a governanta megera; ela pode ter a mente doente, mas minha especialidade são mentes doentias. Adorei a matéria na residência sobre mentes psicopatas, e Suzana, se não tiver todos os sintomas, tem com certeza uma legião deles.

A manhã no Vale transcorre calmamente. Teodora está se abrindo mais comigo, acho que ganhei sua confiança, e esta manhã ela está particularmente divertida, contando-me como ficou com vontade de "sentar" a bengala na cabeça de Pamela quando ela veio lhe chamar a atenção. Teodora tem um talento nato para imitar as pessoas, até o tique nervoso de Pamela que treme a boca quando está nervosa ela imita com precisão. Falo também com José, que está ansioso para receber o violão e me mostra uma música que está compondo. Fico admirada com a beleza da letra, algo tocante; se ele conseguir transformar aquilo em música, será uma obra de arte.

Enfim, chega a hora do almoço e eu quero sair correndo para a casa de Lucas quando encontro Eric.

– Tati, querida! Já que Lucas não está, você quer almoçar comigo?

– Não posso, Eric, estou numa missão secreta, vou ter de sair na hora do almoço.

– É que... – ele hesita – eu precisava tanto falar com você...

– Então vem comigo, Eric, só não sei se vou ter tempo de parar pra almoçar.

– Tudo bem – ele diz. – Eu só vou ter um paciente às 15h30, almoço mais tarde.

Eric daquele tamanho gigante entra no meu minicooper e lá vamos os dois. Ele então pergunta:

– Que missão é essa secreta?

– Eu vou cuidar do jardim do Lucas.

– O quê? Ele não tem quem cuide?

– Não! Quer dizer... deveria ter porque tem uma governanta que cuida das coisas da casa, mas ela faz questão de deixar tudo triste por lá.

– Ela é deprimida?

– Não, ela é psicopata! E é uma mistura de governanta com ex-babá de Vivian. Você já deve ter ouvido a história, né?

– Sim, a Vanessa me contou por cima. Então, pelo jeito, a tal de Suzana não quer que o dr. Lucas arrume outra mulher, é isso?

– Isso, Eric! Você é rápido!

– E você está comprando briga com a mulher? Acha que vale a pena?

– Acho! Algo me diz que vale muito a pena!

Chegamos à casa de Lucas e o jardineiro Leo já está lá com seu caminhãozinho parado à frente.

– Olá – eu me apresento. – Sou Tatiana, e aí? Acha que dá pra deixar esse jardim lindo numa tarde?

Leo é um rapaz com pouco mais de 20 anos. Eu pensava que fosse um jardineiro mais velho, mas ele logo explica:

Capítulo 13

– Dá, sim! Se fosse algo mais complicado eu precisaria do meu pai, mas aqui é fácil. A doutora quer vir olhar no caminhão? Trouxe várias plantas e flores para escolher.

Eu escolho algumas samambaias e outras plantas verdes, e me encanto pelas flores, pegando uma de cada cor.

– Pode deixar, doutora. Até o final da tarde, quando você voltar, a grama estará cortada, o jardim e a varanda estarão novos. Acho que vou ter de trocar metade da grama; não é só cortar, há partes que já estão totalmente secas.

– Não tem problema, Leo, faça o que for preciso. No final da tarde volto aqui para ver como ficou e acertar com você. Qualquer coisa você me liga!

Nesse momento aparece Suzana, e ela tem aquele olhar que me gela a alma. Nunca senti isso perto de outra pessoa. Ela vem firme em minha direção!

– O que a doutora pensa que está fazendo?

Nesse momento Eric surge enorme ao meu lado e diz:

– Trouxe a doutora Tatiana aqui para me ajudar a escolher as flores. O dr. Lucas me incumbiu dessa missão.

Suzana percorre o olhar de mim para Eric algumas vezes tentando decifrar se isso seria verdade. Ela então pega o celular do bolso do avental e anuncia:

– Vou saber disso agora! O dr. Lucas não me avisou nada, ele não faria isso comigo. Seria muito deselegante da parte dele!

Enquanto ela liga eu fico rezando para ele não atender. Não atende, por favor, quero fazer uma surpresa! Essa bruxa vai estragar tudo.

Ela então coloca o celular no bolso e diz:

– Ele deve estar ocupado! Mas, enquanto eu não falar com ele, vocês não mexem numa folha aqui.

Eric se põe à sua frente e pergunta:

– Eu recebi uma missão e vou cumprir, e quem é que vai me impedir?

Suzana recua se sentindo intimidada e retruca:

– Isso não vai ficar assim. Vocês não perdem por esperar.

E sai em retirada para a casa. Eu só fico rezando para Lucas não atender o telefone, ele não entenderia minha atitude assim contada por Suzana e poderia ficar uma fera comigo.

Leo assiste a tudo e pede a autorização:

– Posso começar?

Eric é quem responde:

– Pode começar agora! – e se vira para mim.

– Tati, essa mulher é louca! Tome cuidado com ela. Agora ela comprou briga comigo também!

Entramos no carro e voltamos para o Vale; decidimos almoçar no Vale da Lucidez onde infelizmente encontro Pamela com a cara maliciosa. Só pode passar merda naquela cabeça, e decerto ela acha que eu tenho um caso com Eric. Decido ignorá-la e pergunto a Eric:

– Desculpe, amigo, o que você queria me contar afinal?

– É que eu vou este final de semana para São Paulo pra ver a Cris. Ela disse para eu ficar no apê dela, mas achei melhor ficar num hotel.

– Vá sim, Eric. Cris é uma excelente pessoa, vale muito a pena conhecê-la melhor. Se vocês não derem certo juntos, tenho certeza de que serão ótimos amigos.

– Eu nunca vou poder ser só amigo dela! – ele fala em tom sério.

– Por quê? Ela é uma amiga muito leal.

– É porque eu morro de tesão por ela.

Eu caio na gargalhada, só mesmo Eric para me fazer rir no meio de tanta tensão!

A tarde transcorre bem com a sessão de Bete, e também tenho a oportunidade de conhecer o psicólogo Rodrigo que deixou Teodora encantada. Ele é muito agradável mesmo, mas também muito observador. Faz-me alguns comentários muito pertinentes sobre Teodora. Combinamos de fazer uma reunião na tarde seguinte para ele me passar mais detalhes sobre o seu parecer.

Enfim, chega a hora de eu sair e já estou para lá de ansiosa. Não consegui falar com Lucas a tarde toda. E se Suzana conseguiu, com certeza já destilou todo seu veneno contra mim. Eu sei que Leo já está quase terminando o serviço porque consegui manter contato com ele. Isso é um bom sinal, ela não conseguiu impedir o trabalho.

Apesar do final de tarde bem frio, o sol ainda brilha. Campos do Jordão parece que fica ainda mais linda em pleno inverno, tudo ali combina com o frio, a temperatura bem baixa por volta de 4ºC.

Quando enfim estaciono o carro atrás do caminhãozinho de Leo, ele está lá já com uma mangueira na mão regando a grama.

Eu fico muito satisfeita com o que vejo, o garoto sabe o que faz! A grama está linda, toda uniforme; ele também pintou as pedras que estavam desbotadas de branco, e a varanda está um show com as samambaias e flores coloridas.

– Olá, doutora! Gostou?

– Nossa, Leo! Está muito lindo! Você é bom mesmo, hein?

Capítulo 13

– Aprendi tudo com meu pai, mas eu também estudo; faço faculdade em São José dos Campos. Estudo agronomia, agora estou aqui ajudando o velho porque estou de férias!

– Então, parabéns redobrado, ótimo profissional e ainda estudante! E a governanta? – eu pergunto.

– Vixe! A mulher saía toda hora aqui pra ver, estava uma fera!

– Bom, mas o importante é que você fez um lindo trabalho. Agora vamos aos acertos de contas, quanto lhe devo?

Leo me entrega uma folha com o custo de cada planta, o valor da grama por metro quadrado, tudo bem organizado. E me parece um valor bem justo. Eu já tinha levado uma quantia em dinheiro, e ainda bem que era o suficiente.

– Obrigado, doutora, se precisar de mim é só chamar, ou meu pai. Olha aqui nosso cartão.

Ele me entrega o cartão com o nome "Campos Gardens".

– Eu que devo lhe agradecer, Leo, por ter vindo ainda hoje. Você não imagina como seu trabalho aqui foi importante pra mim.

Ele sorri e dá de ombros antes de entrar no seu veículo, e ainda dá uma buzinada e um aceno de mão para se despedir.

Agora vou voltar para meu chalé e esperar Lucas. Tomara que ele não fique aborrecido comigo! Ele pode se ofender e não entender o que fiz, pode achar que fui muito intrometida. E, na verdade, fui mesmo! Mas eu sei que fiz com a melhor das intenções.

Tomo um banho demorado e visto uma roupa bem quente, um conjunto de moletom branco, botas de neve com pele de carneiro e uma toca branca.

Meu celular toca e meu coração dispara. É Lucas.

– Olá, querida, estou chegando ao Vale; vou direto pro seu chalé, ok?

– Sim! – eu quase grito implorando para ele vir me encontrar primeiro. – Vem logo! Tenho uma surpresa pra você.

– Humm. Adoro surpresas! O que a safadinha está preparando?

– Deixe de pensar só bobagem, venha pra cá que eu te mostro.

– Em meia hora estarei aí, minha princesa!

Fico contando os minutos, parecem séculos; enfim escuto o barulho do seu carro e os faróis altos batendo em minha janela.

Ele nem desce do carro e eu já estou na porta. Ele me vê e não tenho tempo de abrir a boca, pois ele me beija e me empurra para dentro da sala, e já vai fechando a porta atrás de si.

Eu dou um passo para trás e digo:

– Lucas, espere, eu disse que tinha uma surpresa pra você.

– Pensei que você fosse a surpresa assim toda fofinha, quentinha.

– A surpresa está em sua casa!

– Na minha casa? O que a carioquinha andou aprontando?

– Vamos até lá que eu lhe mostro.

Ele vira o olho visivelmente contrariado, mas pega a chave do carro e me puxa para fora.

Fico pensando se ele ainda vai me querer depois de ver o que eu aprontei.

Quando ele enfim está chegando à sua casa, vejo em seu rosto uma mistura de surpresa com divertimento.

– Tati! Você conseguiu um jardineiro pra mim? Eu pensei que todos os jardineiros de Campos tinham sumido. Faz tempo que não vejo assim tudo tão lindo!

Ele então me olha com doçura e diz:

– Você não existe, preocupar-se com o jardim do namorado! Olha isso! Parece o jardim de contos de fada. Ah, doutora! Você é a mulher mais doce e romântica que já conheci.

Ele me abraça e eu consigo relaxar, mas então tomo coragem e falo:

– Só que eu tive de comprar briga com a Suzana, que ficou uma fera!

– Não ligue, querida, ela deve ter ficado frustrada porque vivia chamando o sobrinho e ele dizia que estava ocupado; aí você vem e faz, ela deve estar se sentindo passada pra trás.

Olho bem no fundo dos seus olhos, sei que no íntimo ele também sabe que esse papo de sobrinho é conversa furada.

Entramos na sala e ele me agarra de novo. Ouvimos passos e vejo Suzana, logo atrás dela Laís um tanto assustada com os olhos arregalados.

– Olá, dr. Lucas! Fez boa viagem? – Suzana pergunta em tom impaciente.

– Sim, ótima.

– Hoje à tarde um rapaz alto, loiro e de olhos verdes – ela fala olhando para mim com ar malicioso e frisando bem os atributos de Eric – esteve aqui com a doutora e trouxeram um jardineiro para fazer aquilo que o doutor já deve ter visto no seu jardim.

Ele me olha com ar de interrogação, mas eu prefiro não explicar a presença de Eric, não na frente de Suzana.

– Tudo bem, Suzana! Já sei de tudo. Não precisa se importar com isso.

Percebo os olhos da megera chispando de raiva, seu queixo projetado para a frente e sua voz sai como um açoite.

– Essa mulher que o doutor chama de namorada, apesar de não estarem juntos nem há um mês, vem aqui e já se acha dona da sua casa. Como o doutor pode permitir isso?

– Olha, Suzana, não me obrigue a ser mal-educado, mas a minha vida pessoal não é da sua conta. Peço que sirva o jantar e, assim que terminar de arrumar a cozinha, retire-se para os seus aposentos, deixando assim a casa livre para mim e minha namorada!

Lucas fala educadamente, sem levantar a voz, mas com muita firmeza no olhar.

Ela olha incrédula, indignada, e percebo que Laís está apavorada. Será que sua assistente sabe mais coisas sobre Suzana que eu ainda não sei? Uma hora vou ter de investigar.

Quando Suzana sai, Lucas chacoalha a cabeça e diz:

– Não se preocupe com isso, querida, logo vou resolver tudo.

Ele então, num momento inesperado, pega a gaiola vazia do meio da sala de estar, abre a janela, joga-a para fora no jardim e fala:

– Depois vejo o que faço com isso, hoje esta sala, esta casa vai ser nossa, sem fantasmas – e passa as mãos pelos meus cabelos.

Eu me sinto triunfante, e subimos para seu quarto. Enquanto Lucas toma banho, lá vou eu de novo vasculhar os outros cômodos e tento, mesmo sabendo que estaria trancada, mais uma vez abrir aquela porta misteriosa, esforço totalmente em vão. Encosto o ouvido na porta e não escuto nada, mas percebo que passa uma luz fraca por baixo da porta, como se um abajur ou qualquer tipo de luz estivesse acesa.

Volto para o quarto e decido não comentar mais nada. Hoje eu venci a primeira batalha, não quero mais encrenca, pelo menos neste momento.

Descemos e a sala já está bem aquecida com a lareira, o cheiro de madeira queimando e, sem aquela gaiola fantasma bem no meio, já está bem mais acolhedora. Nós nos jogamos ao sofá de couro e ele liga o som com a música que diz ser para mim: "Beautiful Girl," de INXS.

Estamos relaxados tomando vinho quando Laís pergunta se pode servir o jantar.

Em poucos minutos Laís arruma com capricho a mesa. Tenho de admitir que Suzana cozinha maravilhosamente bem; fez um creme de aspargos divino, com torradas perfumadas de ervas, bruschettas, patês de berinjela e pimentão, além de quiche lorraine.

Quando terminamos, Lucas deixa bem claro para Laís que, assim que tirarem a mesa, elas se recolham imediatamente para os seus aposentos. Laís entende o recado e dá um sorrisinho de quem sacou tudo.

Em menos de 15 minutos elas saem batendo a porta da cozinha. Lucas, que já estava me agarrando no sofá, começa a tirar minha blusa, enquanto lambe minha orelha e diz:

– Vou te comer aqui hoje, vou comer você em todos os cantos desta casa!

Estamos rindo e nos amassando quando ouço um barulhinho vindo da cozinha.

– Lucas, será que elas saíram mesmo? – pergunto cismada.

– Saíram, sim, vem aqui vem gostosa!

Ele já responde com a voz rouca e está totalmente excitado. Se tivesse um hipopótamo na cozinha, ele não escutaria. Mas eu tenho certeza de que ouvi barulho vindo de lá... Será que a doente está lá para ouvir nós dois transando?

Acordo na cama de Lucas totalmente nua; a madrugada foi louca, transamos em vários cantos da casa como ele me prometeu, e só me lembro de me jogar em sua cama exausta.

Acordo ainda tonta, escovo os dentes e não vejo Lucas. Saio à sua procura e vou instintivamente até a piscina. Ele está lá nadando; fico um tempo observando-o, mas demora até ele notar minha presença.

Ele então, ao me ver, dá umas braçadas até perto de mim.

– Outro dia eu vim aqui sozinha – confesso. – Você nada sempre?

– Quase todos os dias! Quando não tenho compromisso logo cedo. É minha terapia.

– Isso explica – eu penso em voz alta.

– Explica o quê? – ele pergunta.

– Você ser tão gostoso!

– A doutora costumava ser mais tímida!

– Aprendi com você a ser mais direta.

Ele sai, pega um roupão e vem me abraçar.

De repente, escutamos um barulho de algo caindo no corredor. Corro para ver o que é e demoro em notar algo caído perto da escada, uma taça de champanhe sobre o carpete. Nós dois não tínhamos bebido naquela taça. Tínhamos tomado em taça de vinho, totalmente diferente. Abaixo-me para pegar e percebo que a taça está úmida por dentro e com cheiro de champanhe.

Encontro Lucas no corredor olhando para mim. Eu falo furiosa:

Capítulo 13

– Encontrei isso caído perto da escada, e não é a taça que usamos ontem!

Ele pega a taça na mão, sente o cheiro da bebida e desce correndo em direção à cozinha. Eu vou atrás, mas fico escutando ao pé da escada.

– O que significa isso, Suzana?

– Ah, doutor! Desculpe-me, estava tirando alguns presentes para doar como me sugeriu, deve ter caído de alguma caixa.

– Mas a taça está úmida e cheirando a bebida!

– Eu não sei como... – então ela fala toda dissimulada achando que somos dois idiotas. – Pode ser que Vivian esteve por lá olhando os presentes antes do casamento e tenha bebido justamente nesta taça, guardando-a de volta de qualquer jeito, por isso tenha caído.

Escuto tudo aquilo sem poder acreditar como aquela mulher é doente; ela quer impor a presença de Vivian a qualquer custo. Escuto um barulho de vidro se espatifando, decerto ele arremessou a taça na parede.

– Quero aquele quarto vazio esta semana, aberto e limpo! Providencie uma instituição de caridade, doe absolutamente tudo que estiver lá – ele grita.

Suzana pergunta em tom irônico:

– Tudo mesmo?

– Sim, tudo! O que não der pra doar, queime, jogue fora, destrua, desapareça com tudo!

Escuto seus passos retornando, subo correndo para o quarto e ele vem logo atrás. Vejo que ele está contrariado, ofegante e passa as mãos nos cabelos numa tentativa de refletir sobre tudo que está acontecendo.

– Não se preocupe, Tati, eu vou arrancar todos os fantasmas desta casa, acredite em mim.

Percebo que esse processo é doloroso para ele; não está sendo só em sua casa, enfim parece que Lucas decidiu tirar Vivian de vez da sua vida.

Ele então está indo para o banheiro, de repente para e me pergunta com ar zangado:

– Ontem eu me esqueci de perguntar, mas hoje a doutora pode me explicar por que trouxe o dr. Eric com você?

– Eric veio me procurar pra falar da minha amiga Cris. Ele vai encontrar com ela neste fim de semana em São Paulo. Como eu estava saindo pra encontrar o jardineiro, eu o convidei pra vir junto.

Ele continua me olhando com uma das sobrancelhas erguidas, esperando algo bem convincente. Eu continuo:

– E olha que foi bom que ele veio comigo, pois ele enfrentou Suzana, ela queria me engolir.

– Eric está mesmo interessado nessa sua amiga ou em você?

– Está com ciúmes, dr. Dream?

– Estou! Eu não sei onde estava com a cabeça quando contratei aquele cara. Logo vi que ele estava de olho em você.

– Ele não está de olho em mim. Pode ser que no começo ele até pensou alguma coisa, mas agora está ocupado com Cris e com dra. Vanessa.

– Ele tá de rolo com a dra. Vanessa também?

– Mais ou menos, não sei direito, Lucas; ele é bem enrolado, nem ele sabe.

– E eu que pensei que o cara fosse inofensivo. Na verdade, gosto do trabalho dele; ele tem um carisma e empatia especial com os pacientes, mas estou de olho nele.

– Deixe de ser infantil. Eric é só um bom amigo.

– Claro, um bom amigo, carinha de tonto, vai mordendo pelas beiradas, se passa de amigão e, quando você estiver carente e for chorar no seu ombro, ele te come.

– Que mente poluída!

– É que eu sou homem, e sei como nós pensamos.

Ele sai e me deixa rindo à toa sentada na cama. Lucas com ciúmes de mim, não poderia me sentir mais feliz.

Capítulo 14

Finalmente chega sábado e lá está Bob, pontualíssimo, aguardando para levar-nos ao Rio, e brincalhão como sempre fingindo que minha mala está muito pesada e vai deixá-la cair. Logo bem cedo, eu já tive momentos hilários com Lucas fazendo piadas do tipo: precisaria caprichar na aparência para agradar o sogro, e impostando a voz e dizendo em tom grave:

– Olá sr. Pedro, gostaria de pedir a mão de sua filha em namoro. Mas quero levar o resto, prometo cuidar dela todinha.

Eu o repreendo e digo que meu pai não é tão formal e ele não precisa ser tão palhaço.

Mas ele continua com gracejos e me aparece com o cabelo molhado todo esticadinho para trás, parecendo um garotinho que a mãe está mandando para escola.

E eu, apesar de achar graça, digo:

– Deixa de ser ridículo, meu pai é bem moderno.

– Nenhum pai é moderno quando se trata de conhecer o namorado da filha, eu também não seria.

– E você nem filha tem... e já tá com ciúmes dela?

– Estou! E se eu tiver uma filha que tem a cara da mãe? Com esses cabelos de índia, escuros, brilhantes – ele passa as mãos pelos meus cabelos. – E se ela tiver essa boca vermelha e essa pele de pêssego?

Eu então o interrompo. Sei que, se deixar, Lucas se empolga e vamos acabar nos atrasando. Eu havia dormido em sua casa e já tinha levado a mala. E agora estou sossegada porque adorei o serviço da Maria: meu chalé está limpo e cheiroso, minhas roupas bem lavadas e passadas. Enfim, posso relaxar quando chego em casa ou quando durmo na casa de Lucas.

✧✧✧

Chegamos cedo ao Rio. Apesar de ser inverno, o termômetro marca 25ºC, o dia está lindo com o céu azul. Quando olho minha cidade lá de cima, me dá até um quentinho no coração. O Rio é mesmo um lugar maravilhoso! Onde mais a natureza foi tão generosa? O mar, as montanhas, a lagoa, o Pão de Açúcar, o Cristo... sou carioca, nasci vendo o Cristo Redentor, mas é algo que sempre me emociona: vê-lo nos recebendo sempre de braços abertos.

A mesma motorista da Mercedes branca nos aguarda. Lucas pede a ela que nos leve primeiramente para o hotel. E que surpresa Lucas me fez. Ele reservou uma suíte no Copacabana Palace. Nem posso acreditar; meu sonho desde pequena era um dia ficar hospedada ali onde ficam as celebridades do mundo todo. E o hotel tem algo mágico, um charme inexplicável. Talvez por ficar em Copacabana, talvez por sua arquitetura colonial imponente, ou ainda por ser o palco de tantos *réveillons*, de tantas festas e comemorações.

Nem acredito quando o carro para em frente à recepção e somos recebidos por um funcionário vestido de quepe e casaco branco.

A cortesia e a elegância da decoração já na recepção superam minhas expectativas. Então escuto Lucas falar à recepcionista que o cumprimenta com um sorriso rasgado de orelha a orelha, mas aí já não acho que seja só simpatia, pois, quando ela me vê, o sorriso se desmancha quase por encanto. Nesse momento, ele comunica que a nossa reserva é na suíte da cobertura.

Eu não posso acreditar, Lucas escolheu a suíte do 6º andar, que tem varanda com vista para a praia.

Quando abro a porta da suíte, fico deslumbrada. Uma sala com poltronas em estilo inglês, tapetes em estilo oriental, pinturas que são verdadeiras obras de arte. Corro para varanda. A vista é magnífica. A orla de Copacabana, o calçadão, as pessoas descontraídas caminhando, correndo, tomando sorvete, água de coco. E o cheiro, o cheiro de maresia que eu amo. Eu respiro fundo e Lucas me abraça por trás.

– Aqui é a terra da minha sereia. Dá pra ver nos seus olhos como você adora isto aqui! – Eu me viro e o encaro, não poderia estar me sentindo mais feliz. O homem que eu amo, aparentemente apaixonado por mim, tentando me agradar de todas as formas.

– Lucas, obrigada por tudo!

Ele me abraça e eu enterro o rosto em seu peito largo e aconchegante. Ele então diz:

– O Rio é mesmo uma cidade maravilhosa; já viajei muito, mas aqui tem algo especial. Acho que é o charme das cariocas! – ele brinca e

Capítulo 14

muda de assunto. – Vamos almoçar? Não vejo a hora de conhecer meu sogro.

Saímos em direção a um restaurante em Ipanema que Lucas diz ir sempre que vai ao Rio e que fica na Vieira Solto; é o Fasano Al Mare.

Pedimos camarões salteados em limão com berinjelas grelhadas. Lucas escolhe um vinho branco para acompanhar.

– Preciso de um pouco de vinho pra descontrair, daqui a pouco vou conhecer o sogrão.

– Você está preocupado demais! Meu pai é um cara legal.

Ele então levanta a taça e diz:

– Um brinde ao pai da mulher que roubou meu coração.

Eu fico desconcertada com a declaração. Tudo bem, ele não disse que me ama, mas as palavras que acabei de ouvir para mim significam a mesma coisa.

Ele respira profundamente e acrescenta:

– A mulher que trouxe de volta o brilho para a minha vida!

Fico tão sem jeito que não sei nem o que dizer. Eu só poderia dizer que o amo, amo-o muito, mas ainda acho que não é o momento, talvez ele ainda não queira falar em amor.

Ele percebe que estou sem jeito e diz:

– O seu pai deve ter sofrido muito... quero dizer... quando perdeu sua mãe.

– Sim, muito. Acho que ele não se recuperou até hoje, vive trocando de namoradas. Esta última, a Luiza, você vai conhecer, até que está durando. Ela me pareceu legal.

– Você tinha ciúmes das namoradas do seu pai?

– Claro! Eu não queria ninguém no lugar de minha mãe – falo e olho para o chão.

– Eu te entendo, querida, você era apenas uma criança.

– Mas agora eu gostaria que ele refizesse sua vida, não quero um velho solitário e ranzinza.

Lucas sorri; ele me olha como se eu fosse infantil, mas eu gosto. Aqueles olhos negros me envolvem e me protegem do mundo, e sou capaz de qualquer coisa para ficar ao lado deles.

✧✧ ✧✧

Finalmente, chegamos à casa de meu pai. A motorista, que agora sei seu nome, a Estela, nos deixa na porta do condomínio e Lucas a dispensa, dizendo que ela pode ir descansar que voltaremos para o hotel de táxi.

Eu me anuncio na portaria e logo vejo meu pai se aproximando com o sorriso aberto e a cadela Greta ao lado.

Meu pai me abraça bem forte como sempre e só então estende a mão para Lucas.

– Olá, dr. Lucas, tudo bem? Prazer em conhecê-lo.

– O prazer é todo meu, sr. Pedro.

– E cadê as malas? Não vão dormir aqui em casa?

– Não, pai. O Lucas me fez uma surpresa. Estamos hospedados no Copacabana.

Percebo que meu pai fica um tanto desapontado, mas não diz nada enquanto caminhamos para a casa.

– Mas então ficam para jantar?

Eu olho para Lucas, que faz sinal afirmativo com a cabeça, e responde:

–Sim, claro!

Entramos na sala de estar e lá está Luiza confortavelmente sentada com o *laptop* no colo. Quando nos vê, ela o coloca de lado e paralisa com o olhar perdido quando vê Lucas. Parece que eu posso ver aquele momento de cinema quando a pessoa vê algo que fica encantada, ela estende a mão e fixa o olhar no dele, sem se dar conta de que o tempo de apertar as mãos já está longo demais. Ainda bem que Lucas quebra o clima e diz:

– Olá, você deve ser a madrasta?

Ela desmancha o sorriso em segundos, com se algo terrível tivesse lhe trazido à realidade. Então já tentando se recompor, ela me cumprimenta sem graça:

– Olá, Tati, estávamos ansiosos esperando vocês.

Ela estava tão "ansiosa" que navegava na internet, talvez a ansiedade tenha surgido somente alguns segundos atrás.

– Tudo bem com você, Luiza?

– Tudo, tudo bem – ela ainda gagueja um pouco.

Sentamo-nos e meu pai pergunta se queremos beber algo.

– Um café – eu respondo.

Meu pai, então, me chama à cozinha para me mostrar a nova cafeteira de expresso italiana que comprou, ele sabe que amo café expresso. Deixo Lucas e Luiza sozinhos na sala, e me sinto um pouco desconfortável com isso.

Meu pai me ensina a mexer na cafeteira e coloca uns *petits waffles* numa bandeja para acompanhar.

Enquanto preparo o café, ele me interroga:

Capítulo 14 177

– Eu pensei que o dono do Vale fosse um médico mais velho, até mais velho do que eu. Ele é um garotão.

– É pai, ele tem 34 anos.

– Tão novo e tão bem-sucedido – e acrescenta: – Eu achei muito correto ele ter vindo aqui com você, mostrou que é um cara sério. Fiquei puto da vida quando ouvi aquela mulher lá do Vale insinuando que você era um casinho dele.

– Pai, aquela mulher é uma cobra, ela tem ciúmes dele.

– Foi o que imaginei, não nasci ontem, conheço esse tipo de mulher ressentida – ele me olha com ar terno. – Você parece estar tão feliz! Estou certo?

– Está, pai! Estou bem feliz! Eu sei que faz muito pouco tempo que estamos juntos, mas eu...

– Você está apaixonada, né, filha?

Eu só concordo com a cabeça e ele continua:

– A mesma cara que sua mãe ficou quando me conheceu. Você se parece tanto com ela!

Abraçamo-nos com carinho, meu pai é o melhor amigo do mundo, e é por isso que eu o amo tanto!

Eu então termino de preparar os cafés, coloco numa bandeja e levamos para a sala. Quando chego escuto Lucas e Luiza rindo alto, e eles param de falar assim que entramos na sala. Eu olho para ele com ar de reprovação ele me olha como se não tivesse entendido minha reação.

A conversa segue descontraída, mas vejo que, sempre que pode, Luiza faz perguntas indiscretas a Lucas, mas ele é educado, embora desconverse de algumas. Depois ele e meu pai começam a falar de futebol, Lucas é torcedor do Santos e meu pai é flamenguista fanático. Em minutos, eles estão falando de campeonatos de 1900 e bolinhas e copas do mundo. Acho isso tudo muito chato e vou para a beira da piscina para brincar com Greta. Logo surge Luiza, que parece não ter acabado o estoque de perguntas.

– Tati, seu pai estava preocupado que Lucas fosse muito mais velho, bem mais velho até que ele.

– É, meu pai me falou, as pessoas pensam isso... não é só meu pai.

– Agora eu entendo porque você se apaixonou assim de repente... aquela correria quando esteve aqui para voltar pra ele.

– E por que agora você entende, Luiza? – pergunto em tom sarcástico. Afinal já sei o que ela está pensando, pelo menos ela é sincera e diz abanando as mãos como se estivesse com calor.

– O cara é lindo demais! Parece que saiu de uma capa de revista! E ainda por cima rico e inteligente. Ufa!

– Somos só namorados, Luiza, estamos apenas começando.

– Nossa, isso que eu posso chamar de um começo triunfante!

Não sei se ela está querendo ser simpática, mas esse papo está me cansando e peço para voltarmos para a sala. Meu pai então abre um vinho e nos serve. Depois, meu pai me chama para preparar a mesa de queijos e pães.

Não sei por que ele não chama a namorada... eu não queria deixar Luiza sozinha de novo com Lucas, mas é porque meu pai com certeza ainda quer me fazer perguntas sobre o trabalho, onde estou morando, essas coisas de pai. E ele nem se dá conta de que Luiza já tomou vinho um pouco além da conta e está começando a falar umas bobagens.

Enquanto meu pai corta o último queijo, eu peço uma toalha para colocar na mesa; estou doida para voltar para sala e ouvir o papo dos dois.

Então, antes de entrar, paro no corredor onde posso escutá-los conversando, na verdade só ouço mais a voz dela um pouco alterada e melosa.

– Agora eu entendo por que a Tati se derreteu toda. Pedro me disse que tinha medo de que ela virasse freira. Disse que ela nunca foi muito de namorar, e eu até pensei que, pelo que ele me contava, ela fosse lésbica. Imagine uma mulher de 27 anos sem ter um namorado sério? Mas agora ela me aparece aqui com você. E você é o tipo de homem que faz até uma lésbica se apaixonar.

– Tati não é lésbica nem nunca foi; ela só é uma garota séria e que se concentrou nos estudos e carreira. É por isso que sou louco por ela, diferentemente de tantas mulheres à toa por aí – ele retruca.

Quando escuto isso me sinto nas nuvens. Ele não está nem aí para as investidas de Luiza, mas fico triste por meu pai. O que ele ainda está fazendo com essa vadiazinha? E como poderei contar isso para ele sem magoá-lo?

Decido entrar na sala e vejo a cara de alívio de Lucas. Coloco a toalha na mesa e logo meu pai surge com as bandejas. Lucas se levanta para me acompanhar até a cozinha e me ajudar a pegar os copos. Quando estamos sozinhos, ele me pergunta baixinho:

– Você ouviu o papo da sua madrasta?

– Ouvi. Eu infelizmente tive uma impressão errada sobre ela, me parecia bem legal.

– Pode ser o vinho – ele desconversa.

Capítulo 14

179

– Não, Lucas, não foi o vinho. Eu já tive meus pilequinhos e nunca saí por aí chamando as minhas amigas de lésbica e nunca dei em cima do namorado delas. Luiza é uma oportunista, só está de olho na condição financeira do meu pai. Mas não se preocupe, vou achar o momento exato para revelar a verdadeira Luiza pra ele, não quero me antecipar.

Lucas me abraça e voltamos para a sala, ele com o braço me enlaçando a cintura. Luiza nos olha e só falta salivar, começo a ficar com nojo dela. Não vejo a hora de jantar e sair dali o mais breve possível.

Por sorte, depois do jantar, ela desaba numa poltrona e dorme. Tomara que tenha entrado em coma alcoólico.

Meu pai a chama e a leva para cima. Depois vem todo inocente dizendo:

– Coitadinha, não está acostumada a beber.

Eu olho tentando disfarçar minha raiva, mas meu pai me aparece com um álbum embaixo do braço, já até sei que são fotos minhas de quando era pequena.

– Lucas, trouxe um tesouro pra você! – exclama e chacoalha o álbum.

Lucas pega sorrindo, ele também já adivinhou o que é.

– Ah, não! – eu grito. – Lucas vai descobrir meu defeito de criança.

– Agora que eu quero ver mesmo! – ele brinca.

As primeiras fotos são de eu bebê, eu com Fábio e eu.... nossa fazia tempo que não via fotos da minha mãe, sou mesmo muito parecida com ela. Os cabelos lisos, compridos e brilhantes, o mesmo sorriso, os olhos amendoados, a boca. Em uma foto, ela está comigo no colo. Em outra, estamos na praia.

Lucas se detém em uma foto dela de chapéu e maiô na beira do mar, em Ipanema.

Ele me olha assombrado.

– Você se parece muito com sua mãe. Com era mesmo seu nome? – ele indaga.

– Era Mariana.

Vejo que Lucas está emocionado, olha para mim e para meu pai sem conseguir dizer uma palavra.

Esse tipo de situação é sempre permeado pela saudade mútua que sentimos de mamãe, mas que preferimos não verbalizar. Parece que quando falamos a dor aumenta.

Então, ele vira a página e me vê com uns 8 anos, e lá está meu grande defeito! Os dois dentes da frente bem separados!

– Ah, não! Essa foto, não! – eu exclamo.

Ele a tira do álbum.

– Não vá me dizer que você acha que esse era seu grande defeito? – ele sorri. – Esses charmosos dentes separados!

Meu pai cai na gargalhada e explica:

– Ela detesta estas fotos, mas não era uma graça?

– Tati, me apaixonei por esta foto! Posso ficar pra mim? – ele pergunta.

– Ah, não, escolhe outra.

– Não! – ele grita. – Quero essa!

Vejo que não tem acordo; ele pega e enfia dentro da camiseta pela gola, não me dando a chance de pegar de volta.

– Pedro, posso ficar com essa? – e acrescenta: – Depois mando fazer uma cópia e devolvo.

Meu pai faz sinal de positivo.

– Pronto, está armado um complô contra mim! – esbravejo.

Lucas continua vendo o álbum encantado e para na página da minha festa de debutante. Estou usando um vestido azul e depois, na hora do baile, um lindo vestido de princesa rosa.

Lucas retira uma foto em que aparece somente meu rosto, bem delicado. Os meus cabelos lisos, a cabeleireira até que tinha tentado fazer cachos, mas fora em vão. Então estavam presos numa presilha de pérolas e caídos somente sobre um ombro. Eu tinha convencido a maquiadora a delinear bem meus olhos e a boca estava num rosa bem suave. Realmente, essa era uma das minhas fotografias preferidas.

– Nesta foto você está linda demais! Vou querer uma também – ele olha para meu pai e já explica. – Essa eu sei que é muito especial, só vou fazer uma cópia pra mim, prometo que devolvo intacta.

Meu pai sorri, parece que está todo coruja. Enfim, a noite foi divertida depois que a inconveniente da Luiza saiu de cena.

Quando Lucas sai para atender uma ligação no quintal, meu pai fala emocionado:

– Ele gosta de você, minha filha, percebe-se isso fácil. Espero que vocês deem muito certo, e melhor, espero que ele te faça feliz!

Lucas volta e já é tarde. Despedimo-nos e meu pai chama um táxi.

Já no táxi, eu estou curiosa com a conversa animada que Lucas teve a princípio com Luiza e pergunto:

– Por que vocês estavam rindo tanto quando cheguei à sala, logo na primeira conversa?

Capítulo 14

– Ela estava me contando como ela te ajudou a escapar daqui sem que seu pai desconfiasse e visse a motorista que te enviei, daquela vez que você veio ver seu irmão.

– Ah, ela tava querendo dar uma de boazinha, a sacana! Ela me enganou, mas foi só uma vez – eu resmungo.

Ele me abraça e chegamos ao hotel cansados e doidos por um banho de banheira, juntinhos como sempre.

Saio antes para preparar uma surpresinha. Quando ele me vê, estou na varanda apoiada no parapeito, de costas para a praia, vestindo somente escarpins negros de salto e um robe de seda aberto. Ele vem direto ainda nu, estende a mão e me puxa de uma só vez para dentro do quarto.

Caímos na cama com a brisa do mar agradável soprando as cortinas para dentro e a boca quente de Lucas deslizando por todo meu corpo.

◇◇ ◇◇

Chegamos a Campos domingo à tarde. Lucas fica comigo e depois vai para casa bem à noitinha.

Segunda pela manhã, estou no Vale com as energias renovadas. Apesar dos contratempos com Luiza, fiquei muito feliz que meu pai e Lucas parecem ter se entendido.

Nesta manhã, meu primeiro paciente é José. Fico surpresa quando pego minha tabela de horários e vejo que ele é o primeiro, logo ele que detesta acordar cedo. Decido passar na sala de dr. Hélio para entender esse novo cronograma.

– Olá, Tatiana, que bom que veio! – ele exclama. – Tenho novidades!

– Eu acredito que sim! Como José já está agendado para as 9 horas da manhã? Eu estranhei muito! – digo.

– Ele começou a acordar cedo na sexta-feira quando recebeu o violão, passou o dia tocando, escrevendo músicas. No sábado, fez o mesmo, segundo o relatório do psicólogo, e imagine você que ele também acordou cedo no domingo.

O psicólogo disse que ele saiu domingo e apareceu com um caderno de música e começou a escrever, passou a tarde inteira do domingo sentado à mesa perto da piscina, ora escrevendo ora tocando.

– Nossa, dr. Hélio! – eu exclamo. – Isso é música para meus ouvidos, perdoe-me o trocadilho.

– Então, a doutora parece que conseguiu arrancar algo da alma do rapaz que o encantou, que o fez acordar cedo, que o fez ansiar por um novo dia. Isso é o primeiro e grande passo de José.

– Eu não vejo a hora de revê-lo – digo.

– Ele também está ansioso para lhe contar tudo. Faça de conta que ainda não sabe de nada. E se a doutora comprovar mesmo esse progresso, ele estará pronto pra ir para o Vale da Meditação. Seria o lugar ideal para ele, lá há uma sala de música com vários instrumentos e professores. Na verdade, as aulas de música são feitas para reflexão e meditação, mas, no caso de José, podem servir como a descoberta de sua aptidão!

Saio toda entusiasmada para falar com José, e que surpresa agradável! Ele me aguarda para o café da manhã. Quem diria José acordando cedo para o café, ele que muitas vezes mal acordava para o almoço!

Ele me conta como está feliz e me mostra uma canção no violão. Fico admirada com a bela letra e canção.

– José, você já teve aula de música? – pergunto.

– Só quando era menino, até uns 14 anos na escola. Eu adorava tocar flauta, violão, piano. Mas depois a escola tirou a música do currículo. Acho isso uma pena. Tirar aulas de música e de artes dos jovens – ele reflete.

– Também acho! Essas escolas hoje em dia só preparam os alunos para o vestibular, esquecem que o aluno é um ser completo, que não vai passar a vida somente atrás de uma mesa, primeiramente de escola e depois do trabalho. Isso é muito desestimulante – prossigo: – A música não deve ser dada só para quem quer ser músico ou afim, ela faz parte da vida, assim como as artes plásticas, a pintura, a escrita... Nem todos têm aptidões, mas precisamos dessa busca da arte em nossas almas.

José me olha concordando com a cabeça. E então retoma a percorrer seus dedos pelo violão, tirando notas suaves e envolventes. Deixo José absorto e feliz compondo uma música e vou procurar Teodora, que está na companhia do psicólogo Rodrigo. Parece que ele a conquistou também, ela até fez um cachecol para ele.

Enfim chega a hora do almoço e vou ao escritório de Lucas para almoçarmos juntos. Bato devagar em sua porta e, como está semiaberta, vou entrando devagarzinho. Ele está ao telefone, mas faz sinal com a mão para eu me aproximar. Logo ele desliga e se levanta para me abraçar.

– Não gostei de dormir longe de você essa noite! Me senti muito sozinho e com frio! – ele confessa.

– Eu também não gostei – admito.

Ele então pega em minhas mãos e diz:

– Quero que você durma lá em casa hoje à noite!

– Ah, não sei, Lucas, acho melhor você dormir lá no chalé comigo hoje. Eu não fico à vontade com Suzana por perto.

Capítulo 14

– Eu sei, minha querida! Hoje eu durmo com você no chalé então. Adoro ficar com você em qualquer lugar.

– Oba! Então vou preparar algo pra nós dois, para o jantar.

– E você sabe cozinhar, dra. Tatiana?

– Claro que sei! Vivi sozinha muito tempo, aprendi bastante coisa!

– Ok, quero provar então, com a condição de que eu possa comer a cozinheira depois.

– Você é muito cara de pau!

– Só sou sincero – ele sorri com ar malicioso.

E me dá um beijo delicado e doce, abraçando-me com muito carinho. Quando me viro e olho sobre sua mesa, vejo um porta-retrato novo e, não posso acreditar, com a minha foto dentuça!

– Não acredito, Lucas! Você colocou essa foto aí? – falo indignada.

– Não me canso de olhar pra essa foto, Tati. Eu me apaixonei por aquela menina com os olhos brilhantes e cheios de sonho. Uma menina que mesmo tendo perdido a mãe manteve a doçura e a meiguice – e então ele me olha bem no fundo dos olhos:

– Eu amo você, Tatiana.

Nunca imaginei que fosse receber a declaração que eu mais esperava na vida, por causa de uma foto minha dentuça.

Eu pulo em seu pescoço.

– Eu te amo muuuuito, Lucas, te amo, te amo, te amo! – repito sem cansar as palavras que estavam aprisionadas em meu coração.

No final do dia, eu saio antes de Lucas do Vale para comprar os ingredientes do jantar, pego dicas com Brigitte, que me passa um endereço de uma rotisseria que diz vender massas deliciosas.

Compro massa fresca de ravióli tricolor, recheado com muçarela de búfala e tomate seco. Compro tomates frescos, azeite, azeitonas, bacon e um queijo divino que me indicam para ralar. Aproveito para passar na banca de jornal, adoro comprar revistas de moda. Uma revista em especial me chama a atenção: uma francesa de noivas. A noiva está sentada sobre um dos muros do Rio Sena. O vestido é tomara que caia em corselete rendado. Fico curiosa para ver os detalhes, abro a revista e lá no meio das páginas está ele. O corpete todo bordado com minipérolas e nas costas é trançado com fitas de seda. A saia coberta em renda francesa. Decido levar, não sei por que, pois nunca tinha me ligado em vestido de noivas antes. Mas ninguém precisa saber, vou só olhar e guardar, quem sabe um dia... quem sabe um dia Lucas esquece toda aquela paranoia.

Corro para o chalé, estou feliz da vida porque vou preparar, pela primeira vez, uma refeição de verdade para nós dois que não seja lanche. Levo a revista para meu quarto, fico namorando um pouco mais o vestido, marco a página com um *post-it*; mais tarde quero olhar com calma, sonhar nunca é demais.

Prendo os cabelos, visto uma roupa bem confortável, um avental e vou rumo à cozinha.

Coloco os tomates para cozinhar, pico a cebola, o bacon, as azeitonas e nisso toca meu celular.

É Lucas, ele quer saber o que vou preparar para trazer o vinho adequado. E ele diz que vai passar em casa antes para tomar banho. Acho ótimo, assim vou ter tempo de terminar tudo.

Quando termino, preparo a mesa com uma toalha floral, sendo a minha louça toda decorada com minirrosas. Coloco os guardanapos em anéis de acrílico e termino a decoração com um delicado vaso de flores coloridas.

Eu ainda estou toda desarrumada cheirando a cebola quando tocam a companhia. Será que Lucas esqueceu as chaves? Ah, não pode ser ele! Ele mentiu para mim dizendo que iria para casa antes.

Quando olho no olho mágico, não poso acreditar em quem vejo. Meu pai! Ali ao vivo e a cores!

Abro a porta e ele me olha com um misto de surpresa e divertimento me vendo assim de cozinheira.

– Pai! Que surpresa boa! – eu exclamo. – O que o trouxe aqui assim?

– Oi, minha filha! – ele me dá um abraço e entra na pequena sala do chalé. – Vejo que está bem instalada, o chalé é bem bonitinho!

Então ele me olha e sorri.

– E você cozinhando? Tá uma graça!

– É pai, tantos anos morando sozinha, aprendi! – e acrescento – Jante aqui com a gente!

– A gente? – ele pergunta. – Você está esperando o Lucas?

– Sim, pai! – eu indico o sofá para ele se sentar. – Ele vem jantar aqui comigo.

– Eu não quero atrapalhar, acho que cheguei no momento errado.

– De jeito nenhum, pai. Lucas vai ficar feliz. Só vou subir pra tomar um banho, você fica aqui à vontade, tem cerveja na geladeira, refrigerante, ok? – eu acrescento.

– Ok, filha, vá lá.

Subo feliz da vida, mas meu pai é fogo mesmo, ele tinha de vir olhar com os próprios olhos com eu estava vivendo. Tenho certeza de que ficou feliz em notar que não estou morando com Lucas. Esse era um de seus medos, ver a filha morando com alguém assim, logo no começo de namoro.

Quando estou descendo as escadas, ouço a voz de Lucas, os dois já estão batendo papo.

Lucas, quando me vê, se levanta e vem me dar um beijinho respeitoso no rosto. Eu digo para eles ficarem à vontade que já tenho tudo pronto, só falta aquecer para servir.

Acrescento mais um lugar à mesa, que apesar de pequena consegue acomodar bem três pessoas.

– Eu não acredito que vou comer algo preparado por minha filha, pensei que você só soubesse fazer hot dog, Tati – meu pai brinca.

– Eu aprendi a fazer muita coisa em São Paulo, pai; lá é a cidade da gastronomia, eu e Cris inventávamos pratos juntas.

– Isso parece comida de cantina italiana – elogia Lucas. – Está tudo muito bom!

– Nisso você puxou sua avó, minha mãe, a Dona Palmira fazia umas massas de comer rezando – meu pai diz.

Lucas então faz um convite.

– Amanhã gostaria que fosse conhecer o Vale, se tiver um tempo.

Meu pai faz sinal afirmativo com a cabeça enquanto toma mais um gole de vinho.

– Quero sim! – e acrescenta: – E quero conhecer a tal de Pamela que falou mal da Tatiana, pois ela não tinha o direito de dizer que minha filha era só sua amante.

– Claro! – Lucas responde sem rodeios. – Eu mesmo te apresento. Acho que ela lhe deve desculpas.

– Fique aqui pra dormir, pai!

– De jeito nenhum, já reservei um quarto de hotel, deixei minhas coisas lá – e continua: – Pra falar a verdade estou bastante cansado! Mas amanhã cedo eu volto aqui, minha filha, para acompanhá-la ao Vale. E se agora me permitem, estou doido para voltar pro hotel e descansar.

Lucas o acompanha até o carro. E eu fico imaginando o que o sr. Pedro será capaz de dizer a Pamela.

– Seu pai não é bobo, Tati – Lucas conclui. – Ele veio aqui só pra ver como você está vivendo.

– Eu sei, Lucas, ele sempre foi assim, superpai em tudo.

E pergunto:

– Não tem medo do que ele possa dizer para Pamela?

Lucas se joga no sofá com cara de quem não está nem aí.

– Quem mandou fazer fofoca? Uma mulher de 50 anos! Agora que aguente as consequências!

Eu o deixo ali, deitado assistindo a um jogo de futebol e vou tirar a mesa. Coloco tudo na lava-louças e volto para ficar com ele.

Ele me agarra e diz em meu ouvido:

– Vamos subir! Ainda bem que o sogrão ficou só pra jantar, agora eu quero a cozinheira gostosa só pra mim. – Subimos doidos para cair na nossa cama *king size* que eu já havia deixado toda arrumadinha para nós dois. Corremos e nos jogamos juntos sobre o edredom fofo.

Estou na praia sentada em uma cadeira ao lado de Lucas, acabo adormecendo sob o sol. Quando acordo não o vejo ao meu lado, procuro-o na areia, no mar e não o encontro.

Corro para as pedras e começo a subir rapidamente na angústia de encontrá-lo. Vou passando pelo caminho íngreme das pedras até sair no outro lado da praia que está totalmente deserta. Olho à procura de Lucas. Então, quando estou começando a descer, escuto uma gargalhada sinistra. Viro-me e vejo aquela figura de mulher vestida de noiva. Agora sob o sol posso vê-la com mais nitidez. Seu rosto está branco e fantasmagórico, o vestido de noiva está todo rasgado e sujo. Eu dou um passo para trás e percebo que vou despencar das pedras. Dou um grito.

– Tati, Tati! – grita Lucas. – O que aconteceu? Teve um pesadelo?

Eu o abraço trêmula, suando frio. Meu coração está disparado.

– Foi só um pesadelo – digo. – Eu acho!

– O que sonhou?

– Nada importante, um sonho sem nexo! – minto. Eu não quero dizer o que estou sentindo, não quero que a sua ex-noiva Vivian interfira até nos meus sonhos. Isso será algo que terei de resolver sozinha, não quero Lucas mais metido com essa história.

Ele me abraça com carinho e diz:

– Seja o que for, agora já passou, você está aqui comigo!

Quando meu pai chega de manhã, Lucas já tinha saído; ele iria passar na sua casa antes de seguir para o Vale, por isso tinha saído de madrugada. Eu levo meu pai ao Vale onde encontramos Lucas para o café da manhã. Ele faz elogios sinceros sobre o lugar. Estamos conversando descontraidamente quando Pamela aparece.

Lucas a chama à nossa mesa.

– Olá, bom dia – ela diz educadamente.

– Noto que ela não tira os olhos de meu pai. Sei que meu pai é um homem atraente, e para isso a megera é rápida e percebe logo.

– Sente-se, Pamela, quero lhe apresentar Pedro, pai da Tatiana.

– Olá, sr. Pedro, já nos conhecemos por telefone, né? É um prazer conhecê-lo pessoalmente.

– Olá, dra. Pamela.

Ela se senta ao seu lado e meu pai sem meias palavras diz:

– A doutora é encarregada também de narrar aos outros a vida pessoal do dr. Lucas?

Lucas e eu ficamos assistindo e preferimos não dizer nada.

– Não, sr. Pedro, é que eu tenho a língua solta e falo demais. Eu só deveria ter dito que Tatiana e Lucas tinham viajado a negócios; o resto, admito, foi fofoca!

Ficamos os três pasmos com sua sinceridade. E ela continua:

– O senhor tem todo direito de ficar zangado comigo. Eu nem conheço sua filha suficientemente para julgá-la.

Então, ela me olha e conclui:

– Tatiana e eu não começamos bem. Agora tenho notado que ela é uma ótima profissional, e eu só estava com receio de que Lucas a tivesse contratado somente porque tinha ficado atraído por ela. – Ela olha para Lucas e prossegue: – Isso é verdade, Lucas se encantou por Tatiana desde a primeira vez que a viu.

Meu pai olha para Lucas, que responde:

– Sim, é verdade, eu me interessei por sua filha desde a primeira vez que a vi fazendo uma entrevista.

Meu pai sorri e diz:

– Não posso condená-lo por isso, foi assim também a primeira vez que vi a mãe dela.

E depois olha para Pamela com ar que me parece um tanto galanteador e diz:

– Mulheres interessantes nos despertam um "click" logo no início.

Pamela devolve o olhar toda derretida. Eu e Lucas nos entreolhamos, nós dois já sacamos que está rolando um clima por ali. Lucas é rápido e pede licença, pois tem uma reunião; e eu aviso que tenho de ver minha paciente. Meu pai se despede dizendo que só irá terminar o café com Pamela e voltará para o Rio em seguida.

Despedimo-nos e eu fico com a pulga atrás da orelha. Seria meu pai capaz de se interessar pela dra. Pamela? Só essa que me faltava agora, aquela cobra de madrasta!

Capítulo 15

Teodora está ótima, tem lido muitos livros que dr. Jorge lhe indica. Na verdade são sugestões minhas, mas ela não precisa saber.

Só anda preocupada com seu pequeno jardim de azaleias, então peço ajuda ao jardineiro e, após nosso papo diário, deixo-a debatendo com o pobre sr. Joaquim sobre a terra e a melhor forma de regá-las; ela como sempre querendo mostrar que sabe mais do que ele.

Bete enfim inicia o tratamento com o medicamento Dreamer, e está cheia de novidades para me contar. Recebo-a em minha sala. Noto que seus sonhos depois que começou o tratamento estão mais claros e nítidos, mais coloridos e parecem mais realistas. Ela acorda cheia de ideias e de vontade de colocá-las em prática. Está cheia de energia, ansiosa para voltar à sua casa e recomeçar sua vida. Acabaram as noites maldormidas, a depressão e a angústia. Vejo outra Bete envolvida com novos planos. Com certeza, dra. Heloísa ao final do meu relatório desta semana irá lhe dar alta. Ela continuará tomando o Dreamer por um tempo, longe do Vale, e sendo avaliada mensalmente por nós, mas com certeza Bete já tem condições de caminhar sozinha, com muito mais entusiasmo e vigor.

José enfim é transferido para o Vale da Meditação, e logo no primeiro dia se encanta pela professora de música; uma senhora de seus 60 anos chamada Clarice, muito moderna, toda descolada no jeito de vestir e falar. Os dois se afinam rapidamente e ela inicia com ele as aulas de piano.

Eu paro para ver José tocando e fico encantada. Seus dedos parecem flutuar sobre o teclado e Clarice comenta que ele tem um dom natural para música, e que essa música de Ivan Lins nem é tão fácil de ser tocada, que exige muita habilidade, e ele a toca com maestria.

Chega a hora do almoço e vou me encontrar com Lucas, que já me aguarda sentado à mesa, só que está falando ao celular. Nisso meu celular toca, é Cris. Eu me sento à mesa e atendo a ligação.

– Oi, amiga! Tenho novidades – ela diz.

– Que bom! Como foi seu final de semana com Eric?

– Pois é! Foi tão bom que estou indo aí pra Campos nessa próxima sexta-feira.

– Que maravilha, Cris! Fique lá em casa, no meu chalé!

– Eu estava pensando nisso, estou louca pra conhecer seu cantinho.

– Claro, vou adorar, e o Lucas vai viajar e só vai voltar sábado à noite.

– Então, combinado; me passe o endereço pelo WhatsApp depois. Estou doida pra te ver, estou morrendo de saudade – ela completa.

– Eu também, Cris, vou amar ter você aqui comigo.

Lucas está me encarando, já havia desligado o telefone e tinha escutado um bom pedaço do nosso papo.

– É a sua amiga amicíssima? – pergunta irônico.

– É sim, é a Cris!

– É a tal que organizou o seu aniversário e que está saindo com o Eric?

– A própria! Ela vem sábado pra cá! Ela vai ficar lá no chalé comigo.

– Eu ouvi – ele resmunga.

– Algum problema?

– Não, nenhum! Só que você não vai fazer companhia pra ela sábado à noite, vou chegar e vou levar você pra minha casa.

– Tudo bem! Ela fica lá de sexta pra sábado e depois vai ficar com Eric!

– E, por favor, não vai emprestar o chalé para aqueles dois ficarem transando na nossa cama.

– Claro que não! Com certeza à noite eles vão querer passear na cidade e depois vão para o hotel onde Eric está hospedado.

Acho engraçado que Lucas parece estar com ciúmes, não sei se do chalé, de mim com Cris ou de Eric. Mas ele parece contrariado, embora não admita isso nunca.

Lucas passa a noite de quinta para sexta comigo no chalé e logo cedo vamos para o Vale. Bob o aguarda para levá-lo ao aeroporto de Cumbica, de onde ele pega um voo para Brasília.

Ao nos despedirmos, ele me faz uma surpresa e tanto.

– Isso aqui é pra você – ele chacoalha um chaveiro com três chaves e abre aquele sorriso lindo, sincero, cativante.

Capítulo 15

– O que é isso?

– A chave da minha casa, você pode ir pra lá a hora que quiser.

Mal posso acreditar. E pensar que há bem pouco tempo ele não queria nem que eu fosse para lá.

Eu dou um pulo no seu pescoço. Ele não imagina como esse gesto foi importante para mim. Despedimo-nos com um longo beijo. O helicóptero decola num dia de céu azul, com a temperatura que não deve estar passando de 6°C.

Saio toda feliz em direção ao restaurante e dou de cara com Pamela. Ela vem em minha direção. Noto que desta vez ela não está com cara de "pit bull", na verdade parece bem alegrinha.

– Olá, dra. Tatiana, tudo bem? Bom dia!

– Olá, tudo, tudo bem! – respondo ressabiada.

– Seu pai é muito simpático. Acredita que ele me convidou pra ir pro Rio no próximo fim de semana?

– Jura? – *eu nem posso acreditar que meu pai tenha feito isso!*

– É, ele me disse que não poderia ser este sábado porque teria de resolver umas questões pessoais.

Eu fico imaginando que questões pessoais meu pai teria pra resolver. Será que seria se livrar de Luiza? Se fosse isso até que Pamela já estaria me fazendo um favor, eu nem teria de contar para meu pai tudo que sabia da sua namoradinha ordinária.

– Desculpe perguntar, eu sei que é muito particular, mas seu pai tem namorada?

Eu fico sem jeito de responder sobre Luiza e digo:

– Meu pai tem algumas amigas, mas não acho que tenha algo sério.

Pamela dá um sorriso de orelha a orelha. Até fica bonita sem a cara carrancuda. Será que meu pai se interessou mesmo por Pamela? Quem entende os homens?

E de repente me vejo tomando café da manhã com Pamela, quem diria! E ela tentando disfarçar seu interesse por meu pai. Como uma mulher pode se transformar tanto? Agora ela está simpática, amigável!

Ao final ela diz:

– Me desculpe, Tatiana. Fui muito injusta com você desde o começo.

– Tudo bem. Podemos começar de novo, que acha? – eu suavizo sua meia-culpa.

Ela sorri aliviada, eu não sei se sou muito ingênua, mas ela me parece sincera. Decido dar esse crédito para Pamela, afinal me coloco no seu lugar, ter Lucas e depois perdê-lo. Não deve ter sido nada fácil, e depois ainda vê-lo com outra. Nossa! Isso com certeza eu não aguentaria. Claro que não justifica ter me criticado tanto, mas de certa forma explica seu comportamento.

Vou até minha sala antes de visitar aos pacientes, fico com a chave da casa de Lucas em minha mão olhando admirada. Adorei sua atitude, isso me fez sentir bem mais segura em relação ao nosso namoro, e de repente me surge uma ideia. Este próximo final de semana será a folga de Suzana; Lucas já havia me contado que teríamos a casa finalmente só para nós dois, já que ele tinha dado folga, ou melhor, praticamente exigido que Suzana fosse visitar a irmã em Taubaté.

Pego o telefone e ligo para o jardineiro Leo, quero saber se ele conhece algum chaveiro. Ele diz que sim, peço então o telefone, explico que vou precisar dele no sábado de manhã na casa do meu namorado. Leo diz que o chaveiro é seu amigo e que ele pode levá-lo até a casa de Lucas.

É a minha chance de abrir aquele quarto misterioso de Suzana, e não quero que Lucas saiba ou veja, ninguém sabe o que Suzana pode estar escondendo ali.

Cris chega sexta-feira à noite, estou aguardando ansiosa, tenho tantas coisas para lhe contar. Fico feliz quando vejo os faróis da sua TR4 batendo na minha janela e em segundos estacionando em frente ao chalé.

Abro a porta e lá está ela. Com certeza Cris, como toda carioca, pensa que Campos do Jordão é o polo norte. Tudo bem que estamos no final de julho e é alto inverno, mas ela está com roupa de quem parece que irá esquiar.

– Tati, aonde você veio parar sua louca? Pensei que fosse sair na casa do Tarzan!

Ela me abraça e tira uma mala enorme do porta-malas.

– Cris do céu! Você vai passar o mês aqui?

– Claro que não, são só dois dias. Mas eu não sei fazer mala pequena, gosto de escolher, de ter opção. E odeio quem consegue fazer uma malinha ridícula!

Entramos rapidamente, pois o frio está cortando, e a sensação térmica por causa do vento é polar.

O chalé está quentinho, sempre deixo o aquecedor ligado. Cris entra e tira logo o casaco.

– Nossa, que chalé charmoso! Gostei! – e ela me olha com cara de sacana. – Aqui deve dar para fazer coisas incríveis! O chalé é do dr. Lindo?

Capítulo 15

– Acho que é – eu respondo sem graça. – Ele disse que é de um amigo, mas acho que é dele mesmo.

Cris se joga no sofá e pede para eu me sentar ao seu lado.

– Tati, minha querida. Eu tenho que te confessar algo! Acho que estou me apaixonando pelo seu amigo desengonçado.

– Eric é muito especial – eu digo.

– Sim, demais, e olha só, eu pensei que ele fosse meio frio, sabe? Meio bobão, ah você me entende... que ele mandasse mal na cama.

– E que tal?

– Amiga, estou surpresa até agora. Eu não sei o que me encantou mais em Eric, aquele jeito sincero, bonachão e ao mesmo tempo tão inteligente, bem-humorado e safadinho.

– Gostei de Eric desde a primeira vez em que o vi – eu falo –, mas como amigo acho que ele é bom papo, sincero. Agora você me conta esses outros talentos.

De repente Cris muda e fica séria.

– Tati, o Eric me contou da tal governanta do seu namorado, não posso acreditar, me conta essa história direito.

Eu então conto tudo sobre Suzana, Vivian, sobre como ela consegue interferir na vida de Lucas, e conto do meu plano de ir logo cedo à sua casa no dia seguinte com um chaveiro para abrir a porta do quarto misterioso, quando Cris grita:

– Eu vou junto! Quero ver o que essa doente tem lá!

– Eu agradeço, Cris, acho melhor mesmo você ir comigo, não sei o que posso encontrar por lá.

Passamos parte da noite conversando, tomando vinho e comendo fondue de chocolate com morangos. Mas meus pensamentos estão longe, estão naquela porta, naquele quarto. Não consigo parar de imaginar o que pode ter escondido ali.

Acordamos bem cedo e na hora combinada lá estão Leo e o chaveiro. De repente, ao ver Leo com o seu pequeno caminhão, me surge uma ideia. Ao chegar à casa de Lucas, digo:

– Leo, você pode esperar aqui? – pergunto. – Acho que naquele quarto tem muitas coisas para doação; se forem coisas legais, eu doo tudo pra você.

– Espero sim, doutora, hoje não tenho nada pra fazer. Vou ficar aqui aguardando o Teco.

– Venha com a gente – eu o convido. – Estou tão ansiosa com o que possa encontrar lá que, quanto mais gente por perto melhor.

Abro a porta da cozinha e a casa está mesmo vazia, a bruxa deixou tudo arrumado e limpo. Subimos as escadas e eu os levo até a porta do quarto.

Cris comenta:

– Nossa, essa casa é linda, mas, não sei, tem algo aqui que me incomoda.

– Eu também acho isso. No começo era pior, agora ainda melhorou muito.

Enquanto conversamos, Teco utiliza algumas ferramentas e consegue abrir a fechadura. Um frio na espinha me percorre e sinto um calafrio.

Cris e Leo percebem que estou com medo e abrem a porta; os dois entram e Cris com a cara sem cor me chama.

Capítulo 16

Eu entro no quarto misterioso com o coração aos pulos.

A primeira coisa que me chama a atenção é que a janela está aberta, a leve cortina de *voile* se agitando com o vento congelante.

O espaço é na verdade um closet, cheio de armários e espelhos, mas há uma cama de solteiro encostada à parede que destoa totalmente do restante da decoração de muito bom gosto, e é isso que possivelmente assustou Cris, o fato de que a cama está desfeita, com a marca de que alguém parece ter acabado de sair dali, com as cobertas jogadas para o lado e o travesseiro afundado.

Há um quadro onipresente com a pintura de uma mulher bonita, com certeza é Vivian. É uma pintura muito bem-feita, e o olhar dela parece que me fita e me persegue enquanto me aproximo, aquele mesmo olhar dos meus pesadelos.

Cris se aproxima da cama.

– Parece que foi usada há pouco – ela observa.

Assustada, só concordo com a cabeça.

Há várias caixas espalhadas pelo quarto; deduzo que são os presentes de casamento, como cristais, panelas, eletrodomésticos, louças...

Cris começa a abrir as portas do closet, há algumas poucas roupas. Ela então se abaixa e pega uma caixa de sapatos. Quando abre, vejo que são sapatos brancos e novos decorados com pérolas. Deviam ser os sapatos que Vivian usaria no casamento. Eu também começo a abrir as portas do armário e encontro uma enorme caixa de tecido com motivos florais. Coloco-a sobre a cama. Antes de abrir, já imagino o que possa ter lá, e lá está ele. O vestido de noiva de Vivian. Respiro fundo para tirá-lo da caixa. Começo a tremer toda e me descontrolo num choro, Cris me abraça.

– O que foi, amiga? O que está sentindo?

Eu não consigo responder, minha voz treme. Saio correndo dali e desço as escadas para a sala, todos vêm atrás de mim.

– Leo, por favor – eu grito. – Vá até aquele quarto e leve tudo que tem lá. Você pode dar, ficar pra você, vender, sei lá, mas leve tudo embora daqui! Eu te pago o que for necessário pelo serviço.

– Imagine, doutora – Leo retruca. – A senhora tá me dando tudo e ainda vou cobrar? De jeito nenhum. Eu é que agradeço.

Quando ele sobe com o chaveiro Teco, Cris me traz um copo com água.

– Tati, o que você sentiu, o que aconteceu que te assustou?

– Cris, o vestido de noiva, o retrato! Eu sonhei umas duas vezes com uma mulher vestida de noiva, e era esse o vestido e era aquela mulher do quadro.

Cris me abraça e nos sentamos no sofá.

– Acalme-se, querida! Isso não é novidade para nós duas, que já estudamos bastante Paul Valerie, mas sei que, quando acontece com a gente, tudo muda de figura. Só temos de rezar por essa moça.

– Eu sei – respondo com a voz fraca.

– Agora o que não podemos é deixar essa governanta doente por aqui. Essa mulher é louca! – esbraveja Cris.

– Eu sei, Lucas disse que irá dar um jeito nisso! Ele só pediu um tempo para ajeitar as coisas. Ele tem dó porque ela já tem mais de 60 anos, e seria muito difícil arrumar um novo emprego.

– Seja como for, ele tem de se livrar dessa psicopata.

Leo e Teco tiram tudo do quarto, enchendo o caminhão. Eu acerto o trabalho de Teco e agradeço pelo serviço dos dois.

Capítulo 17

Cris acha melhor sairmos o mais depressa possível daquela casa. Voltamos para o chalé. Agora só me resta esperar Lucas ansiosamente e poder contar toda a verdade.

Chegamos ao chalé e Maria está lá preparando panquecas. Eu havia pedido a ela que viesse naquele sábado em especial, por causa da visita da Cris. Cris adora cozinhar e logo começa a bater papo com Maria; as duas ficam trocando receitas, escuto a divertida conversa das duas: Maria ensinando Cris a fazer uma máscara facial de iogurte e mel que ajuda a tirar as sardas de sol do rosto. Assim que Maria termina o almoço, ela deixa as panquecas prontas e servidas à mesa, então a dispenso. Mas eu não estou com a mínima fome. Fico só me lembrando do sonho, do vestido, do quadro, do olhar penetrante de Vivian. Uma mulher bonita, atraente, de pele clara e olhos perturbadores.

E a intrigante janela aberta, naquele frio? Por que Suzana deixaria a janela aberta sendo que poderia chover e molhar tudo lá dentro? Acho aquilo muito estranho, pois eu já tinha olhado a janela de fora algumas vezes e a ela estava sempre trancada, e o pior era a cama desfeita.

Ainda bem que Cris é ótima companhia e ela acaba me distraindo. Lavamos a louça, arrumamos a cozinha e ela decide preparar a tal receita para o rosto. De repente, ela me aparece com a cara toda melecada de mel e iogurte. E ficamos ali batendo papo. Eric iria demorar porque tinha visita de familiares de pacientes do Vale, e ele havia sido convidado para almoçar.

Eu estou no andar de cima quando a campainha toca. Eu grito para Cris, que está lá embaixo assistindo à TV.

– Abra a porta pra mim, Cris, deve ser a Maria. Ela deve ter esquecido alguma coisa.

De repente ouço um grito e a porta batendo. Meu coração vem até a boca.

Escuto Cris subindo as escadas feito uma doida. Ela chega ao meu quarto ofegante, com a cara toda melecada.

– O dr. Lindo tá lá embaixo e eu fechei a porta na cara dele.

Eu não consigo conter o riso; Cris está assim desesperada porque Lucas a viu daquele jeito.

Ela voa para o banheiro para lavar a cara e eu desço as escadas correndo.

Lucas está no meio da sala num misto de quem está assustado e se divertindo muito com a situação.

– Aquela é a dra. Cristina? Ela se assustou comigo?

– Lucas, não seja cínico! Ela está morrendo de vergonha de você.

Lucas sorri, me abraça e me beija. Depois pergunta:

– Tudo bem por aqui? Sentiu minha falta?

Eu me agarro a ele, quero prolongar o abraço que me faz sentir tão segura; perto dele tudo parece tão mais fácil.

Ele se afasta para olhar Cris descendo as escadas, agora com o rosto devidamente lavado.

– Olá, Cris, tudo bem agora? – pergunto.

Cris se aproxima e diz:

– Me desculpe por ter fechado a porta na sua cara... fui uma ridícula!

Lucas sorri e diz:

– Essa foi a porta na cara mais divertida que já levei. Pode apostar.

– É que eu não posso acreditar que conheci o dr. Dream desse jeito – confessa Cris.

Lucas sorri e nos sentamos no sofá.

Ele olha para mim e pergunta:

– E você dra. Tatiana, o que andou aprontando enquanto estive fora?

Eu aproveito a deixa e conto tudo sobre o chaveiro, a cama, os sapatos, o vestido, só omitindo a parte do sonho.

Lucas fica pensativo por alguns segundos antes de falar.

– Eu achava que Suzana guardava tudo isso lá mesmo, acho que era uma maneira de sentir Vivian bem perto dela. Mas claro que isso não é normal. Ela passou dos limites.

Até o momento Cris estava calada olhando para nós dois, mas não se conteve e disse:

– Dr. Lucas, me desculpe a intromissão, mas essa mulher é uma doente, e, embora possa parecer que faz tudo instintivamente, tenho certeza de que, pelo que presenciei hoje, ela faz tudo premeditado.

Lucas nos olha e eu confirmo:

Capítulo 17

– Sim, Lucas, ela montou uma verdadeira cilada para você ficar preso ao passado, revivendo as memórias de Vivian.

– Eu sinceramente não acho que Suzana seja assim tão inteligente para montar tudo isso. Mas já decidi que vou arrumar um lugar para ela morar – diz Lucas. – Já pedi para ver o aluguel de uma casinha lá na terra dos parentes dela. E vou pagar uma aposentadoria até ela começar a receber a sua.

– Eu entendo que ela era quase mãe de Vivian, acho que você deva fazer isso mesmo, só não dá pra aquela mulher continuar vivendo em sua casa.

– O problema, Lucas, não são os móveis, os objetos de Vivian, mas a figura que Suzana impõe na sua vida. Ela é nociva, pode apostar! Conheço esses gestos, são típicos de pessoas obcecadas – reafirma Cris.

Lucas fica intrigado com a história da janela aberta.

– Só não entendo o porquê da janela aberta e sobre a tal cama, pois não havia nenhuma cama. Era só o closet de Vivian. Muito estranho isso!

– Estranho mesmo! E parecia que alguém tinha dormido ali. Estava com o colchão afundado – eu digo.

– É, pelo jeito vou ter de dispensar Suzana ainda esta semana. Vou mandá-la para um hotel até que arrume um lugar para ficar.

Eu abraço Lucas, estou me sentindo aliviada. Ainda bem que ele compreendeu tudo e está sendo rápido em suas decisões.

– Fique tranquila, meu amor. Vai dar tudo certo e vamos virar essa página – ele fala afagando meus cabelos.

O final de semana transcorre bem, decidimos ficar no chalé mesmo, afinal ali me sinto mais protegida.

Acabamos jantando sábado à noite com Cris e Eric e passamos momentos divertidos. Lucas acaba gostando do jeito irreverente de Cris, e até esquece o ciuminho bobo que sente de Eric, acaba percebendo que ele está é mesmo a fim da minha amiga.

Domingo à noite, depois que Cris vai embora, ele me dá uma ótima notícia.

– Vamos quarta que vem para o Amazonas, vou te levar para conhecer a plantação de angoera. Tenho certeza de que você vai se apaixonar como eu me apaixonei.

Fico muito animada, dizem que a plantação é linda, estou ansiosa para ver de pertinho a frutinha que nos faz sonhar...

Capítulo 18

Chego ao Vale na segunda toda animada. Nesse dia, minha primeira paciente é Bete. Ela irá receber alta ainda esta semana, e eu sei que vou sentir sua falta. Não tem como não se afeiçoar aos pacientes. Ficamos tantos dias juntos, a convivência nos aproxima deles. Não há como negar. Mas ela já está mais do que pronta para a vida lá fora, preparada para recomeçar cheia de energia, planos e, o mais importante: o desejo de ser feliz!

Teodora também está indo bem. Dr. Jorge pede para eu aplicar-lhe o teste para saber se ela já pode ser transferida para o Vale dos Bons Sonhos e iniciar o tratamento com o Dreamer. Fico muito feliz, pois ele me comunica que, quando eu voltar da viagem, vou ter mais três pacientes, em Vales distintos.

José está muito feliz e também já iniciou o tratamento com o medicamento Dreamer. Agora ele não tem mais dúvidas, seu sonho é fazer algo ligado à música. Encontro a professora Clarice ao lado do piano, onde José está tocando uma música do Queen que eu adoro: "How Can I Go On". Os dois param para me cumprimentar e eu digo:

– Por favor, continuem, está lindo! – percebo que José está alegre e entusiasmado. Decido só dizer umas palavras e deixá-los lá totalmente envolvidos com a música.

Volto para minha sala e a secretária de Heloísa, que agora também me auxilia, diz:

– A mãe de Lucas, a senhora Maria Helena, ligou, pediu que você retornasse a ligação assim que possível.

Ela me passa o telefone da fazenda e eu ligo imediatamente.

– Olá, Maria Helena, como vão as coisas? Tenho novidades.

– Que bom querida! Tenho novidades também, mas me conte você primeiro.

Então eu conto tudo sobre Suzana, sobre o quarto fechado e a decisão de Lucas de tirá-la de sua casa. Maria Helena ouve tudo em silêncio, sem me interromper. Só ao final ela fala:

– Você não imagina como me deixa feliz em me contar isso. Não aguentava mais meu filho vivendo com o fantasma daquela noiva. E aquela Suzana, só vou descansar quando ela estiver fora desta cidade.

Eu a tranquilizo, explico que Lucas vai alugar uma casa para ela em Taubaté, onde vivem seus parentes.

Então pergunto:

– Mas e a senhora, o que me conta de novidades?

– Querida, em duas semanas será o aniversário de Lucas. Estamos planejando uma festa pra ele na casa de Angra, o que acha?

– Acho ótimo! Ele adora aquele lugar.

– Por isso mesmo. Quero ver aquela casa alegre de novo! O irmão dele está planejando tudo, o Kadu. Ele vai te ligar para vocês combinarem os detalhes. Lucas não tem paciência pra isso.

– Eu imagino – respondo.

– Vamos organizar nós três: você, eu e o irmão dele. Você organiza a lista de convidados amigos de Lucas, por favor? E os seus também!

– Claro, dona Helena! Gostaria de contratar uma banda pra tocar, uma banda que conheço. Pode ser? – eu pergunto.

– Lógico! Eu iria ver isso mesmo, mas, já que você conhece uma, fica por sua conta. Vamos nos falando.

E então dona Maria Helena desabafa:

– Eu sabia que você traria a alegria de volta para meu filho, sou muito grata por isso.

– Não seja grata, eu amo seu filho, amo muito!

– Eu sei – ela responde num fio de voz.

Quando desligamos tenho uma ideia e vou correndo falar com José. Ele ainda está na aula de música.

– José e professora Clarice, preciso de vocês! – e desato a falar num só fôlego. – O Dr. Lucas fará aniversário em duas semanas, vou contratar uma banda para tocar, mas quero cantar uma música pra ele. Fazer uma surpresa, sabe? E você, José, vai cantar comigo!

José me olha espantado.

– Eu? Cantar no aniversário do dr. Dream?

– Exatamente. Vamos escolher uma música juntos e fazer um dueto.

José olha para mim e depois para professora Clarice, como querendo uma resposta dela.

– Vocês podem contar comigo que eu vou ensaiar os dois, e José pode cantar e tocar.

Capítulo 18   203

– Isso! – eu grito e dou um braço em Clarice. Ela é uma fofa, e prossigo com os planos.

– Vou vir todas as tardes que eu estiver aqui no Vale; esta semana vou viajar, mas semana que vem vamos ensaiar todos os dias, ok?

José parece apreensivo, mas entusiasmado, e nós dois nos cumprimentamos daquele jeito que fazem os adolescentes, cheios de tapinhas e soquinhos.

Saio de lá feliz da vida e vou à sala de Pamela, ela poderá me ajudar. E já vai ser um bom teste para ver se ela não está mais implicando comigo.

– Que ideia genial, Tati – diz Pamela. – Vou te ajudar, sim! E por favor, convide seu pai, hein? Sabia que vou pro Rio este fim de semana? Ele me convidou.

Pamela fala com aquele sorrisão e complementa:

– Seu pai é um carioca charmoso demais!

– Tenho de confessar que meu pai é mesmo um gato, e um pai maravilhoso.

– No que ele trabalha, Tati?

– Ele é advogado, tem um escritório de advocacia com mais dois sócios.

– Ah! Por isso ele é bom de lábia – suspira Pamela.

Eu dou risada e nós duas, esquecendo as farpas já trocadas, combinamos tudo para a festa de Lucas.

Encontro Lucas na hora do almoço, estou aflita para saber como foi sua conversa com Suzana.

Ele conta tudo quando nos sentamos para almoçar.

– Ela ficou visivelmente abalada, até chorou. Mas não sei te dizer se eram lágrimas de mágoa ou ódio. Enfim, eu disse que vamos viajar e que voltaremos no domingo e que ela tem até sexta para se mudar para o hotel. Já pedi para Kelly providenciar tudo isso pra mim.

Percebo que Lucas também parece aliviado, e ele solta um longo suspiro.

– Amor, você fez o que tinha de ser feito, ela estava indo longe demais.

– Como dizia Paul Valerie: "Se o passado não morrer, o futuro não nasce" – eu digo.

– Já pedi também para Kelly ver uma imobiliária para alugar uma casa em Taubaté – ele explica.

– Fez bem, apesar de ela ser uma mulher nociva, era praticamente a madrasta de Vivian.

– E assim espero colocar um ponto final e virar a página, começar uma vida nova com você – ele desabafa.

– É tudo o que eu quero, ver você livre do passado.

Ele segura minhas mãos sobre a mesa, talvez seja essa a primeira página que ele está virando para uma nova vida. E me olha com os olhos cheios de ternura.

Enfim chega quarta-feira e lá está Bob nos aguardando; vamos ao aeroporto de Guarulhos. Ainda é muito cedo, o sol está nascendo e a vista panorâmica do helicóptero é mágica. Um dia frio de inverno, mas que promete ser de sol, e percebo os tons alaranjados surgindo atrás das montanhas. Lucas está daquele jeito que parece ter acabado de sair do chuveiro, cabelo ainda molhado. Assim todo informal, fica ainda mais irresistível, se bem que Lucas fica lindo sempre; adoro também vê-lo com roupa social e o avental branco por cima. O grande problema é que não sou só eu que acho isso.

Chegamos a Manaus depois de quase quatro horas de voo. A temperatura local deve estar fácil passando dos 30°C.

Estamos hospedados no Tropical Hotel que fica no coração da Floresta Amazônica, às margens do Rio Negro. Lucas reservou a suíte nobre, que me encantou pelo estilo romântico, com paredes rosadas, colchas florais e poltronas cor de goiaba.

Abro a porta ampla da varanda, é muito bom respirar o ar tão puro e úmido. Vejo com surpresa um casal de araras coloridas numa das árvores do hotel. E, desfilando bem à minha frente, uma borboleta nas cores amarela e preta. Não posso deixar de constatar como nossa natureza é exuberante.

Lucas já está com nosso roteiro do dia pronto: vamos almoçar no hotel, depois uma caminhada e, em seguida, passeio de barco.

Capítulo 19

O almoço é delicioso e leve à base do peixe tambaqui. Saímos para uma caminhada, Lucas já conhece uma trilha e me guia. Passamos por uma área de mata densa, quase não dá para ver o céu por causa de tantas árvores, e o que me impressiona é o número de cachoeiras pelo caminho. A caminhada é tranquila, feita mesmo para turistas, com o chão em cascalho e uma cerca de cordas para nos separar da mata. Lucas me mostra alguns pés de guaraná.

Depois retornamos ao hotel onde pegamos um barco; fico encantada com a cor da água do Rio Negro, tão escura, mas, quando pego na mão, ela é limpa e transparente.

Tudo ali é exuberante, a mata, o colorido, as águas; Amazonas é o nosso paraíso na Terra.

Na manhã seguinte, após o café, pegamos um helicóptero que irá sobrevoar a área de plantação de angoera. O helicóptero é de um dos donos da fazenda que gentilmente nos ofereceu essa viagem panorâmica. Na verdade, a fazenda tem sociedade com o laboratório Clearly.

Eu não posso acreditar no que vejo, a plantação de angoera é de perder de vista. São árvores de aproximadamente dois metros de altura com flores formando cachos.

Depois de uns bons minutos sobrevoando, enfim descemos em uma área próximo a uma residência.

Lucas me apresenta um dos donos da fazenda e depois seguimos a pé até o início da plantação. Paramos sob uma árvore que está carregada do fruto angoera, que é pequeno e de um azul-violeta. Parece um cacho de uva, só que bem mais firme e de cor bem mais viçosa.

Lucas coloca alguns numa cestinha e pede para eu provar.

– Tem certeza de que isso não vai me fazer sonhar com ETs?

– Claro que não. Se tiver de sonhar, pode acreditar que será um sonho revelador – ele diz sorrindo.

– Humm, é uma delícia! – eu falo. E acabo comendo o cacho todo. Lucas me explica que a angoera tem uma autoproteção contra predadores. É uma fina camada de cera, que deixa a fruta ainda mais exótica.

Somos convidados para almoçar na fazenda, e Lucas já tem planos para em seguida me levar para conhecer a tribo cujos nativos lhe apresentaram a angoera.

Lá vamos nós dois agora de jipe, também cortesia da fazenda, com um motorista-guia que vai nos mostrando e explicando tudo de diferente que vemos pelo caminho.

Chegamos à aldeia Guaraci, agora conhecida como Vila Angoera, na verdade são nativos, mas já bem integrados aos nossos costumes.

As mulheres estão com vestidinhos de juta e chinelos de couro. Noto que elas têm braços fortes, com pinturas de duas linhas negras neles. As crianças vestem roupinhas bem coloridas de tecido de chita, as meninas com dois riscos vermelhos ao lado dos olhos e os meninos, com duas linhas amarelas. Não vejo nenhum homem por ali. As casinhas só lembram uma oca porque são cobertas por sapé, mas são feitas de madeira. E são bem graciosas, com redes coloridas nas pequenas varandas.

Lucas me leva para uma oca central, que é uma espécie de loja onde é vendido o artesanato. Há redes de diversos tamanhos e cores, vasos de barro, cestaria. Há alguns turistas por ali, e muitos são estrangeiros.

O laboratório Clearly incentivou o turismo, primeiramente dando condições de trabalho para todos.

Eu pergunto para Lucas intrigada:

– Por que não há homens por aqui?

– Eles trabalham na plantação da angoera. Depois que a planta foi descoberta, fez-se um planejamento junto aos fazendeiros para que aproveitassem o trabalho local. E nada melhor que os nativos para saber como cultivar a planta – explica Lucas.

– Nossa, Lucas! E pensar que tudo começou com a sua descoberta.

– Eu fico feliz de ter podido contribuir com essa gente; quando estive aqui há dez anos, era uma aldeia muito pobre.

Vamos para uma área de alimentação, uma grande construção feita de toras de árvores coberta de sapé e com mesinhas.

– Esse aqui é o restaurante cinco estrelas deles. Vamos nos sentar?

Sentamo-nos numa mesa de madeira rústica, com cadeira de madeira e sapé. Nada confortável, mas muito charmosa.

Capítulo 19

Escolho um doce à base de milho e mandioca, e a índia me sugere que eu jogue um molho de pimenta por cima. Ainda bem que sou prudente e coloco só uma gotinha, que já é capaz de me fazer sentir quente e vermelha. Nunca tinha experimentado nada igual, e olha que já havia provado pimenta baiana e mexicana. Mas aquela pimenta é o cão.

Lucas dá muita risada da minha cara, eu fico brava, e não adianta tomar água, parece que a pimenta vai ficando mais forte.

– Coma um pedaço de pão – ele sugere. – Só assim vai sair o ardor.

– Por que não me avisou antes? E se eu ponho muita pimenta?

– Achei que como você é apimentada iria gostar.

– Há, há, há... que engraçado! Não gostei da piada.

– Mas você ficou linda com a cara vermelha, a sua boca está uma delícia assim vermelha.

– Estou é com os lábios inchados. Estão ardendo.

De repente começam a chegar os homens, todos de camiseta verde com a foto da planta angoera estampada na frente. Eles tomam conta das mesas e pedem bebida. Para minha surpresa, é cerveja.

Olho espantada e Lucas sorri antes de me explicar:

– É cerveja, sim! E eles podem beber, afinal não vão dirigir.

– Nossa! Esses índios são bem moderninhos, né? Que mais eles têm aqui? Uma hidromassagem?

– Não, mas tem um tipo de *spa* natural.

– Tá brincando?

– Vamos até lá, você vai adorar.

– Vou adorar igual à pimenta?

– Não, acho que lá você vai gostar de verdade!

Ele me pega pela mão, atravessamos uma ponte sobre um riozinho e chegamos a uma casinha muito graciosa, como as outras de madeira coberta de sapé, mas a porta de entrada tem o formato de um coração. E uma plaquinha escrita "Oca do Amor".

Uma índia bem bonita num vestido florido tomara que caia nos recebe à porta e nos mostra um menu de massagens.

Não posso acreditar no que leio, há o ritual do banho de cachoeira com ervas, ritual de pedras quentes, ritual de banho na lagoa quente e um tal de ritual do amor.

– Queremos esse! – Lucas escolhe.

Eu fico perplexa e pergunto para ele:

– Você conhece, já fez?

– Claro que não, quero conhecer com você.

A índia dá um sorrisinho malicioso e pede para acompanhá-la.

Entramos numa sala coberta de tecidos coloridos e, no chão, um tatame de casal para massagem. Ela nos oferece roupas de banho: para mim, um biquíni preto e, para ele, uma sunga.

Deitamo-nos lado a lado e duas índias jovens se apresentam para a massagem.

Elas passam um óleo com cheiro suave e agradável e fazem uma massagem relaxante usando as mãos e os pés.

Fico surpresa com a técnica; já fiz muita massagem, mas não saberia dizer que técnica é aquela, só sei dizer que me sinto bem relaxada ao final.

Depois somos levados para um grande ofurô, só que o detalhe é que fica próximo a uma cachoeira. Entramos na água quente ouvindo o barulho forte da água que cai. Não consigo nem imaginar quando na vida eu senti uma sensação tão gostosa.

A índia nos deixa lá a sós. Assim que ela sai, Lucas me agarra.

– Você tá muito deliciosa, Tati – e me dá um beijo quente.

Ficamos ali nos amassando quando uma das índias retorna com toalhas e roupões de banho. Eu tenho frio quando saio, posso sentir as gotículas da cachoeira sobre o meu corpo.

Ela me leva para um vestuário feminino e me oferece um vestido parecido com o dela, florido e tomara que caia. Tenho de vesti-lo sem nada por baixo, porque minhas roupas ficaram em outra sala. Há também uma flor natural, que coloco no cabelo como elas fazem. Ao sair encontro Lucas ainda de roupão.

– Você tá muito gostosa, Tati!

Então na maior naturalidade, coisa que talvez seja característica dos índios, ela nos leva até a chamada "Tenda do Amor", como indica a porta. Lucas abre com pressa e me puxa para dentro. Sem dizer uma palavra, ela se afasta e nos deixa sozinhos. A tenda é decorada com um tatame no chão coberto de pétalas de rosas.

Lucas joga o roupão ao chão, ele está total e lindamente nu, me pega no colo e levanta meu vestido.

– Eu sabia que você estaria sem calcinha, você está quente e deliciosa. Este seu vestidinho, humm. Vou te comer muito!

Em segundos nos jogamos no tatame para mais uma transa louca.

Ao sairmos, a recepcionista nos leva para a sombra de uma árvore, coloca uma arara colorida em meu ombro e bate uma foto de nós dois com os rostos colados. Esses índios não são nada bobos, aprenderam direitinho como agradar e arrancar grana dos turistas. Enfim, pagamos pelo serviço todo e, claro, pela foto que ficou linda. Eu naquele vestidinho sarongue sou a cara da felicidade. Aproveito também para comprar um colar colorido para Cris e brincos de pena, sei que ela adora essas coisas. Levo também mais umas lembrancinhas.

Quando enfim chegamos ao hotel, sinto-me leve como uma folha ao vento. Nada como transar no meio da natureza, algo inenarrável.

Mas, para dormir, prefiro a boa e velha cama. Caio morta de cansaço com tantas emoções do dia.

Estou à beira do penhasco olhando o mar que bate nas pedras. Está muito frio para eu estar na praia. Na verdade, é um dia chuvoso e cinza. Pergunto-me o que eu estaria fazendo ali. Sinto um arrepio e me viro para ver quem está atrás de mim. É ela: Vivian com a aparência horrível, olhos vermelhos, grandes olheiras, o vestido de noiva todo rasgado e sujo, os pés descalços.

Ela vem em minha direção com um sorriso maligno, estendendo as mãos. Eu não tenho para onde fugir, sei que ela quer me empurrar, mas me sinto encurralada. Então surge outra figura num vestido azul-claro, à sua volta uma luz brilhante, quando vejo seu rosto terno e um leve sorriso. Ela está linda, doce, serena, é minha mãe. Ela se aproxima de nós duas. Vivian se afasta. Minha mãe segura minhas mãos e me beija na testa, depois me dá um abraço carinhoso, passando a mão pelos meus cabelos. Ela não diz nada, mas sinto sua presença intensa. Ela então se dirige a Vivian, pega em sua mão com carinho, passa a mão em seu rosto e a olha firmemente nos olhos. Vivian começa a chorar, minha mãe a abraça. Em seguida ela conduz Vivian para segui-la. Faz um sinal de adeus e me sopra um beijo. Vejo as duas saírem e sumirem juntas.

Acordo chamando por ela:

– Mãe, mãe, volte!

Lucas me abraça, eu começo a soluçar. Até aquele momento não tinha me dado conta de como sentia saudade da minha mãe, do seu toque, do seu olhar doce, até do seu perfume.

– O que foi, meu amor? Sonhou com sua mãe?

– Sim, sonhei. E ela estava com Vivian.

– Com Vivian?

– É. Vivian estava com a aparência escura, suja, horrível. Minha mãe a levou, ela partiram juntas.

Então um pensamento rápido me percorre: lembro-me de ter tomado a angoera.

– Lucas, a planta, a angoera! Foi ela, não foi?

– Acho que a planta só ajudou você a esclarecer o que estava no seu subconsciente.

– Me deu tanta saudade da minha mãe. Ela estava tão linda!

Lucas me abraça como se eu fosse uma criança, aquela menininha que perdera a mãe tão cedo. Ele me aninha em seus braços e só consigo relaxar assim, agarrada a ele.

Escuto-o sussurrar em meu ouvido várias vezes:

– Eu te amo!

E ali nos seus braços, ouvindo as batidas do seu coração, sinto que é o meu melhor refúgio, o meu melhor lugar no mundo.

Capítulo 20

Acordamos cedo na sexta-feira, fomos tomar café e já tínhamos planejado um passeio de barco até o encontro das águas entre o Rio Negro e o Solimões. Lembro-me das minhas aulas de geografia sobre o fenômeno no qual os dois rios correm lado a lado sem se misturarem por uma extensão de seis quilômetros.

O telefone de Lucas toca.

– Oi, como vai, Sérgio? – ele pergunta.

Ele me olha nos olhos enquanto escuta Sérgio falando. É o rapaz que ele contratou para levar Suzana ao hotel e depois deixar suas coisas num depósito.

– Muito obrigado. Eu vou ligar pra ela. Você fez um ótimo serviço. Depois nos falamos quando eu chegar em casa – Lucas fala.

Então ele desliga o telefone e me conta.

– Suzana está deixando a casa. Sérgio está lá para levá-la ao hotel com seus pertences. Vou ligar pra lá, ok?

Eu faço sinal afirmativo com a cabeça, nem acredito que estamos nos livrando desse pesadelo.

– Olá, quem é? Pode chamar sua tia então?

Lucas me explica rapidamente que é o sobrinho dela, um tal de Miro, que atendeu ao telefone.

Alguns segundos e Suzana já está ao telefone. Ouço-o dizer:

– Entendo Suzana. Muito bem, assim que encontrarmos uma boa casa para você em Taubaté, vou mandar deixá-la arrumadinha para você morar, e perto dos seus parentes. Fique tranquila, que nunca ficará desamparada – ele a conforta.

Lucas desliga e solta um suspiro; percebo pelo seu semblante que ele parece aliviado. Suzana parecia ser uma dívida de gratidão impagável, mas felizmente arrumamos uma maneira digna de ela sumir de nossas vidas.

Decidimos dar o assunto por encerrado e sair para o passeio de barco. A manhã está quente, mas agradável, e eu estou me sentindo bem, parece que aquele sonho serviu de conforto para mim. Não entendo o porquê, mas sei que, onde ela estiver, minha mãe estará olhando por mim.

Chegamos a São Paulo no fim da tarde e, como sempre, o nosso querido Bob está lá nos esperando.

– Olá, Bob! – eu digo. – Você nunca se atrasa?

– Atraso sim, sempre para o jantar, e minha mulher fica uma fera!

Damos risada os três e eu lhe entrego uma sacolinha.

– Uma lembrancinha pra você – eu digo.

– Pra mim? – ele pega todo surpreso. – Oh, dra. Tatiana, nem precisava.

– São algumas coisinhas do artesanato indígena. Abra o embrulho azul, esse eu pedi pra fazer especialmente pra você.

Ele abre o pacote azul todo desajeitado. É um colar feito de couro com um pingente entalhado em pedra encontrada nas margens dos rios, e eu havia pedido para fazer um entalhe vazado de um helicóptero.

– Nossa, dra. Tatiana. Assim não sei nem o que dizer. Muito obrigado!

– De nada, Bob. E os outros presentes são para sua mulher e para o seu bebê.

Lucas está sorrindo, o que tranquiliza Bob, de certo. Ele pensava que Lucas não tinha gostado do meu gesto.

Mas Lucas quebra o clima dizendo:

– A Tati escolheu um chocalho de madeira lindo para seu bebê, acho que ele vai gostar de fazer barulho.

– Obrigado, dr. Lucas.

Enfim subimos no helicóptero. Quero ir logo para Campos, pois marquei de conversar com todos os parentes de dona Teodora no sábado pela manhã, e quero estar lá na hora certa. Sei como Teodora é rígida com horários. E também é o último dia de Bete, não posso perder isso por nada.

Lucas decide ir dormir em sua casa, afinal ele quer ver como Suzana deixou tudo por lá, e eu acabo adormecendo cedo no meu chalé.

A manhã de sábado está fria e cinza, já é final de julho, a temperatura com certeza não deve estar passando dos 8°C. Coloco um casaco pesado e botas. Aproveito que tenho um tempo para olhar as mensagens no meu celular. Há uma do irmão de Lucas.

Olá, dra. Tatiana, ou devo chamá-la de cunhada? Sou o irmão de Lucas. Me ligue, por favor, precisamos combinar sobre o aniversário do maninho. Bjs, Kadu.

Capítulo 20

Lucas sempre fala do irmão mais velho com carinho, acho que Kadu tem uns dois ou três anos a mais que ele. Só sei que é casado com Alessandra, a quem Lucas chama carinhosamente de Alê. Sei que ele é engenheiro agrônomo, que tem um filhinho de 2 anos, o Bruno, e que mora na fazenda onde administra tudo com o pai deles.

Acho melhor ligar mais tarde, ainda é muito cedo. De repente, o restaurante começa a encher com a chegada dos parentes, e enfim chegam juntas as filhas de Teodora, Marlene e Noêmia, acompanhadas dos maridos, Romeu e Oscar.

Eu os convido para o café da manhã, e eles querem ter uma conversa comigo e com Lucas em seguida.

Noêmia parece animada com os avanços da mãe e me conta que ela parece estar mais alegre, mais entusiasmada.

Marlene já é um pouco mais pessimista, diz que vê a mãe mais feliz, mas que não entende a aversão que ela tem pelos genros.

Eu tento explicar que na verdade Teodora é uma pessoa muito dominadora, quer ter o controle de tudo, e que o que ela sente pelos genros é puro ciúme delas, as filhas. Ela não gosta de dividir o afeto com ninguém. Em seguida, chegam Lucas e dr. Jorge, que se juntam a nós na mesa do café. Continuamos falando sobre Teodora, seus avanços e o que ela ainda precisa melhorar.

De repente começa a cair uma chuva pesada, e ficamos presos no restaurante, quando então o telefone do dr. Jorge toca.

– Sim, Rodrigo, pode falar!

Percebo que dr. Jorge fica apreensivo.

– Como assim sumiu? Ninguém sabe pra onde ela foi? Ninguém a viu saindo?

Ele nos olha preocupado e responde ao telefone:

– Vou verificar com os seguranças do Vale, com essa chuva ela deve ter se refugiado em algum canto.

Eu fico aflita e pergunto:

– O que houve? É algo com Teodora?

– Sim! O psicólogo Rodrigo disse que ela não está em seu quarto e que estava procurando-a por todos os lados em que ela gosta de andar, mas que não a encontrou.

Eu dou um pulo da mesa. Prefiro não acreditar no que estou suspeitando.

– Calma, Tatiana, vamos avisar todos os seguranças, ela deve estar por aí – Lucas tenta me acalmar.

O sr. Oscar então pergunta:

214   Entre Olhares

– Tem como ela sair daqui sozinha?

– Impossível! Há seguranças por todos os lados e o Vale é todo cercado – responde dr. Jorge.

Começo a ficar mais nervosa, agitada. Uma ideia me ocorre. Meu Deus! E se ela decidiu ir para lá, para o "Vale das Hortênsias", como ela chama?

Os seguranças aparecem e nada de Teodora. Então eu tenho de contar o que sei.

– A dona Teodora uma vez me levou a um lugar aqui próximo, aqui no sítio vizinho. Ela estava encantada com uma plantação de hortênsias. Achei o caminho perigoso e a adverti de que nunca mais fosse pra lá.

Noêmia grita:

– Minha mãe nunca obedeceu a ninguém e, se querem saber, pelo que conheço dela, deve ter ido pra lá. E agora com o temporal não consegue voltar.

Lucas liga imediatamente para os bombeiros e sai da mesa. Em minutos, volta com três capas de chuva e pergunta:

– Quem vem comigo procurar Teodora?

– Eu! – sou a primeira a gritar. – Eu sou a única que conhece o caminho para o tal lugar.

– De jeito nenhum, Tati. Agora o barro está escorregadio e muito perigoso – contesta Lucas.

– Não tem outro jeito, Lucas, só eu posso guiar vocês até lá.

Lucas então, mesmo contrariado com minha decisão, me passa uma capa de chuva. Vamos os três, Lucas, eu e o sr. Oscar.

Caminhamos primeiramente sobre a grama, cruzamos as plantações de azaleias do Vale da Insônia e enfim chegamos à pequena trilha que circunda a montanha. O barro está escorregadio e ainda bem que estou de botas com solado de borracha.

Eu vou atrás dos dois indicando o caminho; por várias vezes escorregamos, ou atolamos os pés, fico com barro até os joelhos.

Enfim, lá do alto, vemos o rio e a ponte que leva até a plantação de hortênsias. Lucas pede para que eu fique ali. Eu desço só mais um pouco e vejo Teodora. Ela está presa do outro lado do rio, e a pequena ponte está quase submersa sob as águas correntes. O rio está transbordando. Ela está escondida sob uma árvore, mas vejo que está encharcada, tremendo de frio. Lucas e Oscar correm para a ponte. Quando Lucas vai tentar atravessar, Oscar o detém e grita:

– Ela é minha sogra, deixe que vou buscá-la.

Ele coloca um dos pés sobre a ponte, mas perde o equilíbrio e cai no rio gelado e barrento; com sacrifício, alcança o outro lado do rio e chega onde está dona Teodora. Ele a abraça com carinho e a pega no colo como uma criança.

Nesse momento os bombeiros chegam. Com uma escada, fazem uma ponte para poder atravessar o rio. Mais bombeiros atravessam e colocam dona Teodora numa maca, e ajudam Oscar a voltar.

No caminho de volta para o Vale, Lucas sobe me empurrando, pois estou com muito frio e exausta. Não consigo parar de pensar que a culpa tinha sido minha, que eu deveria ter avisado disso tudo para dr. Jorge e para Lucas.

Dr. Jorge guia os bombeiros para o centro de pronto-atendimento. Lucas, eu e Oscar vamos direto para o prédio de apartamentos onde podemos tomar banho quente e nos trocar. Vestimo-nos com roupas destinadas aos pacientes que fazem exames, mas pelo menos estão secas. Dr. Jorge havia pedido para o psicólogo Rodrigo ir comprar malhas quentes na cidade.

Logo estou com uma blusa verde grossa de lã, gorro e luvas. E na minha cabeça martelando o gesto e a coragem do genro de dona Teodora, o sr. Oscar, aquele que ela criticava tanto!

Encaminho-me para o quarto onde Teodora está recebendo atendimento; ela está deitada, já acomodada na cama, semilevantada. Ao seu redor estão suas filhas, o genro Romeu, dr. Jorge e Rodrigo.

A filha Marlene está dizendo para a mãe como ela fora imprudente. Dr. Jorge a interrompe observando que agora não é o momento para acusações, que o importante é que Teodora está bem.

Então entra Lucas com uma malha grossa igual a minha, só que branca, e Oscar vem em seguida com uma malha azul.

Aproximamo-nos de Teodora.

– Dona Teodora! – eu digo. – Por que voltou lá sozinha? Sabia que o lugar era perigoso.

Ela me olha com um olhar como se estivesse arrependida.

– Juro que não fiz por mal; acordei cedo, estava com vontade de caminhar. E me deu vontade de ver as hortênsias.

Ela então observa como nós três estamos vestidos.

– Vocês três vão sair daqui para cantar em algum lugar? Minha nossa! Estão horríveis!

Todos riem. E Rodrigo tenta se explicar.

– Foi a primeira loja de malhas que encontrei, só tinha esse modelo. Então decidi trazer uma de cada cor.

– Ainda bem que você é ótimo psicólogo – brinca Teodora. – Porque, se fosse estilista, iria morrer de fome.

Todos riem e Rodrigo fica todo sem graça.

– Eu adorei a minha malha – eu digo. Está superquentinha, e esse verde está na última moda.

– Em Marte deve estar mesmo! – Teodora ironiza.

– Ainda bem que você está com a verde – diz Oscar. – Eu não visto verde nem a pau; me lembra o Palmeiras. E eu sou corintiano roxo.

– Então o Rodrigo pelo menos acertou, a minha é a branca do Santos – diz Lucas.

Na verdade olho para Lucas que, mesmo naquela malha desengonçada, continua lindo.

Teodora então diz:

– Oscar, venha aqui pertinho.

Oscar se aproxima e ela pega em sua mão antes de perguntar:

– Por que se arriscou daquele jeito por mim?

– Porque a senhora é muito importante para minha mulher, sua filha Noêmia, e ela não iria me perdoar se eu não socorresse a senhora.

– Só por isso?

– E porque, apesar de não gostar de mim, e ser muito dura e teimosa, a vejo como minha mãe, ela era muito parecida com a senhora. E porque meus filhos, seus netos, a amam muito.

Percebo que tanto Oscar como Teodora estão com lágrimas nos olhos e, quando olho ao redor, todos estamos. Teodora então abre os braços para receber Oscar. Ela beija sua careca e diz:

– Muito obrigada! Acho que eu sempre precisei ouvir isso! – e continua: – Mas você está ridículo com essa roupa!

Noêmia a repreende:

– Mamãe!

Lucas então fala:

– Dona Teodora. Já nesta segunda-feira vou mandar trazer sementes de hortênsias, e a senhora e o jardineiro vão arrumar um canto para plantá-las.

– Eu agradeço, dr. Lucas, mas aquele seu jardineiro é muito chucro.

Lucas sorri.

– Então, por favor, dona Teodora, ensine-o. Ele não deve entender nada mesmo sobre hortênsias.

Eu fico observando a cena. Como aquele incidente serviu para mostrar a Teodora como ela é realmente querida pela família. Lucas me lança um olhar de quem também percebeu isso e me dá uma piscada.

Enfim saímos e deixamos somente a família reunida.

– Lucas, sinto-me culpada, deveria ter avisado que Teodora havia me mostrado aquele lugar.

– Não se sinta culpada. A segurança do Vale é que vacilou em não perceber que precisávamos de uma cerca ali. Agora isso não vai mais acontecer.

Caminhamos para sua sala, Kelly nos serve um chá quente e biscoitos. Eu então revelo os planos de sua mãe em relação ao seu aniversário, e que seu irmão Kadu, Pamela e eu estaremos organizando tudo.

Ele me abraça e diz:

– Meu primeiro aniversário com você, quero mesmo que seja especial! Esse vai ser o primeiro de muitos.

Capítulo 21

Estamos agora no consultório de Lucas no Vale.
– Você me passa uma lista de amigos que o resto eu organizo tudo.

Ele entra no seu e-mail e diz que vai me enviar uma lista que já tem todos os seus amigos.

– E você? Não vai convidar seus amigos?
– Tenho poucas amigas, mas vou convidar.
– Não se esqueça do meu sogro!
– Claro que não! – nem havia lhe contado a novidade. – Acredita que Pamela foi passar o fim de semana lá no Rio a convite de meu pai?
– E você não acha bom? – ele pergunta.
– Acho! Assim ele já se livra daquela oportunistazinha da Luiza.
– Bom, pelo menos isso Pamela não é, oportunista – ele fala.
– É, acho que não – concordo. – Mas não consigo digerir a ideia de meu pai estar saindo com uma mulher que já foi pra cama com meu namorado.
– Pare com isso, Tati! Você está sendo infantil!
– Imagine a cena! Minha madrasta já dormiu com meu namorado! Aff!
– Ah, deixe de ser boba, Tati, venha aqui.

Ele me coloca em seu colo e diz:
– Você tá lindinha de verde!

Abraçamo-nos e rapidamente dou um pulo do seu colo porque sei que Lucas, se eu deixar, já vai começar com a mão boba, e eu tenho de ir me despedir de Bete. Ela está indo embora da clínica, enfim recebeu alta.

Bete está com os filhos e o ex-marido se despedindo de dra. Heloísa, dr. Eduardo e por certo estava me aguardando.

Eu quando a vejo nem consigo falar nada, só nos abraçamos.

– Obrigada por tudo, Tatiana, encontrei em você não só uma médica, mas também uma amiga. Foi reconfortante ter você a meu lado. Você me abriu os olhos e me fez enxergar muitas coisas. Obrigada de coração.

Eu entrego um pequeno presente para Bete e digo:

– É para você não se esquecer de mim!

Bete abre a caixinha que tem uma minipoltrona de veludo em tom rosé, igual à que tenho em minha sala, onde Bete se deitava para contar os seus sonhos.

– Vou colocar ao lado da minha cama, foi nessa poltroninha que aprendi a ter bons sonhos e a acreditar em mim mesma.

Abraçamo-nos mais uma vez, e eu fico com lágrimas contidas, feliz por Bete, feliz por mim, feliz por ter podido cumprir minha primeira missão naquele lugar tão único, que é o Vale dos Sonhos.

Sigo para o chalé para me trocar, pois Lucas foi fazer o mesmo em sua casa e logo virá me buscar para irmos almoçar. Dessa vez decidimos ficar em Campos mesmo, ainda estamos cansados da viagem. Aproveito para ligar para o irmão de Lucas.

Ele atende todo animado.

– Olá, Tatiana! Até que enfim vamos nos conhecer.

– Olá, Kadu! Também não vejo a hora de conhecer a família do Lucas.

– Querida, me passe a lista de convidados, quero ter um estimativa de quantas pessoas irão.

– Claro, passo sim. Já falei com Lucas e a dra. Pamela também disse que vai ajudar.

– Ótimo! Vamos nos falando, ainda temos duas semanas.

Em seguida ligo para Cris, ela fica toda animada.

– Claro que vou falar com a banda do Juninho; eles tocam bem pra caramba, são animados e tem um DJ que é fera! – Cris fala.

– Como chama mesmo a banda do Juninho? – pergunto.

– Bom, eles já mudaram o nome uma centena de vezes. Você sabe que são todos médicos, que têm a banda só por diversão, né? O nome da banda é "Doutores sem Jaleco".

– Sim, eu sei, por isso achei ideal pra tocar no niver do Lucas, mas aff, que nome ridículo!

Cris solta uma gargalhada.

– É horrível mesmo, mas eles mandam bem! Lembra na nossa formatura?

– Então me passa o telefone do Juninho, vou acertar data, horário, cachê! Será que eles estarão disponíveis? – pergunto.

Capítulo 21

–Ah, acho que sim! Eles só tocam em festa de médico mesmo! – Cris responde.

Então, eu conto para Cris sobre minha viagem ao Amazonas e sobre meu pai e Pamela.

– Tomara que seu pai tenha dado um pé na bunda daquela vaca da Luiza, logo vi que tinha jeito de piranha.

◇◇ ◇◇

Desligo o telefone cheia de planos e ligo para Juninho; ele fica tão animado com a possibilidade de tocar no aniversário do dr. Dream, que quase nem quer cobrar cachê, ainda mais que fica sabendo que vai ser na ilha do Lucas em Angra. Eu insisto e digo que queremos pagar algo e também o transporte. E, pelo que Juninho diz, já está certo de que irão, mas ele já vai falar com os outros integrantes.

Explico que vou querer cantar uma música para o Lucas de surpresa, e que irei treinar com uma professora do Vale e um paciente que canta bem.

Lucas chega e eu já estou pronta, desta vez com uma roupa menos chamativa que a malha verde. Estou de calça cinza e moletom rosa. Bem à vontade para um sábado frio e chuvoso. Vamos almoçar uma massa deliciosa, e ele me conta:

– Lá em casa está tudo bem. Suzana levou tudo o que era dela. Pedi para a Laís dar um toque para deixar a casa mais aconchegante, acho que você vai gostar.

Realmente quando entro na sala já sinto o ambiente mais leve. Laís espalhou vasinhos floridos pela sala e, quando olho para a parede próximo à lareira, tenho uma grande surpresa.

Lá está uma foto gigante do meu aniversário de 15 anos. O retrato que ele pediu emprestado para meu pai. Eu com o olhar doce de menina, o sorriso levemente aberto com lábios pintados de rosa-claro. O cabelo preso caindo sobre um ombro.

Ele para e olha para a foto.

– Eu me atrasei hoje para chegar ao Vale porque estavam instalando-a ali, ou melhor, você ali, e eu não conseguia parar de olhar.

Meus olhos se enchem de lágrimas, eu pulo em seu pescoço e lhe dou um beijo carinhoso.

– Agora esta casa também é sua, é nossa.

Enxugo as lágrimas com os punhos da blusa.

– Desculpe, estou muito chorona ultimamente.

– Você está muito linda ultimamente! E eu te amo!

Capítulo 22

Minhas aulas de canto com Clarice e José são muito divertidas, mas ainda estou em dúvida que música cantar.

Eu e José treinamos algumas canções no piano, depois no violão. José está mandando bem nos dois instrumentos, eu é que não tenho muita afinação, seja qual for a música. Tenho de ensaiar muito!

Clarice sugere a música que Ana Carolina canta com um americano, o John Legend. A canção é "Entreolhares", a letra é perfeita.

Há a parte da Ana em português, a qual seria a minha, e a parte do John ficaria com José cantando e tocando violão.

Então "batemos o martelo", decidimos por essa! E agora temos de ensaiar muito em cima da letra, ritmo, melodia. Eu só fiz aula de canto quando era pequena, quando tinha uns 8 ou 9 anos, mas tinha sido só por brincadeira. A professora Clarice fala que tenho uma boa voz, que sou afinada, que só preciso treinar, mas fico na dúvida: será que ela não quer só me agradar? Estou morrendo de medo de pagar mico na festa diante de todo mundo. Mas não vou desistir! Agora comecei, vou até o final.

Nesta semana. dr. Hélio me apresenta os meus três novos pacientes, um em cada Vale diferente; ele diz que já estou pronta para todos. Isso me ocupa bastante, e ainda tenho de ensaiar pelo menos umas duas horas por dia. Algumas vezes durmo no chalé sozinha quando Lucas viaja, outras vezes dormimos em sua casa.

Enfim, chega a sexta-feira, um dia antes do aniversário. Eu checo com Juninho para saber se está tudo acertado com a banda. Verifico a lista de convidados confirmados, converso com Kadu e dona Maria Helena sobre os últimos detalhes. Já está tudo certo: a lancha para transporte dos convidados, o bufê, decoração, isso tudo eles organizaram. Estou mesmo nervosa por ter de cantar. Aviso Lucas que convidei José para fazer parte do conjunto de músicos e a professora Clarice, e digo que é para motivá-lo, para ele sentir se é isso mesmo que ele quer, seguir na carreira da música. Eu acredito que José só saberá se subir num palco, com pessoas lhe assistindo cantar e tocar. Sei que será um desafio e tanto para ele. Mas não conto para Lucas sobre minha participação, essa parte tem de ser surpresa, e espero que seja uma surpresa boa.

Sábado cedinho Bob já me aguarda, vou antes de Lucas, quero estar lá para receber os músicos e organizar tudo. José e a professora Clarice vão comigo. José parece bem mais calmo do que eu.

Os primeiros a chegar são dona Maria Helena, o pai de Lucas, sr. André, um senhor alto, forte, sorriso largo. Ele logo me abraça e diz:

– Bem que Heleninha falou que você era linda. Meu filho tem bom gosto! Puxou ao pai.

– Olá, sr. André. Muito prazer – respondo timidamente.

– Eu disse pra Heleninha fazer a festa do menino lá na fazenda, olha a trabalheira fazer isso aqui!

Acho engraçado ele chamar Lucas de "menino"; para os pais nós nunca crescemos.

Na sequência, aparecem a governanta Mercedes e o caseiro Roberto.

Os pais de Lucas os cumprimentam com muito carinho. Vejo que Mercedes está com lágrimas nos olhos.

– Até que enfim esta casa está cheia de gente e com festa de novo – desabafa Mercedes. – Eu já tinha perdido as esperanças.

Dona Helena me abraça e diz:

– Devemos tudo a esta doutora aqui. Ela é responsável pelo renascimento do meu Lucas.

Fico toda sem graça porque os quatro estão me olhando e balançando a cabeça afirmativamente. De repente, escuto um barulho de helicóptero, lá vem Bob de novo agora trazendo Lucas, Kadu, a mulher e o filhinho deles, o Bruno.

Vejo de longe Lucas caminhando ao lado de um rapaz loiro, alto, da mesma altura dele. Forte e bronzeado, jeans, botas, com um garotinho no colo, só pode ser Kadu.

Ele é uma versão *cowboy* de Lucas, o mesmo sorriso, mesmo porte, apesar do cabelo loiro, que deve ter puxado da mãe, e enormes olhos azuis.

Ele também é muito carinhoso comigo, parece que nos conhecemos há tempos. Ele me apresenta sua mulher Alessandra, a Alê. Ela é o oposto de Kadu: baixinha, delicada, cabelos curtos lisos, parece uma menininha. Mas os dois juntos formam um lindo casal. O garoto corre para dentro da casa chamando a avó.

– Olá, Tatiana, já não via a hora de te conhecer. Kadu e a sogra só falaram de você a semana toda, já estava começando a ficar com ciúmes, vou perder o posto de única nora da família – ela brinca.

Ela fala e me dá uma piscada, subimos todos para a casa. Enquanto eles recepcionam o pessoal da organização da festa, eu recebo a banda do Juninho. Roberto já tinha recebido o palco com o cuidado de instalar próximo à piscina, assim como já tinha verificado se a parte elétrica estava funcionando.

Apresento José e a professora Clarice para a banda, eles logo se entrosam. José fica lá com eles e eu volto para a casa com Clarice. Minha sogra parece simpatizar com a professora e as duas desatam numa conversa sobre músicas do passado. Aproveito e subo para o meu quarto para ligar para Cris.

– Amiga, estou em pânico, a que horas você vem? Está chegando a Angra?

– Eu sou uma pobre mortal que ainda chega à ilha por terra – ela ironiza. – Mas não se preocupe, mais umas duas horas e eu chego à marina. Estou com Eric, passei em Campos e estou vindo no carro dele. Só espero que o barco esteja lá nos esperando!

– Se não estiver é só esperar um pouco. Ele sai da marina de uma em uma hora; é o tempo de deixar os convidados e voltar para pegar outros. Por favor, não se atrase, preciso de você aqui.

– Calma, Tati, vai dar tudo certo. Logo estarei aí com você. Fique tranquila.

Lucas entra no quarto.

– Gostei da banda que você arrumou! São os Doutores sem Jaleco?

– É, são! Não ria. O nome é ridículo, mas eles tocam bem.

– Eu imagino!

Ele vem me abraçar e diz:

– Eu ainda nem ganhei um beijo de aniversário – ele me puxa para me dar um beijo carinhoso. – O que foi, amor? Está tensa?

– É, estou. É que estou apreensiva com tudo.

– Relaxe. Vai dar tudo certo. Só de você estar aqui comigo, todo o resto são detalhes! Você é meu melhor presente de aniversário.

Então batem na porta. É Mercedes.

– Olá, doutora Tatiana, um tal de Juninho está lhe chamando.

– Diga que já vou – eu sei que estão me chamando para ensaiar. Tenho de despistar Lucas. Por sorte, quando descemos as escadas encontramos meu pai e... sim, Pamela, juntos, os dois de mãos dadas. Não sei se comemoro ou tenho um infarto! É muito estranho ver meu pai junto de Pamela, mas os dois fazem um belo casal. Ela, vestida de forma descontraída, com pouca maquiagem, parece outra pessoa. Eu os cumprimento rapidamente e corro para onde está a banda.

Já estão todos prontos para o ensaio. Meu estômago dá umas dez voltas. José está com o violão e Juninho me passa o microfone. Professora Clarice diz:

– Força! Você está muito bem, Tatiana, agora é só se soltar. Vai dar tudo certo.

Eu, então, solto a voz, no começo um tanto tímida, mas depois olhando o pessoal tão amigo, tão descontraído, vou me soltando. E, aos poucos, eu e José vamos fazendo uma bela dupla.

Enfim Cris chega, ela fica comigo no quarto para ajudar a me arrumar. Meu cabelo não tem muito jeito, liso como sempre. Ela faz umas pequenas trancinhas dos lados, depois faz uma maquiagem leve, mas com olhos bem marcados. Visto uma calça de couro preta, botas também pretas de cano curto, uma blusinha dourada de um ombro só.

Quando desço, a sala já está com alguns convidados, mas não vejo Lucas. Maria Helena me conta que ele está lá fora com uns amigos que acabaram de chegar. Ela me apresenta alguns amigos da família e alguns parentes. Todos me olham com certo olhar de curiosidade. Cris logo some à procura de Eric.

Lucas então surge. Está lindo de calça jeans escura e camisa preta.

Ele me puxa e me leva lá fora para me apresentar a seus amigos. Em menos de duas horas, a ilha está repleta de convidados e a banda já está tocando. Ainda bem que o som fica ótimo, eu estava muito apreensiva com isso também.

A festa está animada e alguns convidados dançam perto da piscina. Um dos garçons passa perto de mim e eu pego uma taça de vinho branco. Sei que está chegando a hora dos parabéns e antes disso vão me chamar para o palco.

Capítulo 23

Lucas me carrega para todos os cantos da ilha, não quer me largar. Estou vendo a hora em que vou ter de ir para o palco e não sei como me desvencilhar dele. Para meu socorro, Kadu surge como um anjo salvador e diz para Lucas que ele precisa ir receber alguém muito especial que acabara de chegar, e me dá uma piscada.

Eu percebo que é a minha deixa para ir para o palco. Quando subo, Juninho espera terminar a última música e faz sinal para a banda parar de tocar.

Então, ele anuncia:

— Estamos muito felizes de poder estar aqui prestigiando um colega de profissão tão talentoso a pedido de nossa querida amiga, dra. Tatiana. Esperamos que estejam gostando do barulho.

Todos riem e aplaudem. Juninho continua:

— Somos um grupo de médicos que decidiu montar esta banda, só para alegrar as festas de nossos colegas e alguns eventos beneficentes em prol das crianças. E agora em homenagem ao dr. Lucas, trazemos dois novos cantores.

A banda começa a dar os primeiros acordes da música, estou tremendo por dentro. Clarice me dá o microfone e diz:

— Vá lá e arrase!

Eu, enfim, entro no palco e todos aplaudem. Lucas está com a cara surpresa se aproximando do palco; ele para ao lado de Cris, do meu pai, Pamela e de toda sua família. Lucas parece não estar acreditando que sou eu que estou ali ao lado de José.

É quando começo a cantar:
"Se ficar assim me olhando,
me querendo, procurando,
não sei não, eu vou me apaixonar!

Eu não tava nem pensando
mas você foi me pegando
e agora não importa aonde vá:
me ganhou, vai ter que me levar!"

Meus olhos cruzam com os de Lucas, aqueles olhos negros, enigmáticos, apaixonados. Ele fica ainda mais surpreso quando José com a voz linda e afinadíssima começa a cantar em inglês:

"... I wasn't even thinking
And now you got me sinking... "

Quando terminamos, todos batem muitas palmas, sinto-me feliz e aliviada. Lucas pula no palco e, sem dizer nada, me dá um daqueles beijos performáticos de cinema, com direito a caidinha e tudo mais. A galera assobia, grita, faz a maior barulheira. E eu, bem mais relaxada, convido todos a cantarem os parabéns!

Quando descemos do palco, Lucas me diz:

– Você é a maluquinha mais amada do mundo! Eu te amo!

– Estava muito nervosa! – confesso.

– Você estava ótima. Andou ensaiando?

– Sim! Com a professora Clarice durante as aulas de José.

– Tati do céu! Você deu um golpe de mestre com o José. O cara canta muito bem! E toca bem! Você é danada demais! Você fez o José encontrar o que ama fazer de verdade. Acho que, depois de hoje, ele não terá mais dúvidas do que quer ser na vida.

– Pode ser, acho que ele agora se encontrou – concordo. – Só basta saber se ele terá forças para seguir com seu sonho em frente.

– Sim, ele terá. Com uma médica como você, José vai até a lua, eu posso apostar. – Lucas diz e me dá um abraço mais do que apertado.

O jantar vai ser servido e Lucas me puxa para a mesa onde está sua família, meu pai com Pamela e alguns amigos. Sentamo-nos e o sr. André, depois de propor um brinde ao filho, desata a falar.

– Dra. Tatiana, você precisa ir pra fazenda! Lá que é bom! Vai sentir cheiro de mato, terra e café.

– A Tatiana é carioca, deve gostar de cheiro de mar – diz Kadu.

– Eu gosto do mar, mas também amo o interior. E sou louca para conhecer uma fazenda de café – eu digo.

– Minha filha, você será sempre bem-vinda! – diz meu sogro. – E quando vocês se casarem, nada de festa aqui. Quero uma festona lá!

– Pai, pare com esse papo de casamento. Isso é muito chato! – Lucas retruca.

Eu olho para Lucas toda sem graça. Percebo como a palavra "casamento" muda totalmente seu humor.

Dona Maria Helena, percebendo o clima tenso, diz:

– Não ligue para meu marido, ele adora precipitar as coisas. Imagine se eles já estão pensando em casar? André! – ela o repreende.

A conversa continua, mudam de assunto, mas eu não posso deixar passar despercebida a reação de Lucas com a simples palavra *casamento*. Entendo que ele deva ainda ter seus traumas, mas pensava que estivesse de certa forma superando-os, ao ir se livrando aos poucos do que lhe prendia ao passado. Lembro-me com tristeza da revista de noiva, da modelo à beira do Rio Sena, do vestido tão lindo e delicado. Com certeza aquilo seria só um sonho mesmo, parece que Lucas nunca iria conseguir superar os traumas do passado.

Quando enfim todos se vão, subo para o quarto. Jogo-me na cama exausta! Lucas vai preparar a banheira para mim. Quando volta me encontra quase adormecida.

– Nada disso, doutora! Vou tirar sua roupa e te enfiar na banheira. Sem o banho você não vai conseguir relaxar.

Ele tira minhas botas e me pega no colo. Põe-me em pé ao lado da banheira e tira toda minha roupa. Eu escorrego para dentro da água quente e reconfortante. Ele me deixa ali sozinha. Tomo meu banho demorado, quase adormeço lá dentro da água. Quando chego ao quarto, ele está sentado olhando as fotos do aniversário no seu notebook.

Eu visto meu pijama e me enfio debaixo das cobertas deixando só o nariz para fora. Ele vem até mim. Faz-me um carinho no rosto e diz:

– Esse foi o meu melhor aniversário!

– Por quê? – eu pergunto.

– Porque você estava ao meu lado!

– Não, Lucas, eu quero saber por que você teve aquela reação quando seu pai falou em casamento – sento-me na cama para olhá-lo nos olhos e continuo: – Claro que ninguém aqui está pensando em casar tão cedo, mas por que Lucas? Por que a aversão só de ouvir a palavra casamento?

Lucas se levanta da cama, passa as mãos pelos cabelos. Depois se joga na poltrona a certa distância à meia-luz, quase não posso ver seu rosto.

– Tati, eu sabia que um dia eu teria de lhe falar sobre isso.

– Então fale agora, por favor!

– Eu amo você, quero ficar com você, viver com você, morar com você... mas casamento, casamento não! – ele desabafa.

– Por que Lucas? Você vai deixar o passado comandar seu futuro?

– Não! Não é isso. É porque tenho medo de te perder! De fantasiar tudo de novo, um sonho, e perder você. Eu te amo muito! Se você quer saber, nunca amei Vivian como amo você! Mas casamento pra mim significa perda, tristeza, fim.

Eu me levanto e me aproximo dele, sento-me num banquinho à sua frente e começo a dizer as palavras mais difíceis da minha vida.

– Lucas, eu também te amo muito e quero que me escute agora sem me interromper. Eu me apaixonei por você tão loucamente que fui deixando esses sinais que você vinha me dando todos pra trás. Eu como psiquiatra percebia todos eles, mas queria acreditar que podia mudar tudo. Sabe aquela luta desesperada para vencer uma batalha? Por isso invadi sua vida, sua casa, sua privacidade. Eu não esperei as coisas acontecerem, fui passando como um trator no seu passado.

– Mas eu gostei disso, Tati, essa mudança toda foi muito boa pra mim!

– Só que a mudança quem fez fui eu, e foi só externa. Vejo que aí dentro de você tem algo que ainda te consome. Não adianta eu ter me livrado das coisas de Vivian daquele quarto, ou até mesmo ter afastado Suzana. Se tudo aquilo estava lá, inclusive aquela mulher, é porque você permitia. É porque, de certa forma, você queria a presença de Vivian por ali. Eu fui muito rápida, muito agressiva, não respeitei seu tempo. Percebi isso claramente quando seu pai tocou na palavra casamento e vi sua reação.

Então, eu tomo coragem e digo de uma vez:

– Agora sei que você precisa desse tempo, também preciso do meu. Preciso digerir a ideia toda. A ideia de que o homem que eu amo talvez jamais vá querer ter uma união estável comigo.

– Tati, você está sendo infantil, nós nos amamos. Que importância faz um casamento?

– Não é o casamento que me importa, o que me importa é construir um futuro com a sombra de um passado, cheio de lembranças... Por favor, Lucas, me deixe ficar sozinha.

Ele vem e tenta me abraçar, eu escapo.

– Por favor, Tati, não me deixe, eu preciso de você, eu te amo.

– Você precisa desse tempo, Lucas, precisa respirar sozinho, e eu também.

– Mas você não vai deixar a clínica, vai?

– Não, claro que não, não vou misturar as coisas. Eu adoro meu trabalho. E também quero pagar o aluguel do chalé. Não me sinto confortável usando algo que não é meu.

Capítulo 23

– Aquele chalé é meu, Tati – ele confessa. – Lá já era meu refúgio quando eu queria ficar longe dos fantasmas da minha casa. Não consigo imaginar aquele chalé sem você, ele é seu.

– Está bem, Lucas, eu vou aceitar, não é hora de discutirmos isso. Agora, por favor, me deixe sozinha.

Ele me olha assustado, parece perdido, e estou me rasgando por dentro. A vontade que tenho é de pular em seu pescoço e dizer: fique aqui comigo! Mas eu tenho a convicção de que Lucas precisa de um tempo para digerir todo nosso envolvimento, foi tudo tão rápido e intenso demais. Ele precisa avaliar até onde sou realmente importante em sua vida.

Ele fecha a porta devagar e eu caio na cama em prantos. Fico me lembrando da primeira vez que o vi, aquele charme todo, e quando ele abriu aquele sorriso, o sorriso de Lucas é a cereja do bolo. Tudo se ilumina, tudo fica lindo nele. Ele sorri também com os olhos. Ai, meu Deus, Lucas é apaixonante em todos os aspectos. Como eu amo esse homem. Agora é a hora de ele descobrir se ele me ama mesmo, ou se sou só uma válvula para ele escapar do seu passado.

Acordo bem cedo, conto tudo para Maria Helena, pois lhe devo essa explicação. Ela não se conforma, fica muito triste, e afirmo que preciso partir. Ela pede para Bob me levar bem cedo de volta para Campos, quero voltar sozinha para casa.

Percebo certo desapontamento no olhar de todos. Mercedes parece estar com os olhos vermelhos, e até Bob nota que há algo errado e não dá aquele amigável sorriso de sempre.

Quando estou subindo no helicóptero, vejo Lucas na porta da casa. Ele ainda está com a mesma roupa de ontem. Ele acena e percebo a tristeza em seus olhos, mas ele não faz nada para me impedir de ir. Vejo que sua mãe está falando a seu lado, parece brava, mas ele permanece ali, estático. Isso só me dá a certeza de que tomei a decisão certa. Lucas, o dr. Dream, precisa encontrar sua verdade.

Capítulo 24

Um mês depois...

Já estamos no início da primavera, os termômetros estão começando a subir, mas os dias ainda ficam bem gelados quando está chuvoso.

Esta semana está assim, no mesmo dia temos sol e pancadas de chuva no final da tarde.

Lucas passará a semana toda em São Paulo. Suas viagens têm sido um alívio para mim, pois, quando ele está no Vale, sempre me procura para almoçarmos, ou inventa uma desculpa para eu ir até sua sala. Porém, desde seu aniversário, temos nos tratado como amigos, colegas médicos de trabalho. E isso para mim é uma tortura! Eu fico perdida ao ver seu olhar triste, e me seguro para não abraçá-lo, pois o que mais desejo é estar novamente no meio daqueles braços fortes. Sinto muita falta dele, em especial esta semana; não sei por que estou tão sensível, quando nos despedimos sob o pé de manga da lanchonete com um beijinho no rosto, meu coração estava bastante apertado. Fico rezando para que ele chegue bem de helicóptero. Sei que Bob é um exímio piloto, mas sempre sinto um friozinho na barriga quando ele embarca. Concluo que deve ser só saudade, por isso ando com o coração assim.

Estou adorando trabalhar em todos os Vales. José enfim recebeu alta, enfrentou o pai e revelou seu talento para música. Ele achava que o pai iria criticá-lo, mas na verdade pareceu aliviado por ver o filho sabendo o que queria, e dizendo com firmeza que iria se concentrar na carreira de músico. Todos os sonhos que José teve durante o tratamento com o medicamento Dreamer foram relacionados à música. Ele acabou fazendo amizade com Juninho e com os demais integrantes da banda Doutores sem Jaleco. Eles disseram que iriam apresentar algumas pessoas do meio artístico que poderiam ajudar na carreira de José.

Dona Teodora também teve alta, está visivelmente outra pessoa. Desde o acidente no Vale das Hortênsias, ela pôde enxergar como sua família a amava de verdade. Em seus sonhos ela via seu marido feliz; todos os seus sonhos durante o tratamento com o Dreamer tinham o marido ao seu lado.

Quando Teodora e José partiram, fiquei muito emocionada. Afinal, com Bete, eles foram meus três primeiros pacientes, mas também me enchi de esperança percebendo que o Vale dos Sonhos é mesmo um lugar mágico, onde as coisas acontecem. Agora estou com mais seis pacientes, dois do Vale dos Vícios: Andrea é viciada em drogas pesadas, como cocaína, e Gabriel é viciado em jogos e bebida. Logo nas primeiras sessões com Andrea, percebo que todo seu vício é uma fuga. No fundo todos tentam ser felizes, todos correm em busca da felicidade, a droga para eles parece um caminho ainda que torto. Quando conheço Andrea em seu íntimo, entendo por que ela se jogou nas drogas; foi criada numa família em que o "ter" sempre foi mais importante que o "ser". Mas no fundo é uma menina doce, e seu pai, embora de forma torta, parece amá-la muito.

O outro paciente é Gabriel, que tem seus 40 anos. É arrogante, mas aos poucos foi percebendo como seus vícios vinham degradando sua vida e a de sua família.

Ele vinha sendo sustentado pelo sogro ultimamente. Ele parece ser meu maior desafio, até maior que Teodora. Mas um dia desses percebi que ele estava envolvido no nosso tratamento, pois aparece todo bravo enquanto estou tomando café da manhã, chega reclamando que estou atrasada. Quando um paciente exige sua presença, é porque ele sente sua falta. Eu estou com Eric e ele percebe imediatamente meu sorriso de satisfação. Eric também tem atendido no Vale dos Vícios, e ele sabe bem o que estou sentindo quando vê Gabriel todo irritado com meu atraso.

No meio desta semana já estou me sentindo um pouco cansada, não vejo a hora de ir para casa e ler uma nova coleção de Paul Valerie que dr. Hélio me emprestou, a chamada Coleção Dourada. Dizem que vale uma fortuna no mercado. Lucas arrematou essa também por meio de leilão.

O trabalho e os estudos são uma fuga para minhas noites longe de Lucas. Por que as coisas têm de ser assim tão complicadas? Por que nó seres humanos temos a capacidade de dificultar tudo? Penso a todo o momento em me jogar nos braços de Lucas e dizer que estou me lixando para casamento, dizer que o que importa é tê-lo a meu lado. No entanto, considero que assim ele nunca estaria comigo por inteiro, que sempre haveria os fantasmas do passado impedindo-o de ser livre.

A tarde está fria e chuvosa. Conforme me aproximo do chalé, sinto uma saudade enorme de Lucas, e ainda é quarta-feira; faz só três dias que ele está em São Paulo. Embora não estejamos juntos, só de vê-lo no Vale já me reconforta. Ele tem tentado se aproximar, mas sinto que ainda está remexendo lá no fundo do seu passado. Deve estar travando uma batalha interna muito dolorosa; mas não maior que a minha dor de ficar longe dele. Fico no chalé toda a noite na sala, esperando o barulho do carro de Lucas. Espero que ele vá aparecer e dizer que sou a mulher de sua vida dele, que quer ficar para sempre comigo. Mas esse dia ainda não chegou, talvez nunca chegue.

◌◌ ◌◌

Estaciono o carro, entro e fecho a porta. Coloco a pesada coleção de livros sobre o sofá e começo a subir as escadas. De repente ouço um barulho na porta. *Será Lucas que voltou de viagem de surpresa? Meu coração fica aos pulos, será que ele voltou pra mim?* Desço alguns degraus e vejo alguém forçando a porta para abrir. Não pode ser Lucas, ele tem a chave. E se ele tivesse esquecido, ele me chamaria. Ligo rapidamente para a polícia do meu celular e corro em direção ao quarto... Quando estou no penúltimo degrau, ouço o barulho da porta sendo arrombada.

Não tenho tempo de falar com o policial porque ouço vozes se aproximando. Enfio-me debaixo da cama e deixo o celular ligado escondido atrás do pé da cama. Ouço uma voz feminina na linha dizendo: "Alô, aqui é a soldado Miriam, em que posso ajudar?" Já não posso responder. Meu coração está saindo pela boca, estou tremendo quando vejo dois pares de sapatos masculinos e em segundos o rosto de um homem me encarando sob a cama.

Ele me puxa violentamente pelo braço esquerdo e depois me segura com força pelos cabelos; me xinga de vagabunda e então coloca um pano encharcado de clorofórmio no meu nariz. Apago em segundos.

Capítulo 25

Acordo num quarto de paredes escuras revestidas de cortiça, ainda estou com a mesma roupa, sinal que ninguém mexeu em mim. A luz é fraca e amarela. Há uma televisão ligada, mas muito mal sintonizada; o sinal é péssimo e a imagem está horrível, assim como o som. Só há uma janela com furinhos que dá para o corredor, e me sinto sufocada. Encolho-me na cama, sinto um gosto horrível na boca, provavelmente o clorofórmio me fez vomitar. Abro e fecho os olhos na esperança daquilo tudo ser apenas um pesadelo.

Ouço a porta ranger e aparece um homem, mas não é o mesmo que me sequestrou. Esse tem o cabelo comprido, sujo e amarrado num rabo de cavalo. Seu olhar não é frio como o do outro, na verdade ele me examina e dá um sorriso malicioso mostrando os dentes amarelos, e passa a língua nojenta sobre os lábios enquanto observa meu corpo. Escuto passos e uma morena roliça aparece atrás dele. Ela tem o olhar frio e duro, e num tom autoritário manda que ele se retire do quarto.

Eu tento me sentar na cama, mas vejo tudo rodando. Percebo que a outra janela está vedada com ripas de madeira.

Ela me estende um prato de plástico com sopa. Eu chacoalho a cabeça em negativa, estou enjoada e não sinto um pingo de fome. Ela, então, me dá uma garrafa de Coca-Cola, que está quente, mas aceito. Acho que vai melhorar o gosto e a queimação no estômago.

Ela diz:

– Seu resgate já foi pedido. Se tudo der certo, colocamos logo a mão na grana e, quem sabe se a chefona deixar, você até volta para o seu doutorzinho – ela fala em tom sarcástico.

Eu decido não dizer nada, quero que ela fale mais, sei que, se eu lhe perguntar qualquer coisa, ela não irá responder. Prefiro deixá-la falar espontaneamente, mulheres normalmente não ficam muito tempo com a boca fechada.

Minha tática dá certo e ela desanda a falar.

– Pensou que ia se dar bem com o bonitão, hein? Você se meteu com o cara errado! Aquele ali tem um cão sarnento na cola dele, ele tá fodido!

Continuo em silêncio e isso a irrita, com certeza os sequestradores não sabem que eu e Lucas estamos "dando um tempo". Na verdade ele tem viajado bastante, por isso nem notaram que ele não dorme no chalé há um mês.

Ela esbraveja:

– A doutorazinha de merda não vai falar nada, não?

– Eu só gostaria de saber se posso usar o banheiro – digo.

– Depois você poderá ir ao banheiro e tomar um banho – ela então joga umas roupas pretas sobre minha cama. – Você vai usar o banheiro com a porta semiaberta, vou estar sempre por perto e com a mão na cinta para mostrar a arma.

Ela sorri, parece que adora fazer o tipo durona. O babaca do rabinho volta e me olha novamente daquele jeito nojento de cobiça. Ela percebe e manda-o sair. Ela, então, vai atrás dele e tranca a porta. Escuto-a gritar:

– Você não vai chegar perto daquela vagabunda ou eu te capo.

Ele resmunga algo e ela continua:

– Se você quer mulher de verdade vem aqui.

Há um silêncio e então ouço gemidos, os dois devem estar transando ali no corredor. Eu suspiro aliviada, enquanto aquela mulher estiver por ali, ele não chegará perto de mim. Só peço a Deus que ela nunca nos deixe sozinhos.

Fico imaginando quem poderia ter mandado me sequestrar. Claro que todo mundo sabe que Lucas é riquíssimo e que eu era sua namorada, bom pelo menos até outro dia. Decerto, alguma quadrilha estava arquitetando isso. O cativeiro já tinha sido preparado para me receber.

Depois de umas duas horas ela volta, então peço:

– Pode me levar ao banheiro?

Ela faz sinal para que eu vá à frente e me indica uma porta à esquerda no corredor. O banheiro tem uma janela basculante, um chuveiro, um vaso sanitário, uma pequena pia e um armário de canto. Vejo somente um sabonete e um xampu. Há também uma toalha pendurada, parece até que está limpa. Fico admirada, são sequestradores bonzinhos, daqueles que desenvolvem em muitas vítimas a síndrome de Estocolmo, que é quando os sequestrados se sentem fragilizados e criam uma simpatia por seus algozes, querendo parecer bons e cordatos. Algumas dessas vítimas costumam até alegar em sessões de análise que os sequestradores são pessoas boas que precisam agir daquela maneira para sobreviver.

Eu mal consigo usar o banheiro com a porta semiaberta, pois ela fica ali o tempo todo; percebo pela sombra e escuto sua respiração.

Tiro a roupa, mas fico de calcinha e sutiã e entro embaixo do chuveiro. Tomo banho olhando para a janela, que, como toda janela basculante, não abre totalmente, não daria para eu passar por ali. Só se eu quebrasse o vidro, mas aí ela ouviria o barulho, e em instantes poderia estar morta.

Mesmo assim examino o banheiro à procura de algo que me servisse para quebrar o vidro. Enfim, vejo no cantinho do armário uma embalagem spray metálica de inseticida, talvez aquilo com pancadas fortes pudesse quebrá-lo. Mas aquela definitivamente não era a hora certa. E eu me sinto fraca e zonza, não poderia correr nem dez metros sem ser pega.

Decido então que preciso comer qualquer que seja a gororoba. Volto para o quarto vestindo calça legging e blusa preta, além de um par de chinelos. Ela não me oferece nenhum pente, mas eu prefiro continuar em silêncio e falar só o mínimo e necessário, por isso nem cogito em pedir um. Ela me deixa, e retorna minutos depois com um prato e garfo de plástico, e para meu alívio tem cheiro de Miojo. Pelo menos sei o que vou comer.

Ela sai novamente e me deixa sozinha com a TV ligada. Não ouço falar nada na televisão sobre meu sequestro. Fico me perguntando: como Lucas teria recebido o telefonema? Como estaria meu pai?

Deito-me e não consigo dormir, minha cabeça dói, meu corpo treme, parece que estou febril. Acho que só pela manhã acabo cochilando.

Acordo com barulho na porta, ainda bem que é a mulher. Ela me traz um pão francês com manteiga e uma xícara de café com leite, eu me levanto e só agradeço dizendo obrigada.

Ela parece estar ansiosa para falar, mas só chacoalha a cabeça e sai do quarto.

Por volta das 11 horas, bato na porta e a chamo. Ela demora, mas enfim ouço passos no corredor. Peço para ela me levar ao banheiro, pois já não aguento mais de vontade de fazer xixi.

Ela me leva, deixa a porta como sempre semiaberta, e eu fico olhando para aquele inseticida. Será que consigo quebrar o vidro da janela com aquilo?

Ela me leva de volta para o quarto e me tranca novamente.

Tento assistir a um pouco de televisão, mas não consigo parar de pensar em uma maneira de fugir dali.

Ela volta com o almoço, dessa vez uma lasanha congelada. Agora estou faminta e devoro tudo. Passo a tarde sozinha me remoendo: o que estaria acontecendo lá fora? Estariam em negociação? Lucas estaria com a ajuda da polícia?

A noite chega e ela aparece; percebo que está mais inquieta e, sem dizer nada, faz sinal com a cabeça para eu acompanhá-la. Novamente ela me guia ao banheiro, a arma sempre ali, pendurada na cintura, tenho certeza de que, qualquer movimento em falso meu, ela não hesitaria em atirar.

Ela deixa novamente a porta semiaberta, eu uso o toalete, agora há também uma escova de dentes e uma pasta sobre a pia. Depois de escovar os dentes, entro no chuveiro novamente vestindo calcinha e sutiã. Em alguns minutos ouço batidas fortes na porta que acredito ser da sala. Ela solta um palavrão, passa a chave por fora me trancando no banheiro e se afasta. Eu percebo que essa é minha única chance de fugir... Pego então a toalha para proteger a mão, seguro o spray e bato com toda força no vidro, que trinca e se quebra como vidro de carro. Ainda bem que o vidro se despedaça; eu pensava que fosse quebrar em cacos, assim fica mais fácil de detonar tudo. De repente ouço o barulho de sirene e uma voz masculina no alto-falante:

– Saiam com as mãos para o alto, a casa está cercada!

Eu deduzo então que ela está voltando para me pegar de refém ou escudo; não tenho mais tempo, tenho de me jogar pela janela. Continuo segurando a toalha, escuto passos se aproximando e, antes que ela gire a maçaneta para abrir, mergulho de cabeça para fora da janela com as mãos à frente para proteger minha cabeça.

Desabo em cima do braço esquerdo e sinto uma dor insuportável no ombro, com certeza quebrei alguma coisa. Mesmo assim consigo me levantar rapidamente e tento me enrolar na toalha. Já é noite e de repente vejo uma luz de lanterna em minha direção, algumas sombras se aproximando, devem ser uns três homens. Então escuto Lucas gritando e apontando para mim:

– Não atirem, é ela!

Ele corre até mim, me pega no colo e eu desmaio em seus braços, caindo na escuridão.

Capítulo 26

Abro os olhos com dificuldade, minha cabeça dói; pisco algumas vezes, pois a claridade me incomoda, até que começo a enxergar uma pessoa ao meu lado, segurando minha mão direita. Forçando o foco, enxergo Lucas. Sinto uma dor aguda no meu ombro esquerdo, que está imóvel.

Ele está ali segurando firme minha mão enquanto chama meu nome baixinho. Assim que consigo permanecer de olhos abertos, vejo aquele sorriso encantador que eu amo tanto, mas observo os cílios espessos úmidos de lágrimas que escorrem dos seus olhos vermelhos e inchados, talvez tenha andado chorando um bocado.

Ele leva minha mão à sua boca, beija meus dedos e passa minha mão por seu rosto.

– Eu não podia te perder, eu morreria – ele fala num sussurro.

– Estou aqui – respondo, enfim me dando conta de que estou num quarto de hospital.

– O que aconteceu aqui fora? Como me acharam? – minha curiosidade é maior que minhas dores, estou ansiosa para saber como me encontraram.

Ele então explica:

– O telefonema que você fez para a polícia te salvou. A soldada Miriam ouviu os bandidos, e escutou alguns nomes. Antes mesmo de os bandidos me ligarem, a polícia me achou e avisou do ocorrido. Quando recebi o telefonema com o pedido de dinheiro do resgate, a conversa já estava sendo toda monitorada.

Olho para Lucas com atenção, ele parece muito cansado, com olheiras escuras, deve ter dormido pouco ou quase nada nesses dois dias. Ele prossegue:

– Eu tinha acabado uma palestra em São Paulo e estava a caminho do hotel; eles então me passaram o endereço da polícia antissequestro, e que era para eu me encaminhar para lá. Chegando lá me contaram exatamente como tinha acontecido. A polícia local de Campos do Jordão já tinha ido até o seu chalé, por meio do seu celular, mas você já tinha sido levada. Um vizinho tinha visto uma movimentação estranha e o carro que a levara, um Corolla verde. A divisão antissequestro me bombardeou de perguntas: se eu tinha alguma pista, se tinha notado algo suspeito. Eles, então, me falaram de um nome que a policial Miriam ouviu na ligação que você fez, um dos bandidos chamou o outro de Miro. Aquele nome não me soou estranho, já tinha ouvido em algum lugar e sabia que tinha sido recente. Então, enquanto eu conversava com a polícia, meu celular tocou, uma voz masculina disse: "Doutor, a médica sua amante tá aqui com a gente" – e anunciaram o valor do resgate. Eu fiquei intrigado, aquela voz também não me era totalmente estranha. Foi aí, Tati, que tudo se esclareceu em minha mente. Miro era o nome do sobrinho de Suzana. E era a mesma voz que tinha atendido o telefone quando liguei para casa, no dia em que Suzana estava saindo. Lembra quando liguei lá de Manaus e o sobrinho dela atendeu?

– Sim, me lembro.

Ele continua:

– Eu não podia acreditar que estava acontecendo tudo aquilo com você, por minha culpa. Contei as suspeitas sobre Suzana e a polícia imediatamente grampeou o celular dela.

Ele enfia o rosto entre as mãos e diz com voz abafada:

– Ela arquitetou tudo! Na verdade, era para ela ter te sequestrado antes. Você se lembra daquele dia em que levou o chaveiro lá, que viu uma cama e que parecia que tinha alguém dormido nela?

– Lembro, claro que lembro!

– Tati, ela tinha deixado o sobrinho, o tal de Miro, dormindo lá. Ela achava que você iria para lá sozinha, pois ela viu que eu pedi uma chave da casa para Laís. Ela deduziu que você seria presa fácil, mas você apareceu com o chaveiro e com outras pessoas. Então, o sobrinho dela desistiu do sequestro e pulou a janela que, por isso, estava aberta.

Estava pasma, não podia acreditar que aquela velhota fosse tão maquiavélica. Que mente doente, uma psicopata bem pior do que eu imaginava.

Lucas concluiu:

– Desse modo, foi questão de tempo para Miro ligar para Suzana e a polícia descobrir o cativeiro. Foram só dois dias, mas pra mim pareceram uma eternidade!

Capítulo 26

Ele então se abaixou e me beijou levemente nos lábios. Ouvimos uma batidinha na porta. Era meu pai com Pamela. Ele estava chorando copiosamente. Entrou e beijou minha testa sem conseguir dizer uma palavra. Depois chegaram Cris e Eric. Cris sorria e chorava ao mesmo tempo. Ela passava a mão em meu rosto parecendo querer se certificar de que eu estava bem.

Eric estava com a cara solene, parecia não saber o que dizer.

Lucas então pede para que fiquem comigo pois ele retornará em instantes. Meu pai se senta ao meu lado e só consegue dizer:

– Meu bebê, meu anjo, eu te amo!

Então chega Kadu, e o quarto de hospital de repente fica cheio. Kadu tenta descontrair:

– A polícia foi muito eficiente. E também essa minha cunhada foi muita esperta em ligar para a polícia, pois foram esses segundos de ligação que te salvaram, cunhada.

Kadu pega minha mão com carinho e fala:

– Se algo acontecesse com você, minha cunhada preferida, eu acho que iria perder um irmão.

E vejo lágrimas rolando em sua face. Inesperadamente, chega Lucas com dona Teodora! Ela tinha feito sua família levá-la para me ver.

Pela primeira vez vejo Teodora muito emocionada. Ela acaricia minha cabeça e chora como criança segurando minha mão, sem conseguir dizer uma palavra.

Olho para todos com os olhos cheios de lágrimas, então percebo como sou uma pessoa de sorte, de ter tanta gente que gosta de mim.

Lucas senta-se novamente ao meu lado e faz carinho em meu cabelo. Acho que meu pai percebe que precisamos ficar um pouco a sós e dá uma coçada na garganta, fazendo sinal para todos saírem.

Cris é a última a sair e me assopra um beijo antes de fechar a porta.

Ele encosta sua testa à minha.

– Tati, meu amor, você é tudo pra mim. Fui um idiota, com tanto medo de te perder, quase te perdi.

– Que nada! Eu que fui muito infantil. Não me importo se você não quer a droga do casamento, só quero você a meu lado.

Ele se aproxima e encosta seus lábios úmidos de lágrimas aos meus. Esse recomeço é tudo que mais desejava na vida. E pelo olhar de Lucas, ele sente isso também.

✧ ✧✧✧

Suzana e o sobrinho foram presos; eu tenho de ficar um mês quase de repouso, então meu pai decide me levar para sua casa, apesar da insistência de Lucas para que eu fique com ele. Digo que preciso agora de um pouco de colo de pai. Mas Lucas me liga toda hora e diz que não vai mais me deixar sozinha, que quer ficar ao meu lado para sempre, que só vai esperar eu sair da cama para viajarmos juntos.

Antes de partir, digo:

– Aqueles dias lá no cativeiro também me fizeram refletir muito, quero você, Lucas, do meu lado, com ou sem fantasmas. Não sei viver sem você.

Ele me beija suavemente e me leva até o carro de meu pai. Estou com o braço imobilizado, o ombro está trincado.

– Assim que você ficar boa, vou te buscar. Quero você do meu lado. Para sempre!

Aquelas palavras "para sempre" vão ecoando em minha cabeça até o Rio.

Capítulo 27

Meu pai me enche de mimos, transforma a coitada da empregada Rosalinda, que carinhosamente chamamos de Linda, em uma babá. Ela fica me paparicando com doces e guloseimas, tipo bolo de cenoura com cobertura de chocolate, bolinhos de chuva e tudo mais que eu adoro. Meu pai me liga de hora em hora para checar se estou bem. Ainda tenho de passar relatórios para Cris e Lucas, que me bombardeia de mensagens no celular:

"Sinto falta de seus cabelos"

Em seguida outra:

"Do seu cheiro"

E outra:

"Do seu corpo"

E outra:

"De você todinha!"

Isso me deixa louca e fico me lembrando de cada momento delicioso que passamos juntos.

Eu e Pamela estamos nos dando bem; é meu último final de semana na casa de meu pai. Ela está hospedada lá com a gente, aliás, ultimamente, não tem saído mais de lá nos finais de semana! Já estou aceitando a ideia de que ela agora é minha madrasta. Estamos tomando café juntas na sala quando começamos a falar sobre o Vale. Ela me pergunta:

– Você não acha que os uniformes das meninas e dos atendentes ficam meio fora do contexto? Sei lá, parece que estamos no Havaí! Ali é campo e não praia pra se vestirem com roupas floridas. Acho que ficaria melhor algo que lembrasse os Alpes, montanhas, o que acha?

Solto uma gargalhada e respondo:

– Eu sempre achei isso. Parece que foram a Brigitte e a Arlete que sugeriram uma empresa de uniformes e vieram com essas ideias.

– Você acha que, se falarmos com Lucas, ele pode querer trocar? – ela pergunta.

– Vamos falar com Lucas, ver o que ele acha – respondo.

– Pode deixar que vou falar com ele esta semana. E você, então, volta esta segunda? Está preparada?

– Estou sim, morrendo de saudades dos meus pacientes, do lugar, de tudo! Lucas vem me buscar amanhã.

– Lucas te ama muito, você tem de dar um desconto a ele. Acho que algumas coisas acontecem para nos fazer acordar, acho que esse seu sequestro trouxe Lucas para o presente.

Eu fico refletindo sobre o que Pamela acabou de falar. É verdade, ela tem razão, parece que enfim Lucas está vivendo o presente.

Lucas chega domingo à tarde, ele parece feliz. Vejo seus olhos sorrindo novamente, sei quando ele está alegre de verdade.

Despedimo-nos de meu pai, que fica todo comovido e dá recomendações para que Lucas cuide direitinho de mim. Pamela avisa que irá embora mais tarde no seu carro.

Lucas me acomoda com cuidado no banco de trás do automóvel. Apesar de eu já estar com o braço livre da imobilização, ele fica todo cuidadoso. É a mesma motorista, a Estela, que me cumprimenta com simpatia e diz estar feliz de me ver bem outra vez.

Lucas então me mostra um envelope e me entrega.

– O que é isso? – pergunto.

– Abra! – ele diz mal contendo o sorriso.

– São passagens para a Indonésia! – eu grito.

– Isso, seu desejo não era conhecer Bali?

– Sim, sempre foi! Ah, Lucas, que sonho!

– Vamos em novembro, mês que vem. Lá é quente o ano todo porque fica na Linha do Equador – explica Lucas. – Acho que merecemos essas férias!

– Já viajamos bastante juntos, não posso reclamar.

– Sim, querida, mas foi tudo a trabalho. Agora vai ser só diversão! E anuncia:

– E, um dia antes de viajar, tem o aniversário do meu pai lá na fazenda em Ribeirão Preto, temos de ir pra lá.

– Oba! Estou doida pra conhecer essa fazenda!

Chego à casa de Lucas, e Laís e Maria me recebem com carinho.

– Ai, dona Tatiana, fiquei muito preocupada com a doutora – diz Maria.

– Maria, que bom vê-la aqui!

– Seu Lucas me chamou pra cuidar de você, disse que a doutora adora minha comida.

A casa está arejada, florida e minha foto de 15 anos permanece na sala. Lucas me abraça com carinho e diz:

– Aqui agora é sua casa.

Subimos para o quarto e me sento na beirada da cama, ele se aproxima com cuidado e me beija.

– Ainda dói o ombro?

Eu jogo os braços sobre os seus ombros e cruzo os dedos atrás de sua nuca. Ficamos com as bocas coladas.

– O ombro está ótimo para fazer isso que está pensando. E eu preciso de você agora!

Era só o que Lucas precisava ouvir, pois sua mão desliza para meus seios, desce até minhas coxas e ele enfia a língua em minha boca. Percebo que está mais cuidadoso, porém cheio de desejo.

Adoro quando ele fica em pé para arrancar toda roupa e ficar nu sem tirar os olhos dos meus.

Depois ele cuidadosamente levanta minha saia, desce a minha calcinha com suavidade e se deita na cama de costas.

– Hoje você está no comando, doutora, sou todo seu.

– Não diga isso sr. Dream, vai se arrepender, vou acabar com você.

– Então, vem que estou louco pra ser destruído.

Eu começo lambendo seu abdômen, percorro a língua até seu pescoço e volto; vou fazendo esse caminho cada vez avançando mais para baixo, até que ele não se aguenta de prazer, segura meu rosto entre as mãos e, olhando em meus olhos, diz:

– Pensei que você fosse uma doutora mais boazinha. Agora coloca essa boca no lugar certo, vai...

E eu obedeço, fazendo-o soltar um gemido de prazer feito lobo.

Capítulo Final

Pamela é rápida mesmo na questão de troca de uniformes. Na mesma semana, uma costureira me procura para tirar minhas medidas. Eu nem sabia que Pamela havia decidido mudar os uniformes dos médicos também. Só não entendo o porquê de tirar medidas e vou perguntar à dra. Heloísa.

– Vieram tirar suas medidas também, Heloísa?
– Medidas?
– Sim, a costureira? – pergunto.
–Ah, sim! – responde Heloísa. Vieram sim. Parece que Pamela quer fazer uniformes personalizados para os médicos.
– Nossa! A Pamela é eficiente mesmo, né? – observo.
– Por isso é que ela é a gerentona aqui! – Heloísa fala sorrindo.
Enfim chega o dia do aniversário do sr. André, meu sogro, e lá está Bob nos aguardando. Fico feliz em ver que ele usa o colar que lhe trouxe do Amazonas. E hoje ele está especialmente bem-vestido.
– Nossa, Bob! Como você está elegante!
– Obrigado, doutora. É que eu também fui convidado para o aniversário.
– Ah, que bom! E sua família?
– Minha mulher e o menino pegaram uma carona de carro. Ela diz que nunca vai subir num troço desses, morre de medo!
E Bob abre um daqueles sorrisos, que só pessoas de bem com a vida podem ter.

✧ ✧ ✧ ✧

Chegamos à fazenda por volta das 10 horas da manhã. Já há alguns convidados, e vejo muitos carros chegando. O sr. André deve ser muito querido!

Dona Maria Helena, minha sogra, vem ao nosso encontro, e está parecendo agitada, deve ser por causa dos arranjos da festa.

A casa da fazenda é linda, como eu imaginava, toda branca com portas e janelas pintadas de azul. Está um dia típico de primavera. Lucas já havia me avisado que sua cidade, São José do Rio Pardo, costumava ser bem quente.

A fazenda está toda decorada, com mesas ao redor da casa. Essa gente não economiza para festa, não. Vai ser um aniversário e tanto. Há um lugar para pouso de helicópteros e um enorme estacionamento de carros.

Uma banda vestida com roupas estilo *country* está repassando o som.

Maria Helena me leva para dentro da casa. Kadu e meu sogro, enfim toda a família, vêm me cumprimentar.

Maria Helena com lágrimas nos olhos diz:

– Eu estou muito feliz, minha filha, que vocês se acertaram, vocês se amam tanto!

Minha sogra então me apresenta para todos os familiares, que me olham com certo olhar curioso. Acho que ela andou falando muito sobre mim.

Lucas está com o pai, e vejo que ele e Kadu se afastam e conversam num tom mais baixo, parece que estão cochichando; tento entender alguma palavra, mas não escuto nada.

Lucas então me olha e vem até mim, segura em minha mão e sai me apresentando para todos. Algumas pessoas eu já conhecia do seu aniversário, mas tem muita gente nova que nunca tinha visto antes.

Quando saímos da casa, a banda já está tocando animadamente. Sr. André então sobe ao palco e agradece a presença de todos. Logo em seguida sobe Lucas. Decerto vai fazer um discurso em homenagem ao pai.

Ele agradece a todos e pede para eu me aproximar do palco.

Assim que eu chego bem perto, ele começa a falar.

– Tati, querida, tive de te contar uma mentirinha, esta festa não é o aniversário de meu pai.

E continua:

– Todos aqui sabem que eu passei por alguns momentos muito difíceis em minha vida.

Os convidados ficam em completo silêncio.

– Mas o destino foi muito generoso comigo. Foi quando conheci você, Tatiana. Com você eu descobri tantas coisas... e a mais importante de todas é que você me mostrou que eu precisava fechar algumas portas para poder abrir outras – ele fala com o olhar fixo ao meu. – Ao seu lado, eu conheci o amor verdadeiro, sincero, sem interesse...

Estou surpresa e comovida, mas não esperava que ele me chamasse para subir ao palco.

– Você pode vir aqui, por favor?

Eu subo toda sem graça; Lucas sempre aprontado para me deixar sem jeito.

Ele segura minha mão e diz:

– Dra. Tatiana, quer se casar comigo?

Eu nem consigo responder, de tão emocionada; minhas pernas ficam moles. Só sai um fio de voz.

– Sim, claro que sim!

Então, ele diz:

– Mas tem de ser agora!

Quando olho novamente para os convidados, vejo meu pai, Cris, Eric, meu irmão, meus amigos da faculdade, até Marco Antônio, o conquistador, está lá.

Cris então que já estava bem pertinho do palco, me puxa pela mão e diz:

– Venha aqui comigo.

Eu desço do palco e a sigo. Ela me leva direto para o casarão, para um dos quartos. Quando abrimos a porta, há um vestido de noiva sobre a cama.

Eu corro para olhar de perto, não posso acreditar. É o vestido da revista. Olho as costas e vejo que é idêntico, mas como? Olho de volta atônita para Cris que está com os olhos vermelhos.

– Nos dias em que você esteve sequestrada, ele vasculhou todas suas gavetas – Cris explica emocionada. – Ele me contou que viu uma revista de noivas com a página marcada nesse vestido e deduziu que você tinha gostado dele.

– Eu não acredito Cris! Como ele fez isso?

– Ele inventou uma desculpa para tirarem suas medidas.

– Claro, me lembro da costureira do Vale. Aquele papo de uniforme novo para os médicos, então era tudo armação dele com a Pamela?

– Sim! Ele pediu a ajuda dela, e o seu vestido foi feito na mesma loja em Paris do vestido da revista. Chegou ontem de avião! E ele escolheu tudo, até os lingeries! Eu só escolhi os sapatos.

– Veja esses lingeries?! – eu exclamo. – Você não acha que são muito sexy para uma noiva? – pergunto. – Olhe, a calcinha é fio dental, tem até cinta liga com meias!

– Esse homem te ama muito, Tati! – Cris fala agora com lágrimas nos olhos.

Então ela muda o tom, enxuga as lágrimas com um lencinho tomando cuidado para não borrar a maquiagem e diz:

– Agora vá para o banho que vou chamar a cabeleireira e maquiadora. Elas estão esperando por você lá na sala.

A maquiagem fica suave, em tons de rosa. Meu cabelo liso não deixa muita alternativa; entre as poucas sugestões, eu escolho por uma única trança. Para dar um ar romântico, elas colocam miniflores entre os nozinhos.

Em aproximadamente uma hora e meia, estou pronta.

Dona Maria Helena bate à porta, ela quer me ver.

Vejo como ela está emocionada.

– Querida, você está linda. Tenho certeza de que sua mãe, de onde estiver, vai estar muito orgulhosa – abraçamo-nos.

Tento segurar as lágrimas para não chorar e ela continua:

– Sempre quis ter uma menina, agora sei que estou ganhando uma filha.

– Dona Maria Helena, a senhora é muito especial. Por isso Lucas é um homem maravilhoso – eu digo.

– Eu me lembro direitinho do dia em que me casei com seu sogro. Também me arrumei neste quarto. Por isso o reservei pra você, vai te trazer muita sorte.

Ela fica me olhando e suspira em devaneios.

– Agora vamos, Lucas não aguenta esperar mais por você, ele está agitadíssimo!

Cris me acompanha até o carro antigo que pertence à família há décadas. Fora um presente do avô de Lucas à sua avó, no dia do casamento, como explica minha sogra. É um charmoso Rolls-Royce branco, conversível, e está estacionado bem em frente ao casarão.

Cris sobe comigo.

Chegamos à linda capela aberta e decorada com flores amarelas e azuis, entre fitas de seda branca. Os convidados já estão todos sentados. Meu pai me aguarda e me estende o braço todo sorridente.

Ele parece estar muito feliz. Decerto deve ter participado de toda a armação com Lucas, Pamela e Cris.

Sigo radiante pelo tapete vermelho ao som da marcha nupcial, com o lindo filho de Kadu à frente. Sinto-me profundamente tocada com cada gesto de Lucas para me fazer essa surpresa. E lá está ele me esperando, mais lindo do que nunca num costume cinza-chumbo, e com

com aquele sorriso que ilumina o mundo! Imagino como este momento é importante também para ele. Talvez mais do que um sonho realizado, este casamento signifique o recomeço de uma nova etapa em sua vida.

Estão lá como padrinhos, acompanhados das suas esposas, dr. Hélio e dr. Jorge, além de dra. Heloísa acompanhada do professor Juliano; os familiares de Lucas, Cris e Eric, meu irmão Fábio acompanhado da dra. Vanessa, pois Sofia, sua noiva, não pôde acompanhá-lo, ela deve estar entrando no nono mês, e mesmo assim meu irmão querido está ali.

A cerimônia é linda e não leva mais que meia hora. Depois do aclamado beijo, de jogar o buquê e de receber dezenas de parabéns, Lucas me puxa de lado.

– Você está linda demais e muito gostosa. Você disse que era louca para ver as plantações de café?

– Sim, sou, mas outra hora, né, Lucas?

– Venha comigo só um pouquinho – ele insiste.

E então me arrasta para um jipe que está estacionado bem afastado da casa da fazenda.

Subimos no jipe e não posso acreditar no que Lucas está fazendo. Ele dirige em direção à plantação de café, que é de perder de vista. De repente para o carro em meio aos pés de café e me dá um beijo daqueles de tirar o fôlego.

Depois descemos e caminhamos um pouco, tento levantar o vestido para não sujar no barro.

– Eu cresci aqui, Tati, correndo entre estes pés de café – fala abrindo os braços e mostrando com orgulho um pedacinho de vida dele.

– Isso tudo é muito lindo! – eu digo.

– Queria muito trazer você aqui, quero que conheça tudo que amo. Ele me dá mais um longo e apaixonado beijo.

– Estou louco pra ver aquela calcinha grudadinha em você! Vamos dar uma rapidinha?

– Nada disso! – respondo. – Agora eu sou a sra. Pecchi. Respeite-me!

Dou uns passos para trás e levanto o vestido até o pescoço para provocá-lo. Quando ele vê a calcinha minúscula, tenta me agarrar, mas saio correndo e sento no jipe com cara de paisagem. Ele me segue e se senta no banco de motorista.

– Agora vamos voltar? – dissimulo. – Podem sentir nossa falta. Ele dá a partida chacoalhando a cabeça.

– Vai me pagar por essa também dra. Tatiana. – e arranca com o jipe em disparada.

Não posso conter o riso, agora sei como ele fica louco da vida quando eu o provoco. Voltamos para a festa, e logo estamos no meio de amigos e familiares. Sr. André já está todo entrosado com meu pai e meu irmão, e está contando para os amigos como Lucas e a família arquitetaram toda a surpresa do casamento.

Então, meu sogro se vira para mim e pergunta:

– Para onde vocês vão mesmo na lua de mel?

– Pra Indonésia, pai – Lucas responde.

– Esse menino sempre indo para esses lugares esquisitos! – esbraveja. – Menina, você disse que era doida para conhecer a plantação de café! Lucas, leve sua mulher pra ver a plantação.

Lucas, muito cínico, responde:

– Vou levar sim, pai, pode deixar – e me olha com aquele olhar sacana de cumplicidade, com o sorriso que me enfeitiçou desde a primeira vez.

Bob surge para nos lembrar de que devemos partir para não perder o voo para Indonésia, que sai ainda nesta madrugada.

Despedimo-nos rapidamente de todos e corremos para o helicóptero, que já está ligado e decorado com uma placa escrita em meio a um coração de flores: "Recém-casados".

Assim que decolamos, as flores vão se desmanchando em pétalas que saem livres ao vento.

Partimos juntos como sempre fazíamos, só que desta vez tenho a certeza de que Lucas conseguiu vencer todos os fantasmas do passado.

MADRAS® Editora
CADASTRO/MALA DIRETA

Envie este cadastro preenchido e passará a receber informações dos nossos lançamentos, nas áreas que determinar.

Nome _____
RG _____ CPF _____
Endereço Residencial _____
Bairro _____ Cidade _____ Estado ____
CEP _____ Fone _____
E-mail _____
Sexo ❏ Fem. ❏ Masc.   Nascimento _____
Profissão _____ Escolaridade (Nível/Curso) _____

Você compra livros:
❏ livrarias   ❏ feiras   ❏ telefone   ❏ Sedex livro (reembolso postal mais rápido)
❏ outros: _____

Quais os tipos de literatura que você lê:
❏ Jurídicos   ❏ Pedagogia   ❏ Business   ❏ Romances/espíritas
❏ Esoterismo ❏ Psicologia ❏ Saúde   ❏ Espíritas/doutrinas
❏ Bruxaria   ❏ Autoajuda   ❏ Maçonaria ❏ Outros:

Qual a sua opinião a respeito desta obra? _____
_____

Indique amigos que gostariam de receber MALA DIRETA:
Nome _____
Endereço Residencial _____
Bairro _____ Cidade _____ CEP _____

Nome do livro adquirido: Entre Olhares

Para receber catálogos, lista de preços e outras informações, escreva para:

MADRAS EDITORA LTDA.
Rua Paulo Gonçalves, 88 – Santana – 02403-020 – São Paulo/SP
Caixa Postal 12183 – CEP 02013-970 – SP
Tel.: (11) 2281-5555 – Fax.:(11) 2959-3090
www.madras.com.br

Para mais informações sobre a Madras Editora, sua história no mercado editorial e seu catálogo de títulos publicados:

Entre e cadastre-se no site:

 www.madras.com.br

Para mensagens, parcerias, sugestões e dúvidas, mande-nos um e-mail:

 marketing@madras.com.br

SAIBA MAIS

Saiba mais sobre nossos lançamentos, autores e eventos seguindo-nos no facebook e twitter:

@madrased

/madraseditora